# TITO

## A Profecia de Jerusalém

SÉRIE TITO

*A Profecia de Jerusalém* (vol. 1)

*O Véu de Berenice* (vol. 2)

# JEAN-FRANÇOIS NAHMIAS

# TITO

# A PROFECIA DE JERUSALÉM

VOLUME 1

*Tradução*
Caio Meira

*Copyright* © Editions 1, 2000

Título original: *Titus — La Prophétie de Jérusalem*

Capa: Raul Fernandes

2005
Impresso no Brasil
*Printed in Brazil*

CIP-Brasil. Catalogação-na-fonte
Sindicato Nacional dos Editores de Livros, RJ

| | |
|---|---|
| N146p | Nahmias, Jean-François, 1944-<br>    A profecia de Jerusalém / Jean-François Nahmias; tradução Caio<br>Meira. – Rio de Janeiro: Bertrand Brasil, 2005.<br>    308p.: – (Tito; v. 1)<br><br>    Tradução de: Titus: La prophétie de Jérusalem<br>    Continua com: O véu de Berenice<br>    ISBN 85-286-0934-0<br><br>    1. Romance francês. I. Meira, Caio, 1966-. II. Título. III. Série. |
| | CDD – 843 |
| 04-3232 | CDU – 821.133.1-3 |

Todos os direitos reservados pela:
EDITORA BERTRAND BRASIL LTDA.
Rua Argentina, 171 — 1º andar — São Cristóvão
20921-380 — Rio de Janeiro — RJ
Tel.: (0xx21) 2585-2070 — Fax: (0xx21) 2585-2087

Não é permitida a reprodução total ou parcial desta obra, por quaisquer
meios, sem a prévia autorização por escrito da Editora.

*Atendemos pelo Reembolso Postal.*

*A Esther*

# SUMÁRIO

Prólogo .................................................................... 9

**1.** Uma princesa judia ............................................... 15

**2.** Na corte dos Césares ............................................ 63

**3.** Os justos e os separados ...................................... 89

**4.** Tito Venusto ....................................................... 111

**5.** Pássaros dentro de um vaso… ............................ 131

**6.** A vingança de Vênus .......................................... 161

**7.** Ester ou Judite? .................................................. 195

**8.** O Príncipe da Juventude .................................... 227

**9.** "Se eu me esquecer de ti, Jerusalém…" ............. 265

# PRÓLOGO

O quarto de Messalina era, segundo se dizia, o mais refinado do Palácio dos Césares. Dentro desse quarto, um homem com cerca de trinta anos observava, silencioso e enternecido, uma criança recém-nascida e uma mulher ainda jovem deitadas na cama: seu filho e sua esposa, Flávia Domitila.

Em sua primeira visita desde o nascimento do menino, eles tinham vindo saudar Cláudio e Messalina, tio e tia do imperador, que os honrava com sua amizade. Como Flávia se sentira cansada, Messalina propusera-lhe que fosse repousar em seus aposentos. Ela os conduzira a seu próprio quarto e se retirara em seguida, deixando-os a sós.

O homem encerrou sua contemplação com um suspiro... Ele tinha tudo para ser feliz. Era um edil romano, um cargo invejado e que prenunciava os mais altos destinos políticos, e sua esposa acabara de dar-lhe um herdeiro. Não poderia haver, aparentemente, nada de melhor com que pudesse sonhar. Apesar disso, havia algum tempo que experimentar a felicidade ou mesmo a tranqüilidade não era coisa usual. Uma preocupação constante fazia obstáculo a qualquer tipo de serenidade, e esse obstáculo tinha um nome ou, antes, uma alcunha: Calígula.

O imperador, que iniciava o quarto ano de seu reinado, chamava-se oficialmente Caio César Germânico, mas era mais comumente designado pelo cognome que tinha desde a infância e que significava "botinha".

Quando Tibério, o ogro de Capri, que vivia recluso em meio a orgias e suplícios, falecera, o alívio havia sido geral. Seu sucessor, um belo jovem louro e de modos delicados, pareceu a todos que seria tão aberto quanto o defunto fora fechado, tão defensor da justiça quanto o anterior se mostrara despótico.

Sem que se pudesse perceber, porém, tudo mudara. A morte de Macron — amigo íntimo de Calígula, seu amigo de infância e também seu *alter ego* — tinha sido o sinal anunciador. Macron, que segundo os rumores teria dado o trono a Calígula ao asfixiar o antigo imperador com o travesseiro, fora aprisionado sem razão, sendo condenado e executado em meio aos piores suplícios.

A partir daquele momento, ninguém mais parara de tremer. Viver no Palácio dos Césares significava estar cotidianamente resvalando na morte. A razão do temor nem era tanto a crueldade de Calígula, mas seu caráter imprevisível. Ninguém estava a salvo. Desagradar ao novo imperador era tão perigoso quanto agradá-lo. Qualquer um de seus favoritos podia ser executado no dia seguinte. A menor indolência num elogio era fatal, mas um cumprimento bem-feito ou um serviço prestado também conduziam rapidamente ao carrasco. Com Tibério, havia o reinado do terror, mas ao menos se podia esperar estar a salvo; com Calígula, tinha-se a impressão de se estar todos os dias com a própria cabeça a prêmio.

Alguns anos antes, durante um desses jantares que degeneravam em bacanais, todos tiveram uma terrível ilustração do que podia acontecer. O imperador presidia o evento, com a coroa de louros dourados na fronte, entre sua irmã e amante, Drusila, e seu cavalo Incitatus, recém-nomeado cônsul e diante de quem todos eram obrigados a se prosternar. Entre os convidados, havia um adivinho egípcio que tinha a reputação de ser o melhor do Império. O imperador o interrogara:

— De onde vem sua ciência do futuro? Dos seus sortilégios egípcios?

— Sim, César, e eles são os mais poderosos de todos!
— Eles lhe disseram de que maneira você iria morrer?
— Certamente, César. Dilacerado por cães.
— Pois então você vai ver que seus sortilégios são menos poderosos do que eu!

O imperador estalou os dedos. Dois soldados de sua guarda pretoriana chegaram e, em menos tempo do que é preciso para dizê-lo, perfuraram com seus golpes o infeliz mágico. Depois atiraram o corpo no meio do cômodo, no espaço livre entre as mesas dispostas no formato de uma ferradura. O jovem demente com a coroa de ouro soltou uma risada semelhante a um cacarejo.

— Está enganado, adivinho! Você não morreu como dissera que morreria. Dê lembranças minhas ao inferno!

Então, diante do corpo ensangüentado, toda a assistência caiu na gargalhada. Rir era a única coisa a ser feita com Calígula, era a única atitude que desarmava um pouco seu furor mortífero. Era preciso rir quando se via o conviva ao lado desmoronar, fulminado por um veneno, rir quando sua mulher era violada pelo imperador diante de seus próprios olhos ou quando era para você que ele se virava, pois seus gostos eram ecléticos...

O episódio do mágico teve, entretanto, uma seqüência inesperada. Em virtude de um refinamento suplementar, Calígula decidiu que o corpo do adivinho devia ser atirado, sem pompas fúnebres, no meio da rua. Era noite e, quando os convivas saíram do palácio, todos puderam ver os cães dilacerarem-no a plenos dentes. Furioso por não ter tido a última palavra, o imperador lançou sua guarda contra os animais e seus semelhantes, e os cães de Roma foram crucificados às centenas.

Assim transcorria a vida na capital do Império Romano, pelo menos para os que tinham o privilégio mortal de viver na intimidade de Caio Germânico. Pois os outros, o povo da cidade e os moradores das províncias, não se davam conta de nada. A paz reinava, a prosperidade era geral e os jogos do circo nunca tinham sido tão brilhantes...

O homem suspirou mais uma vez. Ele se arrependia amargamente de se ter lançado na carreira política, pois, diferente de muitos outros, não era verdadeiramente ambicioso. Preferia ter sido soldado: a vida no campo o agradava e seria certamente menos perigosa do que na corte; ou então ser agricultor, como seus ancestrais. Que pena não estar em sua Sabina natal, plantando favas ou cebolas...

— Saudações, nobre edil! Trouxemos um presente para você, da parte de César!

O interpelado virou-se prontamente. Era Quéreas, o chefe da guarda pretoriana, o executor das altas e baixas ordens de Calígula, o braço armado do tirano, um colosso cuja barba, de tão negra, chegava a ter reflexos azuis. O homem o encarava com as mãos na cintura. Dois soldados, carregando jarros, permaneciam imóveis, a poucos passos de distância... Flávia Domitila havia despertado e estreitava seu filho contra o corpo.

Os soldados avançaram. Ela se interpôs, atirando-se de joelhos, sempre com o filho nos braços.

— Por piedade! Em nome de todos os deuses!

Quéreas repeliu-a com um safanão.

— Afaste-se, mulher!

Um dos soldados agarrou seu marido e o outro despejou o conteúdo do primeiro jarro sobre ele. Um afluxo enegrecido saltou do recipiente, maculando quase que por inteiro sua toga impecavelmente branca. Depois, a mesma configuração se repetiu com o segundo jarro, e a vítima foi, dessa vez, inundada dos pés à cabeça, enquanto um odor de lodo enchia o luxuoso quarto de Messalina. Flávia Domitila desmaiou, e a criança, que escapara de seus braços, pôs-se a gritar.

As indagações se chocavam dentro da cabeça do edil, que soluçava, sufocava, submetido a esse suplício inédito, cuja razão e natureza ele não compreendia. Mas haveria alguma razão nos atos de Calígula? Sabia apenas que sua hora derradeira havia chegado. E não enxergava nada, pois estava cego em virtude de toda a matéria viscosa. Então, endireitou-se, à espera do golpe fatal... Mas nada aconteceu. Era o silêncio ou, melhor, o concerto de choros da criança que enchia o cômodo. Por fim, o chefe da guarda pretoriana resolveu falar:

— O divino César envia-lhe uma lembrança de seu passeio por Roma...

— O divino César...? Em Roma...? Não estou entendendo...

— Isso é lama... Você não é, na posição de edil, o responsável pela manutenção e limpeza das vias públicas?

— Sou sim.

— Pois bem, elas estão imundas! Quase tão sujas quanto você, agora! O divino César teve suja de lama a sandália imperial. Agora, deixe o palácio! Está demitido de suas funções.

Seguido por sua mulher, que, recuperada do desmaio, retomara o filho nos braços, o edil decaído, retirando como podia a lama que cobria seus olhos, deixou bruscamente o quarto de Messalina e pôs-se a correr pelo palácio, o qual ele sujava com cada um de seus passos... Partir, sobretudo, partir o mais rápido possível, sem se virar, sem refletir, antes que o imperador volte atrás nessa incrível clemência!

Alguns instantes mais tarde, ele desembocava nas ruas de Roma, essas ruas imundas às quais ele contribuía para tornar ainda mais imundas. Contra sua própria vontade, sentia-se agitado por pequenos acessos de riso nervoso. E estava repugnante, a ponto de meter medo, mas que importância tinha isso? Pensava no adivinho, nos cães, em Macron, em todos os inocentes que tinham sido vítimas desse louco sangüinário ou, então, nas que ainda o seriam. Mas ele não se juntara a esse número nem se juntaria! Ia refugiar-se longe dali, em sua Sabina, onde conhecia esconderijos seguros...

Como sua mulher, que não estava em perfeitas condições físicas, atrasava-o carregando o menino, tomou-o de suas mãos, cobrindo-o assim de lama. O recém-nascido gritava, mas o homem não se preocupou, assim como não se preocupava com as reações dos passantes, em grande número, como sempre, nos arredores do palácio. Passantes que se afastavam, proferindo injúrias ou gritos escandalizados.

— Para trás!

— Quem é você?

Sim, quem era ele, esse edil decaído, coberto por uma ganga indescritível e que maculava seu rebento, apertando-o contra seu corpo? Apesar do cargo importante que estava deixando, seu nome não dizia nada a ninguém. Ele se chamava Flávio Sabino Vespasiano, e seu filho, Tito Flávio Vespasiano. E, entretanto, em breve todos iriam falar tanto de um como do outro.

Naquele dia, eram dois imperadores a esconder-se sob a lama de Calígula. Os dois iriam reinar, dali a pouco tempo, sob os nomes de Vespasiano e Tito.

# UMA PRINCESA JUDIA

Nas margens orientais do Império Romano, o castelo de Malatha parecia ser especialmente propício ao devaneio.

Malatha, de fato, não merecia verdadeiramente o nome de castelo; "fortim" seria mais adequado. Tratava-se de uma residência ampla, cercada por uma muralha de tijolos amarelos e provida de uma única abertura. Uma porta enorme com apenas um batente dava acesso ao interior; essa porta era aberta pela manhã e fechada à noite. Eram necessários quatro homens para movê-la.

Malatha situava-se no centro de uma planície pedregosa, vizinha de uma fonte de água bastante abundante; em torno das muralhas, pastavam carneiros ruivos de cauda gorda e cabras de um negro profundo e com orelhas caídas. Rumo ao norte, seguia a rota para Jerusalém, cidade que ficava a dois dias de caminhada; a oeste e ao sul, erguiam-se os montes de Judá, tão próximos que pareciam crescer no local como as arquibancadas de um anfiteatro.

A leste, num nível rebaixado, havia o mar Morto, lugar desolado, semelhante ao inferno; não era possível vê-lo dali, mas, na estação quente, ele enviava um odor de mineral apodrecido e de enxofre. Além, estendia-se o país de Moab, de onde Moisés vira a Terra Santa, sem poder, no entanto, adentrá-la. Mais além, ficava o deserto, que não pertencia a ninguém. Nesses lugares que não tinham mais nome nem história, arriscavam-se somente os mais intrépidos cameleiros. Outrora, temia-se que por ali surgissem invasores; desde a chegada de Roma, porém, o que se receava eram apenas os espíritos aéreos que povoavam essas regiões solitárias.

Não, a vida não era fácil em Malatha, que, de fato, não passava de um oásis perdido num meio hostil. O clima ambiente era particularmente rude. As chuvas, apesar de raras, eram brutais e violentas. Em poucos minutos, davam origem, sempre nos mesmos locais, a rios que iam se atirar no mar Morto, carregando tudo em sua passagem, e que desapareciam tão rápido quanto tinham aparecido. Além disso, havia os ventos, sobretudo o terrível Qadim, glacial no outono e no inverno, tórrido no verão. Esse vento era chamado de Iahweh, porque lembrava aos homens sua pequenez e sua fragilidade...

Malatha era uma das possessões dos Herodes, uma família que, apesar de algumas intermitências totais ou parciais, reinava na Palestina havia várias gerações. E fora em Malatha, doze anos antes, que havia nascido uma pequena princesa chamada Berenice.

O que fazer quando se é uma princesa e se tem, como única companhia, além de sua mãe, cabras, carneiros e alguns beduínos de passagem? Que fazer a não ser sonhar? Essa era a atividade de Berenice desde que chegara à idade de pensar: ela sonhava...

Malatha não ficava longe do berço de sua família: a Iduméia, ao sul da Palestina. Os Herodes, beduínos árabes que habitavam naquele local, tinham sido subjugados, cento e cinqüenta anos antes, pelo rei israelense de então. Ele concedera-lhes o direito de permanecer na região, com a condição de que adotassem a lei judaica e que fossem circuncidados. Os Herodes aceitaram e, judeus de primeira hora que eram, tiveram, desde então, uma ascensão fabulosa. Desposando as mulheres dos que os tinham vencido e contando com o apoio dos romanos, que haviam conquistado a região na mesma ocasião, tornaram-se nada menos do que os reis locais.

Era essa a ascendência de Berenice. Era judia e árabe por duas figuras fundadoras da dinastia: judia, em virtude de sua bisavó, Mariana; árabe, de seu bisavô, Herodes I, o Grande.

A figura de seu bisavô, desde a primeira vez que lhe foi mencionada, havia fascinado a menina. Ela se apaixonara por ele, por assim dizer. Esse chefe de guerra beduíno, filho do deserto, não se parecia verdadeiramente com ninguém. Desde sua chegada ao poder, ele dera mostras de uma crueldade extraordinária e, ao mesmo tempo, de uma intuição política prodigiosa!

Cruel, sim, ele o fora de uma maneira dificilmente concebível. Ordenara o assassinato de sua mulher, Mariana, além de sua sogra, de seus três cunhados e de três de seus filhos. Entre eles figurava Aristóbulo, o avô de Berenice. Herodes o enviara para a morte por uma razão pouco comum: era belo demais! Seu charme e sua graça chegaram aos ouvidos de Augusto. Assim, temendo que o imperador fizesse de Aristóbulo seu favorito, ordenou que fosse afogado por seus companheiros de campanha, no decorrer de um banho de rio.

Na verdade, o gênio maligno de Herodes havia sido sua irmã, Salomé, mulher excepcional, mas que o ultrapassava de longe em ferocidade. Rancorosa, ciumenta, vingativa, violenta e depravada, ela pusera à força em sua cama seu sobrinho Alexandre e fizera com que sumissem seus dois maridos, que tinham deixado de lhe proporcionar prazer. Apenas Mariana era mais bela do que ela, o que Salomé não podia admitir. Salomé a caluniara, acusando-a de adúltera; como seu irmão acreditara na mentira, o destino da infeliz Mariana tinha sido selado.

Mas Herodes soubera ser bem mais do que um déspota sangüinário. Tratando suas relações com Roma com extrema habilidade, ele havia conseguido dar ao país uma prosperidade jamais alcançada. A ponto de ter êxito na tarefa das tarefas, a façanha das façanhas, a reconstrução do Templo de Jerusalém, em ruínas havia vários séculos.

No momento em que Berenice atingia seus doze anos, dezoito mil operários e mil sacerdotes, que tinham aprendido a arte da construção, a fim de erguerem as partes mais sagradas, trabalhavam havia cinqüenta anos nesse monumento, que ainda não tinha sido concluído. Mas o resultado já era de tal modo admirável que os mais devotos rabinos — que, entretanto, detestavam essa família cuja judeidade era débil, sem falar no fato de serem pró-romanos — tinham o costume de dizer: "Quem nunca viu o Templo de Herodes não sabe o que é um edifício soberbo!"

Berenice nunca visitara esse Templo, orgulho e glória de sua família, assim como não fora a Jerusalém, apesar de todas as suas súplicas. Por isso, entre os muros e nas paisagens austeras de Malatha, ela continuava a sonhar.

Se Herodes a fascinava, Mariana era ainda mais importante em seu espírito. Primeiramente, em virtude de sua posição social. Não se tratava de uma arrivista, como os idumeus, e pertencia à família dos reis de Israel, seus conquistadores. E, sobretudo, havia sua beleza... Era com a beleza de Mariana que a pequena habitante de Malatha sonhava ou, melhor, Berenice admirava-a, contemplava-a, pois podia vê-la!

Depois de ter ordenado a morte de sua mulher, Herodes, que a amava mais do que tudo no mundo, enlouquecera de dor. Durante anos, gritara seu nome nas salas e corredores do palácio. Não conseguindo serenar sua mágoa incomensurável, havia imaginado todo tipo de estratagema, a fim de ter a ilusão de que ela estava viva. Ordenara a seus próximos que a chamassem como se ela estivesse ali. Ele também fizera com que o retrato de Mariana fosse pintado no seu espelho de mão. A cada dia, ou quase, ele pedia a uma serva que tinha a mesma silhueta de sua esposa que ficasse de costas na penteadeira de sua mulher, segurando o objeto diante de si, e aproximava-se murmurando seu nome.

Pois esse espelho-quadro estava em poder de Berenice! Era seu tesouro. E, a bem dizer, não o deixava nunca, levando-o mesmo em seus passeios fora de casa, arriscando-se a quebrá-lo... Enquanto era mocinha, para seu desespero, não se parecia com o retrato; na puberdade, porém, ela subitamente se transformara, tornando-se sua réplica viva. Desde então, apesar da solidão, ela não deixara de ser feliz...

Assim era a vida de Berenice, filha de reis e rainhas, perdida em um quase deserto. E se os devaneios eram de fato ardentes, permaneciam ajuizados, porém. Apesar de estar devorada pela ambição, a menina não se sentia nem cruel nem depravada. Ela experimentava, em particular, apenas algum desprezo por Salomé, responsável pelo destino de sua cara Mariana. Salomé fora apenas alguém enlouquecido pelo próprio corpo, brinquedo de seus sentidos. Berenice, contrariamente, sentia que, para chegar à mais alta posição, precisava comedir-se e não se deixar levar por essa grave falta, que era a crueldade...

Em Malatha, sua mãe, Quipros, compartilhava de sua solidão e, juntas, tinham longas conversas. Apesar de a moça dar clara preferência a seus devaneios, ela mantinha-se atenta às lições maternais, retendo-as fielmente.

Quipros era prima do pai de Berenice, Agripa. Esse casamento nada tinha de surpreendente: na família dos Herodes, havia vários casamentos consangüíneos: entre primos e, por vezes, entre tio e sobrinha.

Mulher devotada e virtuosa, Quipros falava quase que exclusivamente de religião, mas suas afirmações austeras eram, à sua maneira, quase tão cheias de exaltação quanto os sonhos de glória... Ela criava sua filha na grandeza do povo judeu. Tratava-se do povo da Promessa. Vinte séculos antes, acontecera a Aliança entre o Eterno e Abraão, Aliança renovada por Moisés. Assim, Berenice aprendera que não era apenas de sangue real, como pertencia ao povo eleito.

E, depois, com as mudanças ocorridas na puberdade, Quipros transmitira à sua filha outra mensagem:

— Você tem a beleza, Berenice, o mais terrível dos presentes. Ela não pertence a você, pois vem de Deus. E se Ele lhe concedeu a beleza é para que a utilize da melhor maneira possível, em seu benefício e no dos que lhe são próximos.

Berenice também soube guardar essa mensagem. E pressentira, desde esse dia, que toda a sua vida podia depender disso...

Quipros não se limitava às lições de religião e moral: dela Berenice recebia novidades de seu pai, a quem a princesa nunca vira.

Único herdeiro de seu avô, Herodes, Agripa não o sucedera após sua morte. A monarquia judia, bastante nova, dependia do bom grado de Roma, que não tinha intenção alguma de deixar que ela se instalasse de maneira hereditária. Abandonando mulher e filha em Malatha, sua possessão, Agripa dirigira-se a Roma, em companhia de outro filho que, como ele, também se chamava Agripa, dois anos mais velho do que Berenice, a fim de advogar em causa própria junto ao imperador e às nobres famílias romanas.

Infelizmente, por alguma razão obscura, Agripa caíra no desagrado de Tibério, sendo então obrigado a aguardar o advento de seu sucessor, Calígula, a fim de obter uma melhor fortuna. Apesar disso, conseguiu apenas que lhe fossem atribuídas duas pequenas partes do reino de seu avô, principados indignos dele, que não mereciam que retornasse para administrá-los. Assim, ele continuara sua corte em

Roma, tremendo diante dos sangüinários saltos de humor do tirano. De fato, como para todos os que circundavam Calígula, sua única esperança residia num golpe de sorte que causasse o desaparecimento do imperador...

Foi quando a vida de Berenice se viu transtornada da noite para o dia. Uma bela manhã, Quipros anunciou à princesa, segurando nas mãos uma tabuinha encerada que um mensageiro acabara de lhe entregar:

— Seu pai decidiu que você deve se casar.

Recém-chegada à adolescência, ela caiu das nuvens.

— Em breve, você vai completar treze anos. É a idade certa.

— Mas quem é ele? Com quem se parece?

Quipros sorriu.

— Chama-se Tibério Alexandre. É o sobrinho de Fílon de Alexandria, o homem mais sábio da Terra. E com quem se parece, você vai saber por conta própria, já que ele virá aqui!

Um noivo... Como pareceram longos os dias que separavam o anúncio de Quipros da chegada de Tibério Alexandre! No espírito daquela que já era uma mulher, mas que continuava a ser uma criança, a curiosidade e a impaciência se misturavam ao medo. Ela o imaginava belo, forte, inteligente, mas, ao mesmo tempo, indagava-se como iria se comportar esse ser que tinha direitos sobre ela, a quem ela deveria jurar fidelidade por toda a vida. Seria ele brutal e violento, como Herodes? Sem contar que o casamento e seus mistérios irrompiam em sua vida de modo a deixá-la aturdida, quase desamparada.

Berenice não ousou colocar à sua mãe todas as questões que a acometiam. Apesar do amor sincero e profundo que sentia por ela, experimentava em relação a Quipros um misto de respeito e temor. Em virtude das lições de moral e religião, Quipros dirigia admiravelmente seus primeiros passos na existência, mas mantinha entre as duas certa distância; era um guia, não uma confidente.

Então, Berenice confiou-se a Mariana. Sozinha, diante de seu quadro-espelho, interrogou fervorosamente a imagem pintada. Esta, é evidente, permaneceu calada, mas pareceu à princesa que seu olhar, um composto de serenidade e avidez, a incitava à confiança... Assim, quando, alguns dias mais tarde, uma grande agitação entre os criados anunciava-lhe que Tibério Alexandre estava lá, ela sentiu o coração bater forte, mas reuniu a força necessária em face do acontecimento.

O encontro ocorreu na grande sala do castelo. Quipros apareceu na companhia de um homem ricamente vestido.

— Seja bem-vindo em nosso meio, Tibério. Apresento-lhe Berenice.

Tibério Alexandre inclinou-se diante dela com muita destreza. Ela lhe devolveu como podia o cumprimento... Ele era mais velho do que ela, estava na faixa dos trinta anos, o que não a incomodou, muito ao contrário. Com um rapaz de sua idade, não saberia como se comportar, ao passo que, naquele caso, devia apenas deixar-se guiar por ele, escutar e esperar.

Por alguns instantes, ficaram os dois um diante do outro, e ela fez uma descoberta: Tibério era maravilhosamente belo. De pele morena, com cabelos encaracolados e de um negro profundo, ele sorria para ela, deixando entrever seus dentes brilhantes. Além disso, sua fronte ampla e o olhar luminoso transmitiam uma impressão de segurança e de inteligência.

— Sinto-me muito feliz, Berenice. Você gostaria de que nos conhecêssemos melhor?

Tibério tinha uma voz suave e calma que, desde o princípio, deixou-a confiante.

— Com prazer...

— O que você sabe de mim?

— Minha mãe falou-me do seu tio. Disse que era o homem mais sábio do mundo.

— Penso que é a verdade.
— O que ele faz?
— É filósofo...

Quipros afastou-se e, embora permanecesse no cômodo para vigiá-los a distância, os deixou juntos... Tibério Alexandre exprimiu-se acerca de seu tio com um visível respeito e muita admiração. Expôs suas concepções com quanta clareza pôde... Fílon de Alexandria fora o primeiro a dar outra dimensão ao Livro da Lei. O povo judeu tinha o privilégio de adorar o verdadeiro Deus. Os deuses dos gregos e dos romanos eram fábulas pueris, nos quais nem eles mesmos acreditavam. Mas seria um grave erro dos judeus abandonar os gentios a seu próprio destino. O dever do judeu era, ao contrário, propagar a verdadeira crença por todo o mundo. A Lei mosaica era universal, e não apenas reservada a um único povo.

Berenice escutara com atenção a tudo. Era algo diferente do que lhe dizia sua mãe, mas ela própria tinha, espontaneamente, a tendência a interpretar as coisas de maneira muito semelhante ao tio do jovem rapaz. Era mais ambicioso, mais generoso. Uma questão surgiu de seus lábios:

— Como convencer os gentios?
— Buscando apoio em Roma. Tornarmo-nos colônia romana foi nossa sorte. Com a ajuda de Roma, iremos nos difundir por todo o universo. Eles têm a força das armas; nós, a do espírito!

Aquelas palavras perturbaram Berenice. Tibério Alexandre acabara de fazer-lhe uma revelação capital. Em seus sonhos, ela queria ascender um dia ao poder, mas, até então, não sabia como. Ora, o rapaz entregara-lhe a chave, contida numa só palavra: Roma... Ela perguntou, avidamente:

— Fale-me de Roma.
— Nunca fui a Roma, mas meu tio, justamente, acaba de retornar de lá. Ele dirigiu uma embaixada junto a Calígula, e me falou de tudo...

Tibério Alexandre descreveu então à jovem adolescente as maravilhas da capital do mundo: o esplendor dos templos e do Palácio dos Césares, a imensidão da cidade. Berenice escutava, embevecida... Naturalmente, criou-se um elo entre os dois. Tibério Alexandre, que já era adulto e conhecia todo o mundo, abria-lhe perspectivas imensas acerca de tudo o que ela não conhecia, trazendo à jovem reclusa tantas informações que ela ficou maravilhada, fascinada.

Foi nisso que pensou ao se ver só, naquela noite, em seu quarto. Ela quase se esquecera de que se tratava de seu noivo, com tudo o que isso podia significar. No fundo, porém, Berenice estava aliviada. Pois, assim, ela evitava pensar no que iria acontecer quando se tornassem marido e mulher; ela podia deixar esse futuro muito próximo envolto numa bruma tranqüilizadora.

Nos dias que se seguiram, ela obteve dele as mesmas ardentes lições... Por deferência, por respeito a ela, tanto em virtude de sua pouca idade quanto de sua alta condição, Tibério Alexandre não lhe falava nada de pessoal, apenas sobre política, coisas do mundo, e ela seguia com paixão suas exposições tão claras, tão luminosas. Com ele, Berenice aprendia tudo o que queria saber do poder, das intrigas da corte, fazendo a aprendizagem do que era ser uma mulher da família dos Herodes. Ela indagava e ele respondia; ela formulava objeções, comentários, e ele a escutava pacientemente, com interesse, corrigindo-a, por vezes, cumprimentando-a, com muita freqüência. Como entre eles o entendimento intelectual e a comunhão de pontos de vista eram perfeitos, logo estavam fortemente unidos por grande cumplicidade.

Um sentimento de outra natureza, porém, não tardou a surgir... Tibério Alexandre falava-lhe de Alexandria, assunto sobre o qual era impossível calá-lo, pois, segundo ele, se Roma era a maior cidade do mundo, Alexandria era a mais bela. E não acabava nunca de descrever os tesouros para a adolescente: o Farol, a Biblioteca, o Museu, os inúmeros palácios, todos mais belos uns do que outros. Berenice escutava ainda mais fascinada, pois seria ali que habitariam depois de se casarem.

— Sabe que uma rainha de Alexandria, que viveu há muito tempo, chamava-se Berenice? Depois de sua morte, sua família chegou a transformá-la numa deusa. Ela era bela, extremamente bela...

Tibério acrescentou, olhando-a:

— Ela se parecia com você...

Levemente emocionada, Berenice indagou:

— Como sabe disso, se ela viveu há muito tempo?

— Porque um artista executou seu retrato. Trata-se de uma obra fabulosa, um mosaico que figura em um quarto de um dos palácios, onde já tive a oportunidade de dormir. Se quiser, nós...

Tibério Alexandre estava prestes a dizer "dormiremos lá", mas não ousou. Ele prosseguiu, baixando repentinamente o olhar:

— ... Nós iremos vê-lo...

A perturbação que se apoderou dele era uma confissão, fato de que Berenice não duvidou sequer por um único instante. Assim que ele a deixou, ela correu para trancar-se em seu quarto. Queria ficar sozinha para meditar na inquietante revelação que acabara de receber: Tibério não era insensível a ela; Berenice soube tocar seu coração!

Esse fato, para ela, era de uma alegria indizível! Assim Berenice, recém-saída da infância, alguém que teve por companhia apenas as cabras e carneiros de Malatha, já era capaz de emocionar um homem de trinta anos, que morava na mais bela cidade do mundo, um ser de espírito superior e de saber sem par.

Ela foi tomada por um impulso repentino. Com o retrato de Mariana nas mãos, pegou um espelho verdadeiro para fazer a comparação, o que não acontecia havia muito tempo... Ela deu um grito de alegria! Na verdade, elas não eram verdadeiramente parecidas. Mariana tinha trinta e oito anos quando Herodes ordenara sua morte, e era com essa idade que ela fora representada. Mas os traços estavam todos ali. Ela tinha a mesma cabeleira negra e sedosa, o mesmo oval perfeito do rosto, a mesma pele morena, os mesmos olhos negros oblongos, o mesmo nariz retilíneo das estátuas pagãs e os mesmos lábios carnudos, gulosos. Sim, não podia se enganar: ela já era capaz de seduzir um homem!

A partir dali, enquanto conversava com Tibério acerca de assuntos sérios, austeros, ela o observava de maneira discreta, para seu grande júbilo, surpreendendo nele alguns sinais nada enganadores. Assim, mudou seu comportamento em relação a ele. Mostrou-se mais atenta a suas próprias atitudes, a seus gestos, suas poses, seus sorrisos. Dessa maneira, fazia a aprendizagem do seu poder de sedução, comportando-se, pela primeira vez, como mulher...

Essa nova etapa de suas relações, entretanto, durou pouco. Apenas alguns dias mais tarde, Quipros declarou a Berenice, ao encontrá-la sozinha, contemplando o espelho de Mariana:

— Seu pai chega em breve. Ele mudou as disposições acerca de seu casamento.

A adolescente ficou ainda mais estupefata do que no anúncio de seu noivado.

— Não vou mais me casar com Tibério?

— Não.

— Mas por quê...?

— Seu pai vai explicar as razões a você.

— Mas...

— Não faça perguntas. Em sua idade, deve limitar-se a obedecer.

Quipros percebeu as lágrimas que tinham corrido espontaneamente no rosto de sua filha; ela acrescentou:

— Idade em que se deve sofrer em silêncio...

Ao ser informado, Tibério Alexandre não conseguiu esconder seu desapontamento. Decidiu partir de imediato. Despediu-se de Quipros com bastante frieza e foi encontrar-se com Berenice. A moça procurou o que dizer, mas não teve palavras. Ele também não disse nada. Ela o seguiu até a enorme porta de batente único. Ele fez um gesto em sua direção, mas não o concluiu, e lhe disse, saltando sobre sua montaria:

— Eu a amava, Berenice!

Afastou-se então, sem se virar, em meio às cabras negras e os carneiros ruivos... Berenice recomeçou a chorar e, de maneira surpreendente, não era apenas por mágoa. É claro que estava triste; via desaparecerem todos os seus sonhos, a companhia de um homem tão belo e inteligente quanto suave e atencioso, Alexandria e os palácios onde iria habitar, Roma e a corte dos Césares onde Tibério lhe prometera visitar, mas a emoção suscitada nela por sua última réplica preponderava sobre tudo o mais. Ela acabava de receber sua primeira declaração de amor! Não estava enganada sobre o seu poder de sedução.

E, enquanto se afastava esse belo jovem a quem ela talvez nunca mais visse, longe de deixar-se vencer pela tristeza, reagiu com uma energia que surpreendeu até ela mesma. Decidiu, então, que sua primeira decepção de mulher seria a última. E fez a si mesma uma promessa: jamais se apaixonaria!

Agripa chegou alguns dias mais tarde. Para Berenice, era muita emoção em atropelo, após a partida de seu efêmero noivo. Quem era ele, aquele a quem ela devia seu nascimento, mas que nunca tinha visto?

Seria parecido com Herodes? De fato, ela não tinha o retrato do antigo rei, mas mil vezes o imaginara: perfil aquilino, estatura elevada, olhar dominador.

Mas Agripa não se parecia com Herodes, pelo menos como a princesa o imaginava. Sua chegada a Malatha foi tonitruante, em meio a uma tropa de serviçais e escravos. A primeira coisa que Berenice notou, sem saber por quê, foram seus anéis. Ele usava um em cada dedo; eram enormes e todos tinham cores diferentes. Em seguida, foi somente ela que descobriu com quem se parecia. Estando na faixa dos cinqüenta anos, era imberbe, à maneira romana. O cabelo já era escasso, a pele rosada, as faces cheias e, apesar da ampla túnica dourada, percebia-se que era de compleição forte. Quase ignorando Quipros, a quem se contentara de saudar, Agripa precipitou-se na direção da princesa, exprimindo-se de maneira loquaz:

— É você, minha Berenice, minha filha, minha criança? Mas não é possível. Já é uma mulher! E a mais bela! Deixe-me olhá-la!... Sim, a mais bela de todas. Até mesmo a imperatriz Messalina, a mais bela das romanas, é menos bela do que você!

Ele a tomou em seus braços. E começou a girá-la, sem parar de rir, extasiando-se com sua pele, seus dentes, seu rosto... Berenice, sobrepujada por esse turbilhão, tentava retomar o fôlego. Ela podia apenas repetir, também rindo, as palavras "Pai... Pai...". Enfim, conseguiu falar, e fez-lhe uma pergunta que o surpreendeu:

— Messalina é imperatriz? Então o imperador não é mais Calígula?

Agripa fez um movimento de recuo e a observou dos pés à cabeça, com expressão de surpresa, levemente admirado.

— Você está a par dessas coisas? Preocupa-se com isso?

— Sim, pai. Tibério Alexandre falou-me da corte. Tudo o que se passa em Roma me interessa.

— Não me diga que você tem tanto espírito quanto tem de beleza!

Berenice enrubesceu... Agripa prosseguiu, com um amplo sorriso:

— Sim, o imperador mudou. Calígula está morto! E sabe como foi? Morto por sua guarda pretoriana, pela mão de seu chefe, Quéreas. E esses bravos soldados puseram em seu lugar o seu tio, Cláudio. E digo "esses bravos soldados" porque eles podiam ter escolhido qualquer outra pessoa, e Cláudio era justamente aquele a quem eu fazia minha corte. Tornei-me seu amigo e eis que ele se torna imperador. Mas eu já o tinha pressentido, sempre sinto essas coisas, é uma questão de faro, como os cães de caça...

Agripa esboçou uma careta, como se farejasse, e continuou a discorrer, fazendo gestos amplos. Após tantos anos de silêncio, o grande cômodo do castelo de Malatha ecoava sua voz sonora e suas gargalhadas.

— O primeiro ato de Cláudio, você compreende, o primeiro, antes dos negócios da Itália, antes do Senado, antes dos negócios de Roma, foi ocupar-se de mim. E deu-me tudo, tudo! O reino de Herodes é meu, e mais ainda!

E desfilou-os, contando nos dedos, com seus anéis multicores:

— A Judéia, a Galiléia, a Samaria, a Peréia, a Iduméia, o reino de Filipe, o reino de Lisânias. E eis que retorno! Estou de volta, para governar meus Estados. É um dia de glória e de triunfo para todos os judeus!

Agripa continuou por muito tempo a falar, não deixando de mostrar toda a sua alegria diante da filha e de sua mulher, que, por fim, se manifestou:

— Nosso filho não está com você?

— Não. Deixei-o em Roma, para que ele receba a educação de um verdadeiro romano. Confiei-o ao imperador, que me assegurou que o tomava sob sua proteção e que cuidaria dele como se fosse seu próprio filho...

Berenice, passado o momento do reencontro, sentia-se tomada por um incômodo crescente. Sua mãe lhe dissera que seu pai terminara com seu noivado e que lhe anunciaria suas decisões. Então, quais seriam elas? O que aconteceria com ela? Seu coração batia a ponto de romper-se dentro do peito... Agripa aproximou-se dela.

— Agora, minha filha, tenho um presente para você!

— Um presente?

— Sim... Imagine o mais belo dos presentes, multiplique-o pelo número de estrelas e ainda ficará abaixo da verdade! Então, tem alguma idéia?

Berenice fechou os olhos.

— Será... um marido?

— É *também* um marido. Se renunciei a Tibério Alexandre, que tantas qualidades tinha, é porque há outra coisa!

Berenice murmurou:

— Não consigo imaginar...

— Um reino! Ofereço a você um reino. Pedi-o ao imperador Cláudio, e ele me agraciou!

Berenice não soube como não desmaiou ao escutar essas palavras. A seqüência correu para ela como se fosse um sonho, de maneira indistinta, abafada.

— É o reino de Cálcis. Cláudio atribuiu-o a meu irmão, Herodes, e me disse que escolhesse sua mulher. Pois bem, decidi que seria você! A cerimônia ocorrerá em Cálcis. Herodes já está lá. Partiremos amanhã!...


Para ir de Malatha a Cálcis, situada ao norte da Palestina, em terra não-judia, era preciso atravessar todo o país, seguindo o Jordão e cruzando os montes do Líbano. Era a primeira vez que Berenice viajava, mas, apesar de magníficas, ela não prestava nenhuma atenção nas paisagens que estava atravessando. Em sua liteira de duas mulas, uma adiante e outra atrás, seu espírito transportava-se de fato em direção às duas realidades mágicas para as quais ela se encaminhava: seu marido e seu reino!

Ela, a sonhadora, usava toda a imaginação de que era capaz para representá-los. E estava certa de que um e outro eram os mais belos que pudesse haver, apesar de seu tio Herodes, que tinha apenas alguns anos a menos do que seu pai, ser, forçosamente, muito mais velho do que ela. Que importa, porém! Ela decidiu que ele seria um Tibério Alexandre um pouco mais maduro.

Seu reino não a decepcionou... A cidade de Cálcis era pequena, mas situada num local soberbo, uma planície verdejante em meio a um imenso anfiteatro montanhoso formado pelos montes do Líbano e os planaltos da Síria. E mesmo que a aglomeração não fosse muito grande, a idéia de viver no meio de toda essa gente, saindo da solidão que fora Malatha, excitava a adolescente ao mais alto ponto. Mas isso não foi nada comparado ao que ela experimentou quando descobriu o palácio. A caravana real parou diante de um edifício novo em folha, de estilo romano, com uma profusão de colunatas. Em vão, Berenice repetia isso para si mesma, mas tinha dificuldades para conceber que aquele era o seu palácio, que a rainha era ela, ou viria a ser... Pensava que iria descobrir, nesse mesmo instante, seu marido, mas Agripa a desiludiu:

— Não, a mulher só vê seu marido no momento da cerimônia. Você terá de esperar até amanhã...

O dia seguinte era uma quarta-feira, dia reservado às núpcias das jovens moças, já que as viúvas se casavam às terças-feiras. O dia começou, para Berenice, com uma novidade maravilhosa: sua toalete. Não se tratava da toalete que ela fazia todos os dias em Malatha, mas de uma toalete realizada por especialistas em maquiagem, penteados, perfumes, guarda-roupa: uma verdadeira toalete de noiva, uma verdadeira toalete de rainha!

Seus cabelos foram os que mais exigiram tempo e cuidado. Foi confeccionado para ela, reforçado por agulhas de platina e prata, um penteado de altura inimaginável, que fez com que perdesse o que lhe restava de infantil. Sobretudo porque a maquiagem trouxe o que faltava para que ela se tornasse totalmente mulher: *kol* para cílios e sobrancelhas, lábios e face na cor púrpura, unhas e palmas das mãos de amarelo. As perfumistas compuseram para ela uma harmonia que, apesar de ser invisível, era pura magia. Elas escolheram como base o nardo indiano, o bálsamo de Jericó e a mirra da Arábia, as três essências mais poderosas e também as mais caras; para evitar um aroma demasiadamente pesado para sua pouca idade, misturaram cinamomo e ônix, acrescentando um tom provocante.

A vestimenta estava em uníssono. Para a ocasião, abandonou-se a habitual túnica por um manto à moda persa, de mangas evasê, toda feita em fios de ouro e com bordados de prata. Chapins de couro vermelho completavam o conjunto.

Berenice estava totalmente vestida quando seu pai e sua mãe vieram encontrá-la. Tão emocionados quanto ela, cada um lhe trouxe uma jóia, as únicas que ela usaria naquele dia.

Quipros estendeu para ela sua Cidade de Ouro, isto é, o diadema que as judias ricas usavam, cujo formato imitava as fortificações de uma cidade. Tremendo, ela a colocou em sua imponente cabeleira.

— Usei-o em meu casamento com seu pai e nunca mais o coloquei desde então. Pertence a você agora, Berenice. Que ele sobrepuje uma cabeça justa e pura!

Agripa ofereceu-lhe um colar fabuloso: uma corrente de ouro da qual pendia um único diamante, de tamanho inimaginável, semelhante ao de um ovo de gralha. Seus reflexos azuis eram deslumbrantes.

— Comprei-o em Roma. Ele vem de um país que fica além da Índia, cujo nome é desconhecido de todos. Nunca houve nem haverá outro igual a este. Que sua vida seja como ele, Berenice: única!

Faltava colocar nela os ornamentos rituais: as placas de ouro em forma de faixa sobre a fronte e um véu de musselina branca para cobrir seu rosto. Assim vestida, ela subiu no palanquim tradicional e, precedida e seguida pelo cortejo nupcial, saiu do palácio.

Normalmente, a noiva deixava a casa de seus pais a fim de ir para a de seu futuro esposo; porém, como neste caso o noivo estivesse em outra parte do palácio, o cortejo seguiu um périplo nas ruas de Cálcis, para só então retornar ao ponto de partida.

Diante dela iam dez jovens vestidas de branco, segurando lâmpadas acesas, em seguida Agripa e Quipros; depois dela seguiam os convidados para as núpcias. O cortejo cantava versículos de circunstância, extraídos do Cântico dos Cânticos:

— Qual é então essa procissão que avança, como colunas de fumaça, perfumada com incenso e mirra, exalando aromas de todas as caravanas? É a bem-amada que responde ao chamado de seu bem-amado...

As ruas estavam repletas de gente; o povo de Cálcis viera em grande número, chegando mesmo dos campos vizinhos, tanto para ver a cerimônia quanto para aproveitar a distribuição de guloseimas e de prata que não deixaria de ocorrer. Para Berenice, essa afluência era um motivo suplementar de felicidade, de enlevação. Todas essas pessoas que davam gritos de alegria em sua passagem eram seus súditos, e eles a saudavam como rainha! Para provar que não estava sonhando, ela tinha de tocar na Cidade de Ouro em sua cabeleira e em seu diamante, que pesava em toda a sua dimensão sobre seu seio...

Repentinamente, sentiu uma pontada no coração: retornando ao palácio, o cortejo atravessava a soleira, entoando uma passagem do Livro de Rute:

— Que Iahweh torne essa mulher que entra em sua casa semelhante a Raquel e a Lia, que formaram a Casa de Israel!

O casamento propriamente dito iria acontecer numa sala de jantar do palácio. À parte os quatro servos que seguravam o *huppah*, o dossel ritual, a sala estava deserta. Berenice desceu de seu palanquim e posicionou-se sob o dossel, sozinha. Ela se esforçava para não tremer. O noivo estava prestes a fazer sua entrada. O grande momento havia chegado!

Efetivamente, ele chegou, cercado por dez rapazes carregando lâmpadas, e, quando estava a poucos passos dela, pronunciou as palavras de costume:

— Como você é bela, minha bem-amada, como você é bela!

Quipros dissera-lhe muitas vezes: a perfeição não existe neste mundo, não se pode pretender ter tudo. Nessa sucessão de felicidades, havia uma decepção, e essa decepção chamava-se Herodes.

O tio de Berenice era mais novo do que seu pai, mas parecia ser muito mais velho. Primeiro, ele era pequeno, muito pequeno: com a altura de seu penteado, ela o sobrepujava amplamente e, além disso, ele era gordo; sua silhueta era redonda como a de uma bola. Apesar dos esforços de sua maquiagem — pois ele também se maquiara! —, ele não conseguira dissimular nem as bolsas sob os olhos nem suas bochechas caídas. Ele já devia ter cabelos brancos, pois lhe acorrera a idéia ridícula de tingi-los de louro. O efeito era desastroso, sobretudo porque, acreditando que lhe era benéfico, ele também os salpicara de lantejoulas de ouro!

Ele se aproximou... Então, postou-se diante dela e passou a encará-la. Certamente, ele não estava decepcionado com sua descoberta, pois tinha os olhos surpresos e a boca entreaberta. Engolindo em seco, balançando grotescamente de um joelho a outro, ele empreendeu a recitação dos cumprimentos usuais, também extraídos do Cântico dos Cânticos:

— Como é bela a minha bem-amada! Sua cabeleira é negra como as cabras do monte Galaad, seus dentes são brancos como ovelhas tosquiadas, seus lábios são vermelhos como a anêmona, seu rosto é rosa como a romã...

Com o passo cambaleante, ele foi encontrá-la sob o dossel, trocando com ela o beijo que materializava sua união. Naquele instante fatídico, que fazia dela a rainha, Berenice teve, inesperadamente, um pensamento jocoso: com um marido desses, ela seria fiel à sua promessa, pois não havia o risco de apaixonar-se! E ela reteve o sorriso, enquanto, de acordo com a liturgia, eles eram bombardeados de grãos, ao mesmo tempo em que quebravam no chão um vaso repleto de incenso.

No festejo que se seguiu, ela se viu situada entre seu pai e seu tio-esposo. Berenice não guardou nenhuma lembrança do que lhe disse seu marido. Em contrapartida, nunca se esqueceu das afirmações de Agripa. Seu pai retirou de uma bolsa uma das moedas de ouro que acabara de cunhar como rei de Israel. Respeitoso da Lei judia que proibia a representação humana, não colocou ali sua efígie, apenas seu nome. Elevando-a até a altura de seus olhos, Agripa ficou por muito tempo brincando com a moeda entre seus dedos.

— Veja, Berenice, nossa força está aqui. Somos ricos, e é por isso que os Césares sempre precisarão de nós.

— Os Césares são menos ricos do que nós?

— Não, são infinitamente mais ricos. Mas também gastam infinitamente mais, e estão sempre necessitados de recursos. Basta-nos, então, estarmos presentes no bom momento…

Berenice temia a noite de núpcias, que viria a seguir, mas tudo se passou melhor do que pensava. Ao ver-se só com seu marido, exigiu que o quarto ficasse às escuras e, a partir dali, seu espírito fez o resto.

Em lugar do tio sem viço e balofo deitado a seu lado, imaginou que se tratava de seu noivo de trinta anos, que, partindo de Alexandria, a Bela, tivesse vindo encontrá-la pelos caminhos dos ares; em lugar dos cabelos recheados de lantejoulas, ela imaginou os cabelos encaracolados e de um negro profundo; em lugar da boca tremente, o sorriso irresistível com dentes brilhantes. Dessa maneira, foi a Tibério Alexandre que Berenice se entregou naquela noite! Quanto a seu verdadeiro marido, ela encontrou para ele um apelido: "Herodes de cabelos amarelos", e, em seu pensamento, nunca o chamou de outra maneira a partir dali.

Sua vida organizou-se rapidamente... Ela se tornara uma rainha aos treze anos: era isso que devia contar para ela, unicamente isso! Herodes, que lhe devotou desde o início uma completa adoração, esperava que ela desejasse viver num ócio luxuoso, ocupando-se apenas de seu corpo e de seus ornatos, mas, para sua grande surpresa, ela se interessou em primeiro lugar pelos negócios do reino, querendo assistir aos conselhos e participar das deliberações.

Ele se prontificou a satisfazer seus desejos, e Berenice descobriu o que era na verdade o reino de Cálcis.

Reino era um nome bastante pomposo para Cálcis... Tratava-se, de fato, de um pequeníssimo território espremido entre Berito, no Líbano, e a capital da Síria, Damasco. Apesar de o reino ser pequeno, havia ali uma terrível agitação. A planície de Cálcis era rica, mas os camponeses que viviam na região excitavam a cobiça dos montanheses circunvizinhos, que se mantinham em perpétua guerrilha, com confrontos intermináveis.

Pretendendo remediar a situação, Berenice obteve, por meio de Herodes, um encontro com os chefes dos montanheses, e dialogou com eles. Era gente rude, sem fé nem lei, mas essa marca de consideração de sua soberana causou-lhes uma forte impressão. Em breve, passaram a manifestar um profundo respeito por ela. Berenice os recompensou compondo com os melhores deles sua guarda pessoal, que, desde o primeiro instante, lhe foi inteiramente devotada.

Herodes de Cálcis, totalmente subjugado, descobriu nessa moça de treze anos uma autoridade e um juízo que faltava em muitas grandes personagens. A ascensão que ela tinha sobre ele cresceu ainda mais, e sua devoção não tinha mais limites...

Berenice também queria ser fiel ao ensinamento de Tibério Alexandre. Uma vez que Deus a fizera rainha de súditos gentios, ela se sentia no dever de trazer até eles a verdadeira fé; a Lei de Moisés não devia ser reservada de maneira egoísta apenas aos judeus. Assim, convocou os notáveis de Cálcis para discutir com eles a esse respeito, mas, para sua grande surpresa, não encontrou nesse meio nenhuma boa vontade. Eles preferiam continuar fazendo sacrifícios aos deuses de Roma. Berenice ficou mortificada. Descobriu, então, as realidades da política: a vontade encontrava obstáculos, e as boas intenções nem sempre eram recompensadas.

Não houve tempo, porém, para demorar-se nessa decepção. Menos de um ano depois de sua ascensão ao trono, Herodes de Cálcis obteve do imperador Cláudio a função de administrador do Templo. Esse cargo prestigioso fazia dele a personagem mais importante de Jerusalém, dando-lhe a responsabilidade sobre o tesouro sagrado e o poder de nomear o sumo sacerdote. Naquela cidade, ele tinha precedência sobre o próprio rei, seu irmão, tendo, além disso, o deleite de morar no Palácio dos Asmoneus, antiga residência dos reis de Israel. Ele anunciou o fato a sua esposa com o orgulho facilmente imaginável, e fez questão de precisar:

— Foi por você, minha amada, que aceitei o cargo, unicamente por você! Queria que, em Jerusalém, você fosse a maior. Agora, está consumado. Sua mãe, Quipros, é a rainha terrestre daquela cidade, mas você é a rainha espiritual...

Rainha espiritual de Jerusalém! Que moça de catorze anos já conhecera semelhante destino? Qual delas não teria a cabeça virada? Berenice ficou tão louca de alegria que, pela primeira vez, foi beijar espontaneamente seu marido, que, por sua vez, por pouco não desmaiou de alegria.

— Quando partiremos?

— Estamos no início do mês de nisã, e a Páscoa é dia 14. Se lhe convier, poderíamos pôr-nos a caminho amanhã mesmo...

Ah, sim, Berenice queria! É fácil imaginar com que excitação ela refez, no sentido inverso, a viagem que a conduziu a Cálcis. Desceu o Jordão, cujo leito escuro e vicejante, orlado por mimosas, jasmins e loureiros, contrastava com a aridez do restante da região. Margeou o lago de Tiberíades — antigo lago de Genesaré —, assim chamado em razão da homenagem a Tibério feita por Herodes Antipas, outro de seus ancestrais, que também desposara uma de suas sobrinhas, Herodíades.

À medida que se aproximava de Jerusalém, a multidão crescia. Pois, em toda grande festa, os peregrinos convergiam para a cidade; na Páscoa, eles eram ainda mais numerosos. Vinham às centenas de milhares de toda a Palestina e, por vezes, até mesmo de mais longe. Na rota norte, a que eles percorriam, acotovelavam-se os judeus da Ásia: os da Babilônia, de vestimentas negras e talares, os da Fenícia, com túnicas e calções matizados, os dos planaltos anatolianos, com mantéus de pele de cabra, os da Pérsia, vestidos em seda com relevos em prata. Alguns já traziam o cordeiro imaculado que iriam sacrificar no Templo; outros o comprariam com os milhares de mercadores que se amontoavam diante das muralhas da cidade.

Se havia peregrinos de todas as origens, havia também de todas as condições. O suntuoso comboio do rei e da rainha de Cálcis cruzava tanto com pobres quanto com ricos, e todos se falavam, alegres por partilharem entre si a mesma fé, a mesma tradição. Assim, Berenice viu-se saudada sinceramente por agricultores em andrajos, por pescadores que exalavam o cheiro de peixe, por eremitas que vestiam apenas panetes e tinham a barba encardida, e, de dentro de sua liteira, ela conversava familiar e fraternalmente com eles. Enfim, na véspera da chegada, assim como ordenava o costume, ela entoou em uníssono com eles o *Cântico das Subidas*:

— Minha alma suspira e desfalece pelos átrios de Iahweh. Meu coração e minha carne exultam pelo Deus vivo. Oh, como me alegrei quando me disseram: Vamos à casa de Iahweh!...

Mesmo vista de longe, Jerusalém tinha o mais nobre aspecto. Os peregrinos vindos do norte, os que chegavam como eles pelo monte

Scopus, comparavam a cidade a um cervo deitado sobre as colinas. E, efetivamente, além da forma, a cidade imitava a pele desse animal. Jerusalém era toda avermelhada, cor das casas mais simples, tendo, aqui e ali, as manchas brancas do mármore dos palácios.

Mas Jerusalém não era apenas beleza, pois tinha tudo de uma fortaleza inexpugnável. A muralha onde se situava a entrada era gigantesca e compunha-se de blocos enormes, sendo os menores do tamanho de um homem. Seus paredões eram guarnecidos por seteiras e reforçados por torres que ficavam a uma lança de distância umas das outras.

Dessa maneira, o poderio dos Herodes não era apenas espiritual. Uma fortaleza dessa natureza tinha a capacidade de resistir vitoriosamente a um exército... Berenice estava imersa nessas reflexões quando deu um grito de surpresa e alegria. Seu pai estava lá, diante dela, sob a porta monumental que acabava de dar-lhes o acesso à cidade. Como lhe fora anunciado a sua chegada, ele viera encontrá-la como um simples peregrino. Agripa estava vestido com uma túnica simples e com o manto jogado sobre os ombros.

Ela saltou da liteira e precipitou-se em seus braços. Berenice não o via desde o seu casamento. Agripa, que levava muito a sério o governo de seus Estados, quase não deixava Jerusalém... Em pouco tempo, ele mudara muita coisa. Berenice achou-o envelhecido, mais investido de uma visível serenidade. Notando que o povo se amontoava em torno dele com fervor, ela se encheu de um júbilo infinito. Após as efusões, ele se dirigiu a ela em tom grave:

— Tive um sonho. Havia duas oliveiras no jardim. Uma árvore era eu, a outra, você. Minha oliveira estava ligeiramente definhada, mas a sua crescia com tanto vigor que atingia as nuvens. Berenice, logo deixarei o mundo e você será a maior de todos os Herodes, homens ou mulheres, reis ou rainhas...

Berenice permaneceu imóvel, transtornada.

— Como isso pode ser possível?

— Não sei. Sei somente que é preciso que você se prepare para isso. Amanhã, farei uma oração ao Eterno, em sua intenção...

Então, começaram a caminhar pelas ruas de Jerusalém. Agripa ia à frente, a pé, em companhia de seu irmão, Herodes, seguidos apenas por alguns guardas reais. Berenice os seguia, também a pé, com uma parte de sua escolta de montanheses.

Jerusalém era um verdadeiro dédalo de ruelas distribuídas sem o menor planejamento, com uma profusão de escadarias. As ruas eram tão estreitas que praticamente não havia lugar para que dois asnos pudessem passar em sentidos contrários. Os guardas abriam passagem aos gritos, mas avançava-se com dificuldade e reinava grande confusão em meio aos clamores dos mercadores apregoando suas mercadorias, ao balir dos cordeiros que seriam sacrificados e das marteladas de caldeireiros e ferreiros.

De repente, fez-se grande silêncio. Um só som fizera com que todos os outros cessassem. Era quase noite e o chofar acabava de ecoar. O chifre de carneiro ancestral, de som lúgubre e solene, soava assim apenas nas vésperas das festas mais sagradas. Quando o instrumento se calou, as sete trombetas de prata do Templo ganharam os ares, emitindo um sêxtuplo apelo. Instantaneamente, ou quase, as ruas tornaram-se vazias. Todos se apressavam em ir para a casa onde sabiam ser certo encontrar hospitalidade, pois, apesar da enormidade da multidão, os habitantes de Jerusalém faziam questão de acolher todo mundo, e não haveria um peregrino sequer dormindo na rua.

Berenice dirigiu-se com seu marido ao Palácio dos Asmoneus, no centro da cidade, ao passo que Agripa continuou seu caminho até o Palácio de Herodes, que, de fato, era uma cidadela encerrada por muralhas. Assim que chegou à sua prestigiosa residência, Berenice não perdeu tempo descobrindo seus luxos; ela correu para o terraço superior, de onde tinha uma vista única do Templo. Caminhando até a amurada, imobilizou-se...

Ele estava lá, diante de Berenice, em meio ao crepúsculo de primavera, essa obra-prima reconstruída por seu bisavô no local exato do Templo de Salomão, empreendimento titânico no qual dezenas de milhares de mãos trabalhavam havia mais de sessenta anos!

Berenice, que nunca o tinha visto, pensou que a palavra "Templo" era enganadora. O lugar dedicado ao culto propriamente dito representava apenas uma pequena parte da construção. Tratava-se de uma imensa esplanada que dominava a cidade. Ao ver essa espécie de colina, ou melhor, esse planalto artificial, feito com blocos de mármore impecavelmente talhados, compreendia por que o gigantesco edifício ainda não estava concluído.

Para chegar até ali, passava-se pelo palácio, através de uma espécie de dique de contenção que também ficava acima da cidade e que se comunicava com o conjunto por uma ponte de um só arco. Um imenso pórtico com inúmeras colunas perfazia todo o contorno da obra e, no meio, cercado por um duplo circuito de muralhas, erguia-se o Templo propriamente dito. Este último já tinha sido terminado, e impunha-se em todo o seu frescor resplandecente. Construído em estilo romano, era bastante alto, com uma colunata e um frontão triangular. O teto coberto por placas de ouro fulgurava, em tons de vermelho, os últimos raios de sol. Berenice podia distinguir com perfeição as agulhas e as pontas faiscantes, instaladas para que nenhum pássaro pousasse lá.

Assim era o Templo, local exclusivo de culto do povo judeu, pois um Deus único só podia ter um Templo único. Era ali, e em nenhum outro lugar, que o Eterno descia à Terra e que os sacerdotes endereçavam a Ele seus sacrifícios. Pois os rabinos não eram sacerdotes, assim como as sinagogas não eram templos. Os rabinos eram os letrados que explicavam o texto sagrado aos fiéis, e as sinagogas, lugares de encontro que serviam a um bairro ou a um povoado... A noite caía. Berenice decidiu pôr fim à sua contemplação. No dia seguinte, iria visitá-lo; no dia seguinte, a rainha espiritual de Jerusalém entraria no Templo único de Deus!

De fato, no dia seguinte, depois de as sete trombetas de prata soarem os seis toques, saudando o primeiro raio de sol, e de a porta do Templo ser aberta, rangendo, ela se pôs a caminho, dessa vez em grande aparato e na companhia de seu marido. Eles passaram pelo dique de contenção que se elevava acima dos telhados da cidade e se dirigiram para a esplanada que a sobrepujava. Uma porta de estilo romano dava acesso ao conjunto. Ali eles se detiveram e esperaram pelo rei e pela rainha.

Agripa e Quipros, também em grande aparato, não tardaram a chegar com seu próprio cortejo, imobilizando-se a dez passos deles. Herodes de Cálcis, primeira personagem de Jerusalém, pôs-se então a caminho, na companhia de Berenice, seguido do casal real. A menina continha com dificuldade sua alegria, parecendo estar a ponto de explodir. Ela nunca conhecera tamanha glória: era a primeira a entrar na esplanada sagrada, diante de seu pai e de sua mãe!

O Templo era magnífico. Ela avançava, a passos lentos, pisando com seus chapins vermelhos as compridas lajes de mármore branco; como acontecera em seu casamento, as únicas jóias que usava eram sua Cidade de Ouro e seu diamante. A primeira parte da esplanada era conhecida como Átrio dos Gentios, pois todo mundo podia entrar ali. Logo, porém, seu coração pôs-se a acelerar: estava diante do primeiro circuito de muralhas do Templo!

Quinze degraus davam acesso ao muro exterior do santuário. A partir dali, apenas os judeus podiam ir mais adiante. Uma inscrição em grego e em latim explicava o fato com clareza: "Quem for capturado será o único responsável por si mesmo, pois morte se seguirá".

Berenice entrou pela mais decorada das treze portas, e que por essa mesma razão era chamada de "Bela Porta". Esse segundo átrio, infinitamente menor do que o precedente, tinha apenas sessenta passos de comprimento por vinte e cinco de largura, e sua superfície também era reduzida por quatro alpendres, um em cada canto, que serviam para abrigar os leprosos curados, a madeira, o vinho e o óleo reservados ao Templo.

Ela avançou até um patamar arredondado de quinze degraus baixos e sobrepujado por uma porta inteiramente aberta. O rangido dessa porta era escutado toda manhã e toda noite nas ruas de Jerusalém. Era chamada de porta de Nicanor, nome do riquíssimo judeu alexandrino que a ofertou ao Templo, em seguida a uma promessa feita durante um naufrágio. Toda construída em bronze, eram necessários vinte homens para movê-la.

Berenice deteve-se diante do primeiro degrau... O local em que ela se encontrava era conhecido como Átrio das Mulheres, pois as judias não podiam passar dali. Atravessar o patamar arredondado e a porta de Nicanor era prerrogativa dos homens. Quipros alcançou-a, situando-se a seu lado, deixando passar o restante masculino do cortejo, que, com seu marido em primeiro lugar e seu pai em segundo, começou a subir os degraus. Todos tinham nos braços o cordeiro pascal votado ao sacrifício.

Fora em vão que Berenice se preparara, ela não podia se impedir de se sentir mortificada. Apesar de sua posição de rainha espiritual de Jerusalém, era obrigada a admitir que, no interior do Templo, o último dos peixeiros ou dos curtidores de couro tinha precedência sobre ela! Quipros, ao contrário, estava radiante: colocou a mão sobre o braço de Berenice e designou-lhe a casa de Deus, esplendorosa em mármore e em ouro.

— Veja a obra de nossa família! Com ela, concretiza-se a predição de Ageu: "A glória da última morada será ainda maior do que a primeira".

Além do Átrio dos Israelitas, onde agora estavam seu marido e seu pai, Berenice descobria, de fato, um espetáculo admirável. Sobrepujando-o em apenas três degraus, separado dele apenas por uma fina mureta, começava o verdadeiro lugar sagrado, o Átrio dos Sacerdotes. Era ali que se situavam os dois móveis do culto: a bacia de abluções e o altar dos sacrifícios. O primeiro, também chamado de "Mar de Bronze", era um imenso vaso sustentado por doze bois, tudo feito em bronze; o segundo, um bloco quadrado tão gigantesco quanto a bacia, feito de pedras não polidas, cujos cantos tinham o formato de chifres, possuía um sistema de canaletas que permitia a evacuação do sangue dos animais.

Por fim, doze degraus acima, sobrepunha-se o próprio Templo com toda a sua imponência. Sua porta de cedro chapeada de ouro estava aberta, mas uma cortina dissimulava o interior. Pois, diferentemente do que se passava nos templos gentios, somente os sacerdotes podiam entrar no de Jerusalém.

Berenice, assim como os outros, tinha de se resignar a imaginar a sua disposição. Ela sabia que a primeira sala era muito simples: tratava-se de uma longa galeria iluminada por janelas bastante altas. Feita com as madeiras e o mármore mais preciosos, ela estava vazia, à parte três objetos sagrados: o candelabro de sete braços, a mesa dos pães da proposição e o altar dos perfumes, todos em ouro puro.

Quanto à segunda e última sala — cujo nome não podia ser pronunciado sem um arrepio —, tratava-se do Debir, o Santo dos Santos. Mesmo os sacerdotes não tinham o direito de penetrar ali dentro. Apenas o sumo sacerdote tinha esse privilégio. E, ainda assim, isso ocorria apenas uma vez por ano, no dia do Yom Kippur, o Grande Perdão. Ali, com o coração batendo por estar sozinho em face do Eterno, ele procedia às purificações rituais. Também era no Templo, mas ninguém sabia onde, que se acumulava, dentro de enormes cubas, o tesouro sagrado, o qual, naquele momento, estava sob a guarda de Herodes de Cálcis...

Berenice deteve ali sua exploração imaginária. Os sacerdotes se posicionavam num palanque diante do edifício. Eles vestiam túnicas de linho da cor do açafrão — que nunca eram lavadas, mas queimadas assim que surgia a menor mancha — e também usavam turbantes. Eram aproximadamente mil, cada um segurando um instrumento musical, seja a lira, cujas vinte e duas cordas correspondiam às vinte e duas letras do alfabeto hebraico, seja a trombeta de prata. E, enquanto elevavam-se as primeiras notas, outros sacerdotes saíram do Templo, carregando em seus braços, elevando-os o mais alto que podiam, a fim de que todos pudessem vê-los, o candelabro de sete braços e a mesa dos pães da proposição. Nesta última, viam-se distintamente os doze pães, um para cada tribo de Israel, representando o alimento simbólico dos sacerdotes.

A música foi finalmente interrompida, e o sumo sacerdote apareceu. Vestia o mesmo hábito que os outros sacerdotes, mas de cor branca, com uma sobrepeliz e um cinturão ambos violeta. Um silêncio verdadeiramente religioso se estabelecera, tão profundo que se podia escutar o tilintar dos sinos de ouro que pendiam de sua cintura, destinados a avisar a todos de sua chegada. Sua cabeça estava sobrepujada pela tiara dos grandes dias, na qual havia a inscrição "Glória a Iahweh". Berenice não pôde se impedir de pensar com orgulho que, daquele momento em diante, a nomeação do sumo sacerdote dependia da vontade de seu marido!

E era precisamente seu marido que se aproximava, segurando seu cordeiro imaculado. Ele andou até a balaustrada que delimitava o Átrio dos Sacerdotes. O sumo sacerdote desceu, veio em sua direção, apoderou-se do animal e, com a faca na mão, levou-o até a mesa de sacrifício; depois a ergueu e abateu o animal. O sangue escoou rapidamente pela canalização que conduzia direto ao Cedron, o rio da cidade. O primeiro sacrifício acabara de ocorrer, a Páscoa começava!

Em seguida, os outros sacerdotes sacrificadores aproximaram-se do altar. Agripa e todos os homens de seu séquito entregaram seus cordeiros e o mesmo gesto ritual repetiu-se. A faca os abatia, os animais eram esvaziados, com as entranhas e a gordura sendo atiradas ao fogo. Tudo isso durou bastante tempo, e um odor insuportável de queimado não tardou a exalar. Berenice ficou quase aliviada quando Herodes desceu do Átrio dos Israelitas, dando o sinal de partida para os dois séquitos reais. Então, ela foi depositar seu óbolo em um dos treze troncos em forma de trompa dispostos no Átrio das Mulheres e deixou o templo, ao passo que a multidão de peregrinos anônimos se acotovelava para adentrar o local.

Depois desses momentos de exaltação, Berenice continuou a iniciar-se nos negócios de seu reino. Aos poucos, ela foi se ocupando de tudo, pois sua vontade era tanta e aquele a quem ela chamava de "Herodes de cabelos amarelos" estava mais do que nunca entregue à sua devoção.

Ainda transportada por sua descoberta do Templo, fez novas tentativas de persuadir seus súditos a se converterem à fé verdadeira, mas todos os seus esforços foram em vão. Os habitantes de Cálcis eram gentios e pretendiam permanecer assim!

Havia outros gentios na Palestina, fato que Berenice descobriu um pouco mais tarde, em circunstâncias dramáticas... Dois anos tinham se passado desde a Páscoa de Jerusalém, três desde sua ascensão ao trono, quando ela decidiu visitar Cesaréia. Essa cidade de fundação romana, como o próprio nome o indicava, tornara-se, em pouco tempo, o principal porto do país. Ela fez a viagem sozinha, já que Herodes, doente, não pôde acompanhá-la.

Cesaréia era povoada por gregos e sírios. Os judeus formavam apenas uma pequena minoria, como acontecia, aliás, em muitas localidades da costa; os judeus não eram um povo marítimo, tinham medo do mar e fugiam instintivamente do litoral.

Berenice foi ao local convidada pelo pai, que, preocupado em estabelecer boas relações com os habitantes não-judeus de seu reino, decidira dar grandes festas em seu anfiteatro, rogando à sua filha que aparecesse a seu lado. Berenice pensava em passar mais um momento de felicidade em sua companhia.

Ao vê-lo, achou-o bastante enfraquecido. Agripa mal lhe disse duas palavras e a deixou sozinha. Berenice suspirou. Onde estava aquele bom humor exuberante de costume...? O drama aconteceu no dia seguinte, primeiro dia previsto para as festividades. Quando Agripa se apresentou no anfiteatro, coroado de louros, à maneira romana, ele foi ao chão quase que imediatamente, segurando o ventre e gritando de dor. Morreu na mesma noite.

A tragédia em que se constituiu a morte de seu pai duplicou-se, para Berenice, por outra dura experiência. Informados da novidade, os gregos e os sírios de Cesaréia manifestaram ruidosamente sua alegria. Indiferentes ao fato de Agripa ter ido àquela cidade para prestar-lhes uma homenagem, e que esse esforço lhe custara a vida, exprimiram sem pudor algum seu ódio a esse rei judeu e aos judeus de maneira geral. Assim, eles foram cercar o palácio de Berenice e, como ela viera corajosamente encontrá-los, insultaram-na e tentaram agredi-la. Berenice teve de pedir a intervenção de sua guarda de montanheses; houve algumas mortes.

Imediatamente depois desse levante, os gentios de Cesaréia enviaram a Roma uma delegação, pedindo a supressão do reino judeu e o restabelecimento do sistema de procuradores, isto é, que um prefeito romano administrasse diretamente o país... Berenice, atirada de maneira brutal na grande política, reagiu energicamente. Ela dirigiu uma súplica ao imperador Cláudio para que ele deixasse os judeus governarem seu país e começou a se corresponder com seu irmão Agripa, o Jovem, ainda em Roma.

Outra notícia, dessa vez proveniente da Palestina, chegou às suas mãos: Herodes de Cálcis acabara de morrer. Com dezesseis anos, Berenice via-se órfã e viúva. Dizer que ficou penalizada com o passamento de "Herodes de cabelos amarelos" seria mentir. Ainda assim, teve um pensamento de reconhecimento por esse homem que tanto a amara e que lhe dera tudo que estava em seu poder... No mais, era um problema suplementar a resolver com Roma. Pois, é evidente, ela não sucederia a seu marido; o futuro de Cálcis era tão incerto quanto o da Palestina.

Berenice teve o mérito de ver claramente o problema. Tudo dependia do imperador, e a única pessoa capaz de suceder ao defunto rei Agripa era Agripa, o Jovem. Infelizmente, seu irmão parecia ter o caráter fraco. Apesar de ser dois anos mais velho do que ela, ele parecia não estar à altura da situação. Em sua correspondência, mostrava-se hesitante, temeroso.

Foi talvez por essa razão que o imperador decidiu em favor de seus adversários. No fim do ano, seis meses após a morte de seu pai, Berenice ficou sabendo que o reino judeu estava suprimido; um procurador, Cúspio Fado, governaria a Palestina em nome de Roma. Como parco consolo, o reino de Cálcis continuava com os Herodes. Cláudio nomeava para sua direção Agripa, o Jovem, que sucederia a seu tio sob o nome de Agripa II. Decidida a não baixar os braços e a ter sua vingança, Berenice retornou a Cálcis para esperar por seu irmão...

Assim que chegou a seu antigo reino, escreveu mais uma vez ao imperador para ter informações mais precisas sobre um ponto capital: o rei de Cálcis ainda teria os mesmos direitos sobre o Templo e o clero de Jerusalém? Ela argumentou, fazendo ver que essa função sagrada só poderia ser confiada a um judeu, sob pena das piores reações do povo. Para seu grande alívio, Cláudio deu seu consentimento. Agripa herdaria a função de seu tio Herodes e poderia residir no Palácio dos Asmoneus quando fosse a Jerusalém.

Alguns meses mais tarde, Berenice descobriu, de pé sobre os degraus do palácio, esse irmão a quem ela nunca vira... Era um grande e belo jovem, de ar distinto, que parecia ter mais do que seus dezenove anos. Sentia-se muito refinamento nele, mas alguma fragilidade também. Por alguns instantes ele parecera inquieto, quase amedrontado. Olhou em torno de si, como se procurasse por alguma coisa, e dirigiu-se a ela:

— Você é Berenice?

Ela aquiesceu... Depois de beijá-la, ele indicou o palácio e o povo que o escoltava, que se mantinha a uma distância respeitosa.

— Como é pequeno, e como essa gente é estranha!

— O palácio não é tão pequeno e seus súditos são como todo mundo. Há quatro anos que eu os governo.

— Era meu tio quem os governava.

— Não, ele me deixava o poder...

Com um sinal dela, os escravos trouxeram toalhas úmidas ao recém-chegado. Depois de ele ter se refrescado, ela o conduziu à sala de jantar, onde se sentaram e prosseguiram em sua conversa, comendo algumas frutas e bebendo água açucarada e vinho.

— O povo de Cálcis é pacífico?

— Não, bastante inquieto, mas me obedece.

Agripa fez uma leve careta, que se acentuou ainda mais.

— Fiquei sabendo que Cláudio me nomeou administrador do Templo.

— É uma grande honra.

— Mas não conseguirei nunca! Nunca saí de Roma, não conheço o suficiente de nossos ritos, nossos costumes.

— Eu assistia meu marido nessas funções, posso ajudá-lo. E posso ajudá-lo também a dirigir Cálcis, se você assim o quiser.

— Faria isso por mim?

— Se você me pedir.

— Mas o que eu poderia lhe oferecer em troca?

— Falar-me de Roma...

Assim se passaram vários meses... Berenice estava encantada com Agripa. Era um ser inteligente e culto, não do mesmo modo que Tibério Alexandre, profundo, exigente, mas a educação aristocrática que recebera em Roma lhe tinha dado um espírito brilhante, além de muita facilidade nas conversas e nos modos.

E, sobretudo, Berenice ficava feliz com o fato de seu irmão não apresentar um caráter forte. Apesar de ser mais nova, ela o dominava amplamente. Como ele próprio dissera, não tinha familiaridade com as coisas judaicas para estar à altura de suas funções em Jerusalém, e a todo o momento recorria a ela a esse respeito. De maneira geral, porém, dirigir, decidir o entediava e, em Cálcis, ela tinha tanta liberdade quanto no tempo de "Herodes de cabelos amarelos".

Em suma, tudo ia às maravilhas tanto para um quanto para o outro. Depois do anonimato da corte imperial, Agripa desfrutava das honras de uma função de prestígio sem ter de lidar com os aborrecimentos, e Berenice permanecia rainha de Cálcis e mestra do Templo, responsabilidades indispensáveis para a realização de suas grandes ambições. Apenas uma questão angustiante se punha a ela, de maneira cada vez mais insistente: por quanto tempo isso iria durar?

Berenice divisara com perfeição a personalidade de seu irmão para não estar consciente do perigo. Agripa era um sedutor, ele agradava e gostava de agradar. Desde sua chegada a Cálcis, as mulheres se sucediam em sua cama. Até aquele instante, nenhuma delas se impusera, mas, um dia, isso fatalmente ocorreria e, nesse dia, seria o fim de seu reinado! Pois era de suspeitar que Agripa, ser sensível e influenciável, pudesse cair nas mãos de uma mulher de caráter forte, e que a primeira coisa que essa mulher faria seria afastar sua irmã.

Berenice via-se contra a parede: ou iria procurar um marido ou continuava a dominar esse irmão complacente e inexperiente, mas, nesse caso, era preciso que ela ocupasse todas as posições!... Ela lamentou não ser uma princesa egípcia, da família dos faraós, que se casam entre irmãos. Mas se o Egito não ficava distante, a Lei judaica opunha-se a essas práticas. O Levítico dizia-o sem rodeios: "Não desvelará a nudez de sua irmã", detalhando, inclusive, que os culpados de incesto seriam queimados vivos.

Berenice via-se confrontada com a primeira grande decisão de sua vida, e que decisão!... Deve-se dizer que se ela ousava pensar nessa questão, se o incesto não lhe causava horror, é, precisamente, porque ela não conhecera Agripa antes de sua chegada a Cálcis. Se eles tivessem crescido juntos como quaisquer outros irmãos e irmãs, tudo nela se revoltaria contra a idéia dessa união. Mas a união que ela tinha com Agripa era abstrata, quase teórica. E, de mais a mais, eles não se pareciam. Seu cabelo e sua pele eram bem mais claros do que os dela e do que os dos Herodes em geral... Berenice gostaria de acreditar que Agripa era seu meio-irmão, que era resultado de um erro de sua mãe, mas a virtude de Quipros lhe tirava essa esperança.

Não havia, portanto, outra escapatória. Ela tinha de se decidir: ou renunciava à glória prometida, esquecendo-se do sonho profético de seu pai sobre as oliveiras, ou violava a Lei e cometia o crime. Tanto uma quanto outra opção lhe pareciam impossíveis; ela estava entregue ao desespero!

Foi então que, depois de ter passado horas e horas de meditação dolorosa, lhe veio uma iluminação. O texto sagrado dizia: "Não desvelará a nudez de sua irmã"; não dizia "de seu irmão". Podia-se então concluir que a interdição se aplicava ao homem, não à mulher, e que se a iniciativa viesse dela não havia pecado. Não precisou ir adiante, e foi esse raciocínio digno das argúcias mais sutis dos doutores da Lei que a fez tomar uma decisão!

Restava-lhe convencer Agripa... O que foi mais fácil do que ela imaginava.

Aproximava-se a Páscoa e eles logo iriam a Jerusalém. Uma noite, ela escolheu passar ao ataque no momento em que os dois estavam sozinhos na grande sala de jantar, terminando a ceia, deitados sobre o mesmo leito, à romana. Ela dera folga aos diversos serviçais, copeiros, dançarinos, dançarinas e músicos que de hábito acompanhavam suas refeições. Como Agripa se surpreendera com isso, ela lhe dissera que queria discutir com ele coisas pessoais. Ele não quisera saber mais, mas, naquele instante, esperava que ela se pronunciasse...

Apesar de sua apreensão, Berenice esforçava-se para continuar sorridente. Para a ocasião, ela tinha lançado mão de todos os seus recursos de sedução. Ela fizera a própria maquiagem, e o resultado não estava muito distante da maravilha de seu casamento. Além do mais, uma de suas servas arranjara-lhe um novo objeto: um minúsculo vaporizador de perfume, que podia ser escondido na sandália. Bastava um pequeno movimento com o pé para fazê-lo funcionar. Ela o enchera com nardo indiano, o único aroma que não sentira no quarto de seu irmão; nenhuma de suas amantes tinha meios de obter o perfume das rainhas!...

Ela suspirou.

— Dentro em breve, será necessário que você vá sozinho a Jerusalém...

— O que está dizendo?

— A verdade. Você deverá se casar e sua esposa não vai me querer por perto.

— Não permitirei isso! Preciso muito de você!

— Vai permitir sim. Não sabe dizer não às mulheres.

— Não posso ficar sem você, sabe bem disso.

— Mas você não pode deixar de ter uma mulher a seu lado...

Foi a vez de Agripa suspirar.

— Não posso, é verdade. Então, pode dizer-me o que devo fazer?

Ela fez um giro com o pé. Num instante, foi como se cem flores inebriantes se abrissem ao mesmo tempo. Ela colocou sua mão sobre o braço de Agripa.

— Então, será preciso que não haja outra mulher...

Ele a olhou com estupor.

— Mas Berenice... A Lei...

— Devemos obedecer à Lei, mas também devemos compreender o que ela diz realmente. Escute...

Desse dia e da noite em diante, não houve outra mulher ao lado de Agripa II. As amantes sumiram do palácio e ele não procurou mais por esposa. Agripa passou a administrar seu reino de Cálcis ao lado de sua irmã, ou melhor, ele lhe passou a direção. Ela reprimiu com violência várias revoltas, tomou medidas para evitar que as situações de penúria e fome continuassem a se repetir, tornando-se popular, admirada e ao mesmo tempo temida, e se suas relações com seu irmão suscitaram rumores, não passou disso.

Assim, Berenice instalou-se numa vida regular e algo monótona. Passava todo o ano em Cálcis e ia a Jerusalém apenas para as três grandes festas: a Páscoa, o Pentecostes e o Grande Perdão. Seus amores pouco comuns não lhe proporcionavam nem prazer nem desgosto. Sentia por seu irmão uma cumplicidade misturada a ternura, mas não estava enamorada, de modo algum. Mais do que nunca, estava sendo fiel à sua promessa...

Ela chegara aos vinte anos quando um evento finalmente aconteceu. Era o dia 10 do mês de tisri, dia do Yom Kippur, que os judeus devotos chamavam simplesmente de "o Dia".

No Templo, o sumo sacerdote havia entrado sozinho no Santo dos Santos, a fim de purificar o sangue misturado de um bode e de um touro. Em seguida, procedeu-se à cerimônia do bode expiatório. Outro bode, designado ao acaso, recebera o nome de Azazel, o anjo decaído. O sumo sacerdote pusera as mãos sobre a cabeça do animal, fazendo com que confessasse todos os pecados de Israel. Depois, um homem escolhido pelo religioso expulsara o animal a chicotadas até um local deserto nas proximidades de Jerusalém, empurrando-o no precipício prescrito pelas Escrituras, onde era proibido a quem quer que fosse, sob pena de morte, cuidar ou alimentar o animal.

Berenice assistiu a toda a cerimônia num estado extremo de inquietação. Não era em virtude desse ritual, ao qual ela conhecia minuciosamente. A razão era que, além do Átrio das Mulheres, onde ela estava, no Átrio dos Gentios, estava o novo procurador nomeado por Roma, que não era outro senão Tibério Alexandre!

Desde o dia em que tinham se separado, seu antigo noivo conhecera, de fato, uma ascensão fulgurante, pois acabava de ascender ao cargo mais elevado do país. Para isso, porém, ele tivera de se tornar romano, renegando a fé de seus pais, passando a ser um apóstata!

Berenice cruzara com ele ao conduzir o cortejo, ao lado de seu irmão... Ele não mudara nada. Continuava a ter o rosto charmoso, os traços reflexivos, o olhar profundo. Estava ali em toga de aparato, na companhia dos notáveis romanos da Palestina, sem a escolta de nenhum soldado, para evitar qualquer provocação. Assim, cumpria com os deveres que lhe cabiam. Os procuradores residiam em Cesaréia, mas iam a Jerusalém nas grandes festas religiosas. E o faziam tanto por deferência ao culto judeu quanto para vigiar as enormes multidões que se acotovelavam na cidade nessas ocasiões. Naquele caso, o procurador residia no Palácio de Herodes, outrora habitado por Agripa I.

Berenice ficou tomada por suas obrigações oficiais durante todo o dia, mas, quando a noite caiu, ela se despediu de seu irmão e foi à residência do procurador. Não poderia se perdoar caso não fosse visitá-lo!...

O Palácio de Herodes tinha verdadeiramente um aspecto austero: tratava-se de uma enorme torre quadrada, unida à muralha e ladeada por quatro pequenas torres redondas de alturas desiguais. Talvez ele fosse mais bem descrito pela palavra prisão ou fortaleza. O interior, porém, contrastava com essa rudeza, pois era de um luxo raro: pisos e paredes em mármores multicores, incrustados de madeiras preciosas, salas de jantar e quartos com móveis recobertos de ouro e prata, tudo iluminado por uma profusão de candelabros. Berenice pediu para ver o procurador. Ela foi conduzida a uma sala de jantar solene. Tibério Alexandre ergueu-se à sua chegada.

— Entre, Berenice, eu esperava por você...
— Esperava por mim?
— E sei até mesmo o que você veio me dizer!

Com um gesto, Tibério ordenou que seus soldados saíssem. Berenice mandou embora sua guarda; assim, os dois ficaram a sós. Ela caminhou em sua direção com passos enérgicos. Seus olhos brilhavam em meio à luz dos múltiplos candelabros.

— Claro que sabe o que quero lhe dizer, já que o remorso o está devorando! Talvez você tenha se esquecido de suas próprias palavras, eu não. "Os deuses dos gregos e dos romanos são invenções pueris, nos quais nem eles mesmos crêem. O dever dos judeus é o de propagar a verdadeira fé por todo o mundo..." Você me disse isso ou não?

— Disse sim.

— Então, como você pode fazer sacrifícios a deuses nos quais não crê? Como pode fazer oferendas a Júpiter, a Vênus, essas marionetes que fazem amor com mortais? Como pode fazer sacrifícios ao imperador? Os imperadores serão deuses? Os deuses são assassinados por seus próprios soldados? Foi por eles que você abandonou a fé de Abraão e de Moisés?... Não, claro que não, não foi por eles. Foi por ambição. Para que pudesse chegar a este lugar que está ocupando agora, no palácio dos meus ancestrais, que você está ultrajando com a sua presença!

Ela o interrompeu sem fôlego... Tibério Alexandre, que aguardara que passasse a tempestade, falou com a voz calma tão bem conhecida de Berenice. Ela se sentiu subitamente transportada para anos atrás, para dentro dos muros de Malatha.

— Você tem razão, foi por ambição. A ambição é uma coisa estranha. Você sabe, já que também é ambiciosa. E sabe que, por vezes, ela nos faz cometer atos que poderiam chocar os mortais de uma forma geral...

Essa alusão às relações com seu irmão, que, na posição de procurador, ele não podia desconhecer, fez com que ela perdesse a pose... Berenice calou-se. A voz de Tibério Alexandre tornou-se longínqua:

— Você se lembra de outra coisa que lhe disse naquele momento, quando a deixava? Também não me esqueci daquelas palavras. A tal ponto que, ainda hoje, continuo a acreditar nelas...

— Mas... isso não explica...

— Isso explica tudo. Com você a meu lado, eu teria realmente feito o que lhe tinha dito. Reinaríamos juntos para propagar a Lei de Moisés pelo mundo. No dia em que a perdi, renunciei a tudo isso. Decidi atirar-me de corpo e alma na política e fazer carreira a todo custo!

Ele se aproximou dela.

— Berenice, vou lhe dizer meu segredo: meu coração continua a ser judeu... Claro que não creio na divindade de César ou de Júpiter. Mantive minha fé e não deixei de dizer minhas preces. Sofri mais do que você possa imaginar nessa situação. Pelo menos, porém, desde que me fiz procurador, tenho o consolo de trabalhar em prol do povo judeu.

Após essas últimas palavras, e sem dúvida para afugentar a perturbação que a estava dominando, Berenice riu com escárnio e desprezo. Então, Tibério Alexandre animou-se:

— Sim, em prol dos judeus! O que você pode saber, Berenice? Você se ocupa apenas dos gentios de Cálcis. Pensa que basta vir três vezes por ano a Jerusalém para conhecer os judeus? O que você sabe dos problemas que eles estão enfrentando, dos perigos que correm, das divisões que os dilaceram?...

Ele se deteve bruscamente. Dois legionários surgiram de repente na porta, que se mantivera aberta. Eles escoltavam um homem acorrentado, com a barba longa e hirsuta. Tibério Alexandre fez um sinal para que se aproximassem.

— Veja só!... Eis aqui algo que poderá lhe dizer mais do que um longo discurso. Observe-o bem. Acaba de ser detido perto do Templo. Tinha um punhal escondido em sua túnica.

— O que você vai fazer?

— Enviá-lo ao monte do Crânio, para que seja crucificado.

A rainha de Cálcis interpôs-se entre ele e o prisioneiro.

— Liberte-o!

— O que você está dizendo?

— Liberte-o! Estamos no dia do Grande Perdão. Ele é judeu. Perdoe esse judeu!

— Berenice...

— Faça isso, se o que você acaba de me dizer é verdadeiro e também... o que me disse ao deixar-me em Malatha.

— Não posso fazer isso. Se ele tivesse matado pai e mãe, eu concederia essa graça a você sem hesitar, mas ele é um sicário. Essa gente é mais raivosa do que os cães!

— O que é um sicário?

— Uma seita de assassinos, de fanáticos, que matam em nome de Deus. Interrogue-o e veremos se você não vai mudar de opinião!

Berenice aproximou-se do homem... Apesar de sua barba e da cabeleira espessa e despenteada, ele não era feio. Era jovem, pouca coisa mais velho do que ela, de corpo magro e rosto afilado, com o perfil anguloso, ao qual não faltava alguma nobreza.

— Quem é você?

— Zaqueu de Cariote... Eu era operário no canteiro de obras do Templo. Mas a parte que eu estava construindo foi concluída e me despediram. Assim, continuo a trabalhar por Deus, mas de outra maneira!

— É verdade que você queria matar alguém?

Apesar das conseqüências de uma confissão desse tipo, Zaqueu de Cariote não hesitou:

— Sim, o sumo sacerdote!

Berenice recuou subitamente.

— Mas por quê? Não é o mais sagrado de todos os judeus? Você mesmo não é um judeu?

Desta vez, Zaqueu de Cariote a encarou com audácia.

— Os sumos sacerdotes são a vergonha dos judeus, desde que são nomeados por seu irmão!

O ataque era tão violento e direto que Berenice perdeu o equilíbrio. Ainda assim, ela perguntou:

— Que críticas você faz a Agripa?

— Pertencer à família dos Herodes, esses malcircuncidados, esses traidores pagos por Roma! Maldito seja o nome dos Herodes, que pereçam seus filhos e que se extinga a sua raça!

Tibério Alexandre aproximou-se.

— E então? Você ainda quer sua graça?

Ela aquiesceu energicamente.

— Berenice não volta atrás em sua palavra. Dê-lhe o seu perdão, pelo amor de Deus!

O procurador hesitou por bastante tempo, inspirou profundamente e fez aos soldados um sinal para que soltassem o prisioneiro.

— Você está livre. Agradeça à rainha de Cálcis.

Zaqueu de Cariote, que não esperava por esse desenlace, não estava mais tão seguro de si. Por fim, postou-se à frente de Berenice e inclinou-se diante dela.

— Agradeço a você, rainha. Eu também lhe concedo a minha graça. Se Deus nos puser mais uma vez frente a frente, pouparei sua vida, mas, se houver uma terceira vez, você não me escapará!

E desapareceu... Depois os guardas se retiraram. Os dois antigos noivos ficaram a sós. Um longo silêncio estabeleceu-se entre os dois. Por fim, Tibério Alexandre falou:

— A noite vai cair. Mesmo com sua escolta, você não estará totalmente em segurança. Como pôde perceber, o que não lhe faltam são inimigos em Jerusalém. Se quiser, proponho minha hospitalidade.

— Aceito-a. Dormirei na torre Mariana. Mas, antes disso, é minha vez de demonstrar-lhe a minha gratidão.

— Não se importe, não lhe peço nada.

— Ainda assim, quero agradecer-lhe...

Ela se aproximou rapidamente dele, passou os braços em torno de seu pescoço e colocou os lábios sobre os dele. Esse contato fugidio causou a Berenice uma emoção bem maior do que podia imaginar, mas ela conseguiu não demonstrá-la.

— É meu primeiro beijo desinteressado, meu primeiro beijo verdadeiro.

— Berenice!...

Mas ela já havia deixado o cômodo, correndo...

As quatro torres do Palácio de Herodes apresentavam a particularidade de cada uma ter um nome. A primeira chamava-se torre de Davi, em homenagem ao rei dos judeus, mas as outras tinham sido designadas por Herodes I, o Grande, com os nomes dos três seres a quem mais amara na vida: seu amigo Hípico, seu irmão Fasael, morto numa emboscada feita pelos partos, e, é claro, sua mulher, Mariana. A torre Mariana era a mais alta e a mais poderosa. Havia muitos anos que Berenice esperava por uma oportunidade de visitá-la, a fim de se recolher, de meditar; pois bem, esse momento tinha chegado.

A noite caíra... Todas as estrelas haviam tomado seu lugar no céu ainda claro. Como acontecia a cada noite, acendia-se um fogo na torre de Fasael. Era esse fogo que assinalava ao viajante a presença da cidade.

Berenice subiu a passos largos o caminho de ronda, colocando seus pés sob os de seu ancestral, de anos e anos antes... Depois de ordenar a morte de sua esposa, Herodes passava noites inteiras na torre Mariana, gritando por seu nome e chorando. Ele nunca subia sem dois guardas, que ficavam a um passo de distância dele, a fim de evitar que se precipitasse no vazio.

Berenice se deteve e debruçou-se numa ameia da muralha... Abaixo dela, os tetos e terraços das casas estavam repletos de gente, o que não era surpreendente nesse dia festivo. Na Judéia, vivia-se muito à noite e muito também sobre os terraços... Assim, ali estava esse povo, essa gente da qual ela fazia parte. Tibério Alexandre a criticara por conhecer tão mal esse povo. Ele teria razão? Não precisou de muito tempo para admitir que sim.

O que acabara de se passar a perturbara. As afirmações de Zaqueu de Cariote, que não hesitara em ofendê-la, a despeito da própria vida, a mergulhavam num abismo de ansiedade e de dúvida. Até aquele momento, ela imaginava que todos os judeus pensavam como ela, com, talvez, algumas nuanças. Como estava enganada!

Zaqueu de Cariote a odiava, a ela e toda a sua família. Não era a primeira vez que se via diante do ódio. Ela já o defrontara em Cesaréia, depois da morte de seu pai. Naquele caso, porém, eram gentios, gregos e sírios, ao passo que, desta feita, tratava-se de um judeu e, mais do que isso, de um judeu devoto.

Como ele podia odiar sua família a ponto de querer cometer o mais sacrílego dos atos, o pior dos crimes? O que representava para ele e seus semelhantes a dinastia dos Herodes para que chegasse a esse ponto? Ela precisava inteirar-se disso sem mais tardar! Se o povo judeu podia abrigar tais fanatismos em seu meio era porque estava em perigo, perigo de morte!...

O amor, o ódio, as lágrimas de Herodes, os crimes de Herodes, o Templo, ali adiante, logo abaixo dela, que o próprio Herodes tinha construído, o Templo onde Zaqueu de Cariote quisera matar o sumo sacerdote: como tudo se tornava obscuro, como tudo, repentinamente, parecia escapar dela! Os devaneios de Malatha estavam terminados. A jovem viúva incestuosa de vinte anos acabara de compreender que, em cada um de seus atos, ela podia arriscar sua vida e, o que era mais grave, arriscar a vida dos outros.

Um vento glacial interrompeu sua meditação. Como acontece com freqüência nas noites de outono, o Qadim ergueu-se subitamente, o Qadim, um vento que tornava a atmosfera tão fria quanto o coração do inverno. Ela não podia permanecer ali por muito tempo. Antes de se retirar, porém, olhou mais uma vez na direção das raras nuvens presentes no céu, que começavam a fugir com rapidez.

Elas rumavam para o oeste, para o mar e, além do mar, para a cidade que, o que quer que acontecesse, ditaria o seu destino. E ela lançou o nome da cidade ao vento de Iahweh:

— Roma!... Roma!...

# NA CORTE DOS CÉSARES

Em Roma, ocorria uma solenidade fúnebre. Duas crianças de oito anos postaram-se de mãos dadas diante de uma fogueira funerária erguida no campo de Marte, não longe do Tibre. Um era o filho do imperador, o outro não, mas como tinham sido criados juntos desde cedo, sentiam-se tão próximos quanto irmãos. O primeiro era Britânico, filho de Cláudio, e era sua mãe, Messalina, que acabara de morrer; o outro era Tito, filho de Vespasiano.

Por um surpreendente capricho do destino, o jovem Tito, cuja existência tivera um início atribulado, não saía do lado do herdeiro imperial. É verdade que o infortúnio de seu pai não durara por muito tempo. Menos de um mês após a dramática cena da lama, Calígula fora assassinado por Quéreas, o mesmo que aplicara castigo a Vespasiano. Um dos primeiros atos de Quéreas, depois do assassinato do imperador, fora se desculpar com Vespasiano pela humilhação...

Posteriormente, seguindo os passos de Cláudio, de quem era amigo íntimo, Vespasiano tivera uma ascensão fulgurante. E esse homem pouco dotado para as artimanhas da política, mas possuidor de uma incontestável autoridade e de um sentido agudo de dever, viu-se designado para o lugar no qual sempre aspirara se pôr à prova: o Exército.

Inicialmente, como chefe da II Legião, acantonada na Germânia, em Estrasburgo, Vespasiano recebera a ordem de intervir na ilha da Bretanha, a fim de terminar sua conquista, iniciada por César. O imperador em pessoa estava sempre junto a ele, e os dois obtiveram um êxito completo. Voltaram vitoriosos a Roma, onde receberam os louvores do triunfo, reservados aos generais vencedores. Como lembrança dessa façanha, o Senado outorgou a Cláudio o título de Britânico, que ele decidiu não utilizar, transmitindo-o a seu filho.

Com oito anos, portanto, o jovem Tito tinha tudo para ser feliz. Pois, além dos favores do destino, também recebera os favores da natureza. Um rosto regular, harmonioso, e cabelos de um castanho profundo, com surpreendentes cachos naturais, faziam com que fosse simplesmente adorável. Além disso, era particularmente bem-feito de corpo, sobretudo se comparado a seu companheiro Britânico, muito mais frágil e com cabelos tão louros quanto os do outro eram castanhos.

Apesar de tudo isso, havia no rapaz algo de melancólico; sentia-se que ele era ao mesmo tempo ensimesmado e desconfiado. Devia-se ver nisso, sem dúvida, a influência de sua mãe, Flávia Domitila, que nunca se recuperara da cena dos jarros. O fato deixara nela a marca da apreensão de cada instante, fazendo com que criasse seu filho no temor do amanhã. Pelo menos no tempo em que ela estava presente, pois, após algum tempo, ela estava continuamente doente, e Tito praticamente não a via.

Não ver mais suas mães sempre fora uma causa constante de mágoa para os dois meninos. Pois se Flávia Domitila fazia-se rara junto a Tito, Messalina nunca estava ao lado de seu filho, que só a via durante as festas oficiais, quando aparecia na companhia do imperador... E, neste momento, para o infeliz menino, tudo estava acabado! Messalina morrera em circunstâncias particularmente dramáticas. Seu corpo, todo perfurado, jazia sobre a fogueira de madeiras preciosas, à qual o sacerdote de Juno iria atear fogo. Ela tinha sido assassinada, segundo disseram ao menino, por saqueadores. Britânico chorava suavemente, Tito tentava reconfortá-lo, mas ele próprio se sentia incomodado, pois toda a corte dos Césares estava ali em torno deles, e ele não gostava daquelas pessoas...

A chama ergueu-se e Britânico debulhou-se em lágrimas. Tito, quase tão desamparado quanto ele, notou que seu pai os observava, e essa visão o acalmou um pouco.

No mundo perturbador e desconcertante que o cercava, Vespasiano era, para Tito, o único ponto de apoio estável. De fato, era incontestável que a presença de Vespasiano era sólida e transmitia segurança. Em primeiro lugar, por seu físico. Esse homem corpulento, de sobrancelhas fartas, com o rosto quadrado e já vincado por poderosas rugas, apesar de ter apenas quarenta anos, tinha algo dos ancestrais camponeses e do militar que de fato ele era. Mas ele se impunha a seu filho também em virtude das qualidades morais. Espírito positivo, pouco imaginativo, Vespasiano inculcara-lhe os princípios mais aptos a guiá-lo no meio caótico em que vivia: o sentido do dever, a prática da coragem, o respeito aos mais velhos.

Vespasiano não viera sozinho à cerimônia fúnebre... Havia algum tempo que Tito notava sempre a mesma mulher ao lado de seu pai. Chamava-se Caenis, e ele até gostava dela... Caenis tinha a pele bem morena e os cabelos crespos como as africanas. Aliás, ela devia ser de origem africana, pois era uma alforriada, uma antiga escrava.

Caenis era uma das figuras mais deslumbrantes e mais sedutoras da corte dos Césares. Ela devia sua carreira a uma memória prodigiosa, graças à qual podia decorar por inteiro uma soma considerável de informações, e também a uma inteligência ainda maior. Cláudio fizera dela um tipo de secretária particular, e ela se sentira imediatamente atraída por Vespasiano, possuidor de qualidades opostas às dela. Havia alguns anos que o rude militar tinha como companheira essa mulher culta e espirituosa. Ela tomara o lugar de uma esposa a quem ele nunca tinha amado verdadeiramente.

Caenis impusera-se duas tarefas: favorecer a carreira de Vespasiano, homem de poucas ambições — chegando a desafiá-lo quando era preciso —, e substituir a mãe ausente de Tito. Assim, ela se aplicara a transmitir ao rapazinho o amor pelas letras, no que teve grande êxito. Tito manifestava os dons mais brilhantes nessa área, aprendendo o grego sem dificuldades e caindo de paixão pela *Ilíada* e pelas aventuras de Aquiles...

No sepultamento de Messalina, as chamas erguiam-se altíssimas no céu de Roma. E se, em torno de Tito e de Britânico, reinava o silêncio, o mesmo não acontecia mais ao longe, na audiência. À medida que se afastava das primeiras fileiras, as conversas eram mais soltas. E uns e outros se exprimiam sem o menor respeito...

— É um dia de glória para as putas! Com a morte de Messalina, elas vão recuperar a metade de seus clientes!

— Você viu o pequeno Britânico chorando?

— Ele não sabe a sorte que tem, o pequeno Britânico! Podia ser negro como um núbio ou ruivo como um caledônio...

— Ou ser corcunda ou anão, pois ela adorava os corcundas e os anões!

— Parece que lhe disseram que sua mãe tinha sido morta por saqueadores...

— Um saqueador chamado Cláudio...

Essas eram algumas das afirmações que podiam ser escutadas em torno da fogueira de Messalina. E, deve-se reconhecer, não se tratava de calúnias. A imperatriz defunta tinha levado a devassidão a níveis nunca antes imaginados, e isso numa corte em que, depois de Tibério e de Calígula, pensava-se já se ter visto de tudo.

Messalina começara seu comportamento libertino no dia mesmo de seu casamento. Aproveitando-se da embriaguez de seu marido, Cláudio, ela deixara seu quarto e passara a noite de núpcias com seu amante querido, Caio Sílio. Daí em diante, não houve um dia em que ela não colocasse um homem em sua cama. Dos que habitualmente estavam à sua volta, serviçais de mesa, porteiros, malabaristas, médicos, flautistas, boxeadores, nenhum escapou. Ela os queria de todas as idades, desde os rapazolas que mal chagavam à puberdade até os velhos quase impotentes. E tinha uma predileção pelos que apresentavam uma enfermidade qualquer: corcundas, mancos, gagos e mesmo os loucos! O desavisado que a recusasse era executado.

Com o tempo passando e Cláudio demonstrando a mesma cegueira, Messalina fora ainda mais longe em sua depravação. Todas as noites, ela se dirigia a um bordel, disfarçando-se com uma peruca loura, e se prostituía apenas pelo prazer, sob o nome de Licisca. E, mais recentemente, obrigara Caio Sílio a desposá-la. A imperatriz de Roma tornara-se bígama!

Diante desse escândalo, temendo que Sílio, sob a pressão de Messalina, viesse a se tornar imperador, os conselheiros de Cláudio conseguiram finalmente convencê-lo a agir. Já que nada, visivelmente, poderia mudar a conduta de sua mulher, era preciso eliminá-la. Cláudio dera a ordem fatal ainda indeciso. Ela fora abatida em plena cidade por seus próprios homens...

Em seu sepultamento, porém, o imperador derramava lágrimas abundantes por essa esposa que o havia tornado motivo de escárnio, que o ultrajara e o ridicularizara antes que ele ordenasse sua morte.

Todos podiam ouvir esse grande amante de mesas fartas, com sua silhueta pesada, gritar, dilacerado:

— Morri com Messalina! Nunca haverá outra mulher!

Mas todos também podiam perceber as três encantadoras criaturas que se espremiam a seu lado, a fim de cobri-lo com todos os seus consolos: Aélia Paetina, Lólia Paulina e Agripina. Caenis, em particular, observava a última delas com extrema atenção, pois sabia que Agripina era totalmente desprovida de escrúpulos. Portanto, Caenis ia fazer intrigas para favorecer uma das outras duas...

Assim era a corte dos Césares, onde reinava o crime, a hipocrisia e a depravação. Alguns se acomodavam à situação, mostrando-se especialistas na arte de atar e desatar os fios dessa tragicomédia; outros se sentiam como animais presos numa armadilha. Uns e outros, porém, seja por gosto ou por obrigação, não se afastavam da corte.

Como todos os habitantes de Roma e os do Império Romano em geral, Tito e Britânico tinham uma predileção pelas termas. Passavam dias inteiros nesses estabelecimentos gigantescos que reuniam muitos outros serviços além dos banhos: jardins, estádios, salas de ginástica, bibliotecas e museus.

Alguns anos se passaram desde a morte de Messalina. Cláudio, entretanto, não esperara muito para se casar com aquela das três competidoras que se mostrara a mais audaciosa: Agripina, que, como era de esperar, não passava de uma ambiciosa, menos para si própria e mais para seu filho, Nero, um rapaz três anos mais velho do que Tito e Britânico. Agripina fazia de tudo para que o imperador adotasse Nero, mas, até aquele momento, seus esforços não haviam logrado êxito...

Depois do episódio da fogueira de Messalina, os dois meninos tinham se esforçado para esquecer seus temores. Em várias oportunidades, um recém-chegado viera partilhar de suas brincadeiras, um rapaz grande e louro que pretendia se tornar amigo dos dois. Mas nem um nem outro sentiam qualquer afinidade por Nero. Ele era desinibido demais e falava muito alto, o que destoava do caráter reservado — e mesmo secreto — presente em ambos os garotos.

Em um daqueles dias, Vespasiano havia acompanhado Tito e Britânico às termas. Como bom militar, ele cuidava da educação esportiva dos meninos, e, antes que eles fossem se atirar nas piscinas quente, morna e fria, ele vigiava o treinamento dos dois na luta. No amplo espaço destinado ao lazer, onde todos combatiam nus, podiam-se ver meninos brincando de rolar arcos, correndo atrás do objeto com uma varinha na mão: outros jogavam péla. Além dos lutadores, havia também as lutadoras, pois as mulheres também praticavam esse exercício, é claro que entre elas, mas ficando tão nuas quanto os homens.

Assim como mandava a tradição, Tito e Britânico, antes de iniciarem o combate, se cobriam com um ungüento composto de óleo e cera, a fim de amaciar a pele, e depois com uma camada de poeira, que impedia que o corpo escorregasse nas mãos do adversário.

— Vamos, crianças, e que Marte conceda a vitória ao melhor de vocês!

Como sempre, Vespasiano dava o sinal de luta à sua maneira, um tanto quanto militar... Mas o resultado nunca deixava lugar à dúvida. Tito, apesar de ser menor do que seu companheiro, era mais encorpado e vigoroso, vencendo o outro tranqüilamente.

Aquela luta, entretanto, não foi semelhante às precedentes. Antes do início do combate, um indivíduo aproximou-se deles. Ele tinha a barba grisalha e, diferentemente de todos os presentes, não estava nu. Vestia-se de andrajos. Mas a própria barba já indicava sua condição de miserável. Em Roma, todos cuidavam para se manter desbarbados. Os únicos que não se barbeavam eram os filósofos, os mendigos e, de maneira geral, os marginais.

— Esperem!...

Vespasiano o encarou.

— Quem é você?

— Harpax, o Mago. Devo encontrar dois meninos que estão treinando com Vespasiano nas termas. Você é Vespasiano, não?

— Sim, mas por quê?...

— Fiz minhas predições diante do imperador. Caenis me escutou. Foi ela quem me enviou, pedindo que dissesse o futuro dos meninos.

Vespasiano os designou com o dedo.

— Pois bem, fique sabendo quem são eles. Estão ali...

— Não! Não me diga nada. Não quero conhecê-los...

Ele os observou longamente. Concentrando-se, fez alguns gestos e, por fim, disse com a voz estranha:

— Um dos dois será imperador; o outro, não.

Vespasiano deu de ombros diante dessa profecia medíocre. Contrariamente ao que havia declarado, esse Harpax devia saber com quem estava lidando, e não era difícil afirmar que o filho de Cláudio reinaria.

— É tudo o que tem a nos ensinar?

— Que eles lutem! O imperador será o vencedor.

Sob um sinal de Vespasiano, os dois meninos começaram, o combate. Tito se negou desde o princípio a lutar. Era melhor dar razão a esse iluminado. Já que Britânico iria reinar e não ele, Tito devia apenas deixar-se ser vencido e tudo estaria dito.

Assim, cedeu ao primeiro assalto de seu adversário, que, por sua vez, pretendia defender sua posição de príncipe herdeiro e justificar as afirmações que acabara de escutar. Tito logo estava no chão. Britânico lançou-se então sobre ele com todo o seu peso, para imobilizar seus ombros, pegada que lhe daria a vitória.

Foi então que o imprevisto ocorreu... Britânico foi repentinamente acometido por um tremor em todo o seu ser, depois deu um salto para trás, caindo de costas e ficando nessa posição, agitado por movimentos convulsivos. Os olhos estavam revirados e um pouco de baba escorria de seus lábios... O mago Harpax apontou para Tito, que correra na direção de seu companheiro e tentava fazer com que ele voltasse a si.

— Aquele ali será imperador um dia. Pode estar certo disso. Os deuses acabam de designá-lo por meio de um veredicto unânime.

Depois, afastou-se com passo lento e desapareceu...

Britânico rapidamente recobrou a consciência, mas perdeu a memória do que acabara de acontecer, inclusive o episódio do adivinho... Tito e Vespasiano decidiram nada mencionar. Não era conveniente perturbar essa criança frágil, sobretudo depois de descobrirem que era acometido por essa terrível doença do espírito chamada de mal sagrado. Mas não conseguiram deixar de se sentir profundamente perturbados. Ambos acreditavam nos magos, e uma predição como aquela tinha o poder de os afetar, e mesmo de inquietá-los...

Tito ainda não tinha se esquecido desse episódio dramático quando outro evento que lhe dizia respeito se produziu. E ocorreu num lugar que ele nunca poderia ter suspeitado!

As latrinas imperiais, de construção recente, não chegavam a ter o tamanho das latrinas públicas, que por vezes tinham até trinta lugares lado a lado; elas compreendiam apenas três lugares, mas eram de um luxo raro, lembrando os templos mais prestigiosos da cidade.

Aliás, tratava-se praticamente de um templo, pois os locais tinham sido situados sob os auspícios de três divindades favoráveis: Júpiter, Juno e Baco, representados nos afrescos das paredes. O rei dos deuses, lançador de relâmpagos, era, de fato, evocado com muita freqüência em caso de constipação, assim como sua esposa Juno, pois era ela quem assistia às mulheres grávidas; quanto a Baco, deus da embriaguez e do vinho, presidia as efusões líquidas que se seguem às libações...

Os materiais ali utilizados compunham uma maravilha para o olhar: no chão, o lajeado policromático, depois três degraus recobertos de bronze davam acesso às latrinas propriamente ditas, espécie de cofres alongados, folheados de pórfiro, com três buracos cercados por alabastro. Abaixo, a água corria contínua, produzindo o ruído de um riacho. Candelabros de prata difundiam uma luz suave, e um defumador repleto de incenso permitia que se dissimulasse qualquer odor eventual.

Todo esse luxo tinha sido desejado por Cláudio, grande glutão, que passava longos momentos nesses locais. Acontecia-lhe mesmo de convidar um de seus amigos ou colaboradores para uma entrevista nas latrinas, o que era um favor altamente apreciado.

Naquele dia, Tito sentiu-se vivamente impressionado quando um escravo veio lhe dizer que o imperador pedia para vê-lo nas latrinas. Tal fato nunca lhe tinha acontecido, e ele pressentia que algo de importante iria ocorrer. E, efetivamente, uma novidade esperava por ele, ou melhor, duas.

Ele encontrou Cláudio, Vespasiano e Caenis instalados nos três lugares disponíveis. O imperador pediu-lhe que se sentasse perto dele, no mais alto dos degraus de bronze.

— Tenho uma boa-nova para anunciar-lhe, Tito. Decidi nomear seu pai cônsul no próximo ano.

Era efetivamente uma boa-nova! Depois do imperador, o cônsul era a segunda personagem do Estado, mesmo que esse título, vestígio da República, tenha se tornado puramente honorífico. Vespasiano apoiou essa declaração com um sorriso. Tito teve a impressão de que o sorriso era forçado; o rosto de Caenis permanecia obstinadamente absorto. Havia então alguma coisa diferente que esse anúncio estava destinado a compensar... De fato, depois de um curto silêncio, Cláudio continuou:

— Adotei Nero. A partir desse momento, ele se torna meu próprio filho e Britânico deverá considerá-lo como irmão. Peço a você que interceda junto a ele para que assim seja. Quero absolutamente que os dois se entendam bem!

Apesar de Tito ser ainda bastante jovem, ele compreendeu tudo o que essa decisão tinha de inquietante. O Império doravante designava dois herdeiros. E, malgrado o amor que tinha pelo companheiro de sempre, Tito pressentia que Britânico não estaria à altura quando chegasse o dia decisivo...

Como Tito temia, Britânico recebeu a novidade com terror. A partir daquele dia, ele não parou mais de tremer, apesar da aproximação de seu irmão adotivo. Nero, com efeito, não demonstrava senão solicitude para com ele, e procurava sempre se superar em afabilidade, mas Britânico permanecia fechado, hostil. Exteriormente, poder-se-ia crer que seu comportamento estava denunciando algum tipo de animosidade, mas, de fato, era apenas uma expressão do medo, um medo irresistível e absoluto.

Tito era testemunha cotidiana do pesadelo vivido por seu companheiro. Suas crises do mal sagrado tornaram-se cada vez mais freqüentes, principalmente na presença de Nero. Esse ser frágil tanto física quanto moralmente tinha sido posto numa situação de conflito acima de suas forças. Entre Nero e Britânico engajara-se uma competição sem perdão que talvez conduzisse à morte, e era possível temer que, como nos exercícios de luta, ele já a tivesse perdido antecipadamente.

Subitamente, Britânico abandonou toda ambição, toda idéia de um dia reinar. E fez-se tão pequeno quanto era possível. Ele só pedia uma coisa: que fosse esquecido. Mas quem podia esquecê-lo? Toda a corte de Roma, ao contrário, mantinha os olhos fixos nele e em seu rival. E eles eram detalhados com um prazer maléfico, eram comparados, julgados, como gladiadores antes do combate. Faziam-se apostas a respeito deles. Será mesmo preciso dizer para que lado iam os prognósticos...?

Negligenciado por todos, a começar por seu pai, entregue a si próprio, tendo Tito como seu único companheiro, Britânico, em desespero de causa, virou-se para a religião. Já que os homens o abandonavam, talvez os deuses se apiedassem dele. Mas qual deles invocar...? Refletindo a esse respeito, pareceu-lhe que Fortuna, a deusa do acaso, era a única que podia ajudá-lo na situação inextricável em que se encontrava. Ordenou que fosse esculpida uma estatueta da divindade, tradicionalmente representada com uma venda sobre os olhos, e colocou-a no altar pessoal que, como todo romano, possuía em seu quarto, passando a fazer oferendas fervorosas àquela que parecia presidir a seu destino...

O dia do confronto entre Nero e Britânico seria fatalmente o dia em que Cláudio morresse. E, nesse dia, a vitória caberia, sem dúvida, àquele dos dois que estivesse mais preparado. Ora, a melhor maneira de estar preparado ainda era provocar essa morte. O que Agripina não hesitou em fazer!

Britânico faria catorze anos em meados de outubro... O adolescente estava doente, recuperando-se com dificuldades de uma crise mais violenta do que as outras. Portanto, não pôde comparecer ao almoço, assim como Tito, que estava em sua cabeceira. Cláudio, como de costume, fez uma farta refeição, empanzinando-se e depois vomitando, para logo tornar a comer... Quando a refeição chegava à metade, ele deu um verdadeiro grito de alegria: tortulhos estavam sendo servidos; tratava-se de seus cogumelos favoritos, e eram os primeiros do ano! Ele se precipitou sobre o prato, emitindo um grunhido de contrariedade quando seu provador, Haloto, afastou-o com o braço para fazer seu serviço.

Com impaciência, ele observou-o morder um pedaço, mantendo-o na boca por algum tempo e o absorvendo com um assentimento de satisfação. Era o sinal para que também se atirasse... Em sua pressa de se lançar sobre o alimento, não pôde ver Haloto cuspir discretamente a porção que mordera. Agripina o havia comprado a peso de ouro; ter o provador como cúmplice é o meio mais certo para se obter êxito num envenenamento...

A gulodice, em vez de ser a perdição de Cláudio, por pouco não o salva. Mal tinha engolido os cogumelos quando, em virtude de tudo o que já ingurgitara precedentemente, foi tomado por uma náusea. Teve apenas o tempo para fazer um sinal ao serviçal que estava a seu lado com uma bacia de ouro que servia para aparar o vômito, e logo devolveu o prato por inteiro... Agripina, a seu lado, empalideceu. Teria de refazer tudo. Pior, todo o plano poderia ser descoberto! Ela se viu perdida.

Felizmente para ela, sangue-frio era algo que não lhe faltava. Sob a túnica, Agripina tinha um pequeno frasco com o veneno. Ela untou uma pluma de ganso que servia para enfiar na garganta e induzir o vômito, e a estendeu a seu marido. Cláudio, que ainda se sentia empanturrado, pôs a pluma na boca e pouco depois desmoronou, sufocando... Desta feita, a primeira parte do plano estava concluída, podia-se passar à segunda.

Cláudio, inanimado, foi transportado a seu quarto. O médico, também ele um cúmplice, chegou alguns instantes mais tarde, asseverando que se tratava de uma simples indigestão e que não tardariam a rever o imperador. Efetivamente, este fez sua aparição na sala de jantar. Mas não retomou seu lugar à mesa, apenas disse algumas palavras para tranqüilizar os convivas e voltou para se deitar... Era, na verdade, um ator que Agripina escolhera justamente devido à sua semelhança com seu marido. Cláudio estava de fato mortíssimo, mas esse estratagema permitia que se ganhasse um tempo decisivo.

E teve pleno êxito... Os partidários de Britânico, a começar por Vespasiano e Caenis, todos presentes ao banquete, tranqüilizaram-se e julgaram inútil perturbar o adolescente, que não passava bem.

Durante esse tempo, Nero, acompanhado pelo chefe dos pretorianos, Burrus, a alma do complô juntamente com sua mãe, dirigiu-se à guarda imperial. Lá chegando, anunciou a morte de Cláudio e, ante a incitação de Burrus, estes aclamaram Nero como imperador. Alguns perguntaram onde estava Britânico, mas o anúncio de uma gratificação excepcional teve vez sobre todas as curiosidades. Fortalecido por esse apoio, o filho de Agripina tomou o caminho do Senado, a fim de obter a investidura oficial...

Havia muito tempo que a antiga assembléia legislativa da República não era mais do que um grupo de abastados que se acovardava diante dos caprichos do poder. O Senado apressou-se para ratificar as decisões da guarda pretoriana, exprimindo suas felicitações e seus votos mais servis ao novo imperador.

A Nero faltava apenas ir encontrar seu "irmão" Britânico. Ele o descobriu acamado em seu quarto. Fazendo o relato falsamente entristecido, ele quis tomá-lo nos braços para lhe dar um abraço. Entretanto, mal foi tocado, o adolescente tombou de lado e ficou no chão, com os olhos revirados e espuma nos lábios...

A partir daquele momento, instalou-se na corte dos Césares uma atmosfera envenenada, no sentido próprio e também no figurado. Nero fizera seu caminho para o Império servindo-se do crime, e o temor geral era de que continuasse a reinar por meio do crime, mesmo se, no momento, ele afetasse a maior das suavidades. Todos sentiam saudades de Cláudio, que, apesar de todos os seus defeitos, não tinha sido um tirano. Os fantasmas sangrentos de Tibério e de Calígula ressurgiam: o medo voltava mais uma vez a reinar!

O mais atingido de todos foi, certamente, Britânico. Quem pode medir os tormentos sofridos pelo infeliz adolescente? Sua mãe massacrada — pois ele não tinha tardado a saber de toda a verdade —, seu pai assassinado e seu inimigo mortal no trono: que situação mais dramática seria possível imaginar? Numa idade perturbadora, quando a infância dá lugar às primeiras sensações amorosas, ele era apenas uma sombra de si mesmo, débil e lúgubre. Fugia das festas e das moças. Tito era sua única companhia. Somente ele o fazia lembrar que o mundo não era inteiramente mesquinho e que, mesmo na pior adversidade, um vislumbre de esperança ainda cintilava. Britânico começou a chamá-lo de "irmão", ao passo que recusava obstinadamente esse título a Nero.

Tito, por sua vez, fazia o que podia, isto é, pouca coisa. Tinha enormes dificuldades em transmitir confiança a seu companheiro, pois sentia as mesmas angústias que Britânico. Em particular, era incapaz de dizer-lhe que Nero não representava perigo algum. Ao contrário, o imperador parecia-lhe, sob seus esforços afáveis, um monstro de dissimulação. Todas as suas palavras amáveis, todos os seus sorrisos o gelavam. Então, Tito contentou-se em permanecer ali, também ele fugindo do mundo e recusando, em particular, qualquer aventura feminina. Se não podia impedir que Britânico fosse infeliz, ao menos fazia de modo que o amigo não se sentisse sozinho...

Assim vários meses se passaram, e depois de um ano, sem que nenhum de seus temores se realizasse, Tito e Britânico começaram mesmo a pensar na eventualidade de estarem enganados. Era o momento que o inimigo esperava para atacar.

Nero acabara de celebrar o primeiro aniversário de seu reinado. Na sala de jantar solene, a grande mesa imperial em forma de ferradura estava posta. Tito e seu companheiro ocupavam apenas, como lhes era devido, a extremidade de uma de suas asas. Como ainda não tinham atingido os dezessete anos, a maioridade legal em Roma, estavam relegados à companhia dos jovens de sua idade. Além do mais, segundo a etiqueta, ficavam sentados, e não deitados.

Britânico não estava de modo algum contrariado por essa segregação, aparentemente humilhante, que o afastava do imperador e das pessoas mais importantes. Ao contrário, apreciava essa distância, que lhe permitia falar e mesmo respirar mais livremente... Tito e ele conversavam acerca de suas leituras. Havia algum tempo que Tito se entusiasmara pelas aventuras militares, e acabara de ler a biografia de Alexandre. Ele se virou para o companheiro, com uma expressão animada.

— Sabe qual era a frase utilizada por esse grande homem quando ele descobria, a partir de um ponto alto, a região que pretendia conquistar? Ele dizia: "O sorriso das colinas prometidas..."

Britânico virou-se para Tito. Por uma vez, ele sorriu.

— É uma bela fórmula...

Ele se deteve. Um serviçal vinha apresentar-lhe um dos raros pratos que ainda tinham o dom de agradá-lo: sopa de tartaruga. Ele aspirou os vapores. É claro que não cometeu o erro fatal de seu pai. Longe de se precipitar sobre o prato, ele o estendeu a seu provador, um homem de confiança, que Vespasiano e Caenis haviam recrutado para ele. Esse homem, assim que tomou um gole do caldo, emitiu um leve grito.

— Está muito quente, príncipe!

— Engula!

Ele executou a ordem com uma careta. Mas Britânico tornara-se muito desconfiado para ficar nisso.

— Abra a boca e mostre-me que ela está vazia.

Mais uma vez, o provador fez o que lhe era mandado. Britânico pôde constatar que, efetivamente, ele bebera tudo. Foi somente então que passou a mão em sua taça e mergulhou os lábios... o líquido estava realmente pelando. Felizmente, tinha à sua disposição um vasinho cheio de neve. Esse produto, que vinha dos Alpes nas costas de homens e de animais, era um luxo reservado aos Césares. Ele derramou uma boa porção de neve na sopa e esperou que ela se dissolvesse. Durante esse tempo, Tito, que também fora servido e que temia menos o quente, começara a tomar o caldo...

Tito deixou cair sua taça bruscamente. Britânico tinha se levantado de súbito, segurando a garganta. Fez alguns movimentos com o braço, como se procurasse respirar. Virando-se para Tito, com os olhos alucinados, teve ainda forças para dizer:

— Irmão...

E foi ao chão como uma pedra. Do outro lado da mesa, escutava-se a voz de Nero:

— De novo, mais um de seus ataques do mal sagrado! Não é nada...

Não havia nenhuma surpresa em sua voz. Exprimira-se como se esperasse o que acabava de acontecer... Em torno da mesa, ao contrário, produziam-se expressões horrorizadas. Todos tinham se levantado e falavam ao mesmo tempo... Tito sabia que o que o imperador dissera era falso. O que estava acontecendo não tinha nada a ver com as crises de que seu companheiro sofria. Ele não estava semiconsciente como de hábito, ele estava... estava... Tito pôs-se a gritar:

— Ele está morto!

Outros gritos ecoaram os seus. A mesa imperial, apavorada, via retornar o pesadelo. O que todos temiam estava acontecendo: Nero seguia os passos de Tibério e de Calígula, a vida dos que estavam presentes dependia dos caprichos de um tirano!... Entre os gritos horrorizados, podiam-se reconhecer os de Agripina. Aquela que matara para dar o poder a seu filho não tinha participado desse crime. Nero escapara de suas mãos. Ela se dava conta de que havia levado ao trono um monstro, de quem, um dia, talvez viesse a ser vítima.

Sob um sinal do imperador, dois escravos levaram o cadáver, que passara a ter uma coloração cinzenta. Tito também levou a mão à garganta... A sopa! Ele também a tinha tomado! Ele desmaiou...

Recuperou os sentidos, porém, e foi num estado de semiconsciência que assistiu aos funerais de Britânico. A cerimônia ocorreu imediatamente após, no campo de Marte, no local exato em que havia ocorrido a de Messalina. O imperador pretendera que a incineração acontecesse sem mais tardar, como se esperasse que com o corpo também desaparecesse a memória de seu assassinato...

Tito estava fraco demais para sentir cólera. Ele ia morrer, era tudo o que sabia. Tinha a impressão de que o veneno o estava congelando dos pés à cabeça. Sem dúvida, uma disposição de sua natureza fazia com que a substância agisse nele de maneira lenta e não fulminante, mas o resultado seria o mesmo. Ele apenas rogava aos deuses para conseguir prestar as últimas homenagens a seu companheiro.

Britânico estava deitado sobre a fogueira, já rígido e com uma palidez inimaginável. Tito observava aquele para quem a vida tinha sido apenas infelicidade, para quem ele próprio fora o único amparo. Sua última palavra tinha sido para ele, a palavra "irmão"... Tito sentia-se submerso numa enorme amargura. Como protegera mal a quem esperava tudo dele! Mas estava pagando com a sua vida, e logo iria juntar-se a Britânico...

Uma tempestade desabou naquele instante e a água pôs-se a correr sobre a fogueira. Tito acreditava já ter experimentado todos os mais pavorosos sentimentos, mas o que ele via naquele momento chegou ao ápice de seu horror: Britânico mudava de cor, do branco passara ao verde! A palidez do cadáver não era natural. Nero, para esconder seu crime, fizera com que o corpo fosse besuntado de gesso. E eis que, sob o efeito da chuva, a coloração esverdeada, devida ao veneno, retornava.

Dessa vez era demais! Tito pôs-se a correr direto para sua frente. Sem se dar conta, tomou a ponte que atravessava o Tibre e entrou no cemitério que ficava na outra margem. A chuva o cegava, o pavor o submergia, os efeitos do veneno lhe cortavam o fôlego. Dando um grande grito, ele caiu inanimado, aos pés de uma lápide.

Domícia Venusta adquirira a segunda parte de seu nome — que significava "sedutora", "desejável" — na sua profissão. Ela vivia de seus encantos e, de fato, era extremamente encantadora!

Com vinte e cinco anos, Domícia Venusta encarnava em todo o seu brilho a beleza latina, feita de frescor e malícia: as mechas castanhas que caíam naturalmente sobre o rosto, os olhos azuis marotos, as covinhas adoráveis e uma boca sempre sorridente. Como suas irmãs de sorte, pouco importantes, ela não trabalhava nessas casas em que a aristocracia vinha se aviltar; seus clientes eram recrutados em meio aos túmulos. Pois em Roma, estranhamente, os cemitérios também eram locais de prazer...

Domícia saía de uma gruta tumular onde se tinha refugiado até que passasse a tempestade quando se deteve de súbito. Havia um jovem estendido no caminho. Era impossível que estivesse dormindo: estava encharcado e devia ter ficado assim durante todo o temporal. Estaria bêbado? Estaria morto?

Aproximando-se suavemente, ela se curvou sobre ele, que respirava e não exalava vinho, mas continuava sem se mexer e seus olhos recusavam-se obstinadamente a se abrir... Era impossível não se impressionar com a beleza do rapaz. Dir-se-ia que era uma estátua de um deus de um dos templos. Era muito jovem, não devia ter mais de dezesseis anos. Ela passou a mão em seu rosto: ainda era imberbe.

Quanto mais ela o observava, mais tinha certeza de que ele era extraordinário. Suas mãos eram brancas; não eram gastas, como as de todos os seus clientes, em trabalhos grosseiros. Além disso, a qualidade de sua túnica indicava claramente sua alta condição. A lã de que era feita era quase tão suave ao toque quanto a seda, e seu corte era digno de um artista. Então, o que esse jovem nobre fazia deitado na lama do cemitério? Que doença por ela ignorada o deixava inanimado depois de ter recebido a chuva torrencial?

Domícia Venusta, desde criança, tinha uma qualidade: sabia o que queria e nenhum obstáculo estava à altura para fazer com que desistisse. Naquele instante, decidiu salvar o jovem desconhecido. Pôs-se a correr apressadamente pelos túmulos, à procura de colegas que a ajudassem a conduzi-lo até sua casa, pois ela não era capaz de, sozinha, carregá-lo durante todo o trajeto e, ainda menos, de fazer com que subisse todos os degraus que levavam até o seu apartamento.

Ela encontrou ajuda sem grande dificuldade. Excitadas pela situação, várias de suas companheiras aceitaram dar-lhe toda assistência. E carregaram o rapaz, ainda inanimado, pelas ruas de Roma, cumprimentando-a pela descoberta e brincando acerca dos felizes momentos que a aguardavam. Elas conseguiram, por fim, e com bastante esforço, alçá-lo até o apartamento.

Deve-se mencionar que Domícia Venusta habitava o sétimo e último andar de seu imóvel. Era uma construção alta e toda em tijolos, com uma profusão de janelas irregulares, que seria feia se não fosse o grande número de varandas repletas de flores que a decoravam. Algumas chegavam a abrigar miniaturas de jardins suspensos, e várias trepadeiras cobriam a fachada, fazendo com que o edifício se parecesse com uma estranha árvore.

Habitações assim altas não eram raras em Roma. Aliás, havia várias na mesma rua em que Domícia morava. E não eram assim tão desagradáveis de se habitar. Eram cheias de vida, e a todo momento podiam-se encontrar novas pessoas por ali, pois os romanos mudavam de domicílio com muita freqüência. De fato, o principal inconveniente era o perigo que representavam, pois eram construídas com muita economia, com as paredes finas demais, que não raro desmoronavam. Quanto a isso, porém, bastava não pensar no assunto.

Como todas as outras, a residência de Domícia Venusta tinha pouca mobília: um leito matrimonial de dois lugares para dormir e dois pequenos leitos de apenas um lugar perto de uma mesa, para fazer as refeições. Tudo em madeira branca, muito simples. Um banco, um escabelo, um braseiro, utensílios de toalete e de cozinha completavam o todo...

O jovem fora instalado no leito matrimonial. Ela retirou sua túnica e as roupas de baixo encharcadas e colocou-as na sacada coberta por vinhas, com cachos de uvas já maduras naquele início de outono.

Ao retornar para junto dele, não teve como não admirá-lo. Domícia imaginava Diana descobrindo Endimião adormecido e apaixonando-se pela primeira e última vez em sua vida... Ela teve de se conter: Diana não era a sua deusa protetora, era Vênus, e o rapaz não estava adormecido, e sim acometido de um mal desconhecido, talvez fatal. Domícia tinha de fazer algo por ele. Se o trouxera para casa, não fora para contemplá-lo, mas para cuidar dele.

Numa ânfora, havia um restante de vinho puro. Decidiu dar-lhe um pouco do líquido assim mesmo, sem misturar água, como habitualmente se fazia. Essa bebida forte e espessa talvez o ajudasse a recobrar a consciência. Porém, por mais que tentasse, não conseguiu fazer com que ele abrisse os lábios, fechados com uma força inimaginável... Desistiu. Não havendo nada mais que pudesse fazer por ele, então, só lhe restava rezar...

A deusa Vênus era a única que poderia estar presente num local como aquele. Ali ela reinava, na forma de uma pequena estatueta em seu altar pessoal, erguido num nicho próximo à cama... Domícia aproximou-se da deusa. Para ter seus desejos atendidos, ela tinha de fazer-lhe uma oferenda excepcional! Sorriu. Domícia ia dar-lhe o que tinha de mais precioso, o que lhe era mais caro... Pegando uma tesoura, sem hesitar, cortou a mais bela de suas mechas, a que lhe caía no meio do rosto. Depositou-a aos pés da estatueta de alabastro e disse:

— Salve-o, Vênus!...

Outras vozes fizeram eco à sua própria voz. O apartamento de Domícia, que ficava sob a cumeeira, servia de refúgio para as pombas que, em certos períodos do dia, se punham a arrulhar todas de uma só vez. Os outros habitantes do imóvel consideravam o concerto um alarido ensurdecedor, mas não ela. A pomba era o animal sagrado de Vênus; sua voz vinha do céu. E Vênus lhe dizia, naquele instante, que escutara sua oração e que seu pedido seria realizado!

O que, efetivamente, aconteceu. O doente não despertou, mas, alguns instantes mais tarde, agitou-se na cama e começou a falar, chegando a gritar... A moça petrificou-se. O que estava escutando era extraordinário. Ela não se enganara, aquele desconhecido não era como os outros!...

A noite já havia caído quando Tito finalmente recuperou a consciência... Primeiro, viu um rosto feminino curvado sobre ele. A luz trêmula da lâmpada a óleo tornava a figura difusa, ao mesmo tempo em que a idealizava.

— Quem é você?

Domícia Venusta apresentou-se...

— Onde estamos?

— Em minha casa.

Tito ergueu-se sobre os cotovelos. A iluminação fraca não permitia descobrir o local em que estava. Ele ia fazer novas perguntas quando se deu conta do alarido contínuo que enchia o cômodo. O rumor vinha de algum lugar, mais abaixo.

— Que barulho é esse?

O barulho era o que se escutava em Roma a cada noite... Desde um decreto de Júlio César, a circulação de todos os veículos, exceto os que carregavam materiais de construção, era proibida durante o dia. Apenas circulavam os pedestres, os cavaleiros, as liteiras puxadas por homens; até mesmo os mortos eram transportados em macas. Assim que o sol se punha, porém, todos se precipitavam para seus coches, charretes, carroças e carruagens de todo tipo.

Essa legislação, sem a qual as ruas estreitas da capital estariam repletas de engarrafamentos inextricáveis, tinha como contrapartida condenar os romanos à insônia. Todas as janelas recebiam os ruídos provenientes da rolagem das rodas, do ranger dos eixos, das colisões, sem falar nos gritos, nos insultos e discussões, pois, em virtude da obscuridade, os acidentes aconteciam em profusão. Apenas a residência imperial, cujos arredores eram protegidos, beneficiava-se do silêncio... Domícia Venusta sorriu.

— É o que se escuta toda noite em Roma. Você não está no Palácio dos Césares.

Tito teve um sobressalto:

— Como sabe disso?

— Simplesmente porque você o disse. Você falou muito durante o sono, pronunciando nomes importantes, nomes que dão medo: Nero, Cláudio, Messalina. Mas isso nem foi o mais extraordinário. Você repetiu várias vezes "Não quero viver! Não quero ser imperador!". Você há de convir que existem poucas pessoas para quem viver signifique ser imperador...

Naquele momento, tudo retornou subitamente à mente de Tito: a morte de Britânico, seu enterro... Ele acabara de ter um pesadelo. A primeira parte da predição de Harpax se realizara: Britânico não reinaria; a partir dali, a segunda parte já podia ocorrer. Era isso, porém, que ele não queria, ele se sentiria culpado demais! Não, ele não queria ser imperador!

Mas não era tudo. Havia ainda o mais grave: o veneno! Tito gritou:

— Fui envenenado!

— Você também disse isso em seu sonho... Não quer me contar? Mas, antes, quem é você? Eu lhe disse meu nome, mas você não me disse o seu.

— Tito.

— Fale, Tito.

E Tito falou. Narrou, tão fielmente quanto lhe era possível, os momentos terríveis pelos quais passara. Domícia seguia seu relato com extrema atenção, franzindo o cenho, no qual a mecha cortada produzia um efeito insólito... Quando ele terminou, ela balançou a cabeça.

— Não creio que você tenha tomado veneno, senão já estaria morto.

— Tomei sim, com certeza. Nós comemos as mesmas coisas.

— Não exatamente. Você também colocou neve em sua taça?

— Não.

— Então o veneno estava na neve...

Tito gritou. Fatalmente, era essa a verdade, mas como ele estava transtornado na ocasião, não conseguiu pensar nesse ponto nem mesmo uma só vez. Havia ainda uma questão, entretanto.

— Se isso é verdade, por que fiquei nesse estado?

— Foi o pavor. O que aconteceu com você é tão terrível...

Como para lhe dar razão, Tito ficou agitado.

— Tenho medo, Domícia! Tenho medo de tudo, dos homens, da maldade deles, da morte que ronda, do desconhecido. Não quero mais viver! O mundo é feio demais! Tudo é feio demais!

— Nem tudo é feio; você é belo...

Essa frase, pronunciada com a voz tão suave, fez com que de súbito ele ficasse silencioso e visse realmente, pela primeira vez, o rosto daquela que estava à sua frente. Ela também era bela, mas não foi esse fato que mais o impressionou. O que mexia com ele era a emoção que estava lendo no rosto de Domícia. Ele pensou: "Ela me ama!", e, logo em seguida: "Não é possível. Não se pode amar alguém assim tão depressa..."

Domícia Venusta também estava calada. Um longo silêncio encheu a casa, ou melhor, escutava-se subir das ruas a voz poderosa da Roma da noite. Um incômodo terrível ganhou Tito. Ele sabia que devia fazer algo, mas não sabia o quê, e sentia que ela passava exatamente pelo mesmo incômodo que ele. Tito nunca se vira em semelhante situação...

Foi ela quem fez o gesto procurado por ele. Domícia dirigiu-se para a lâmpada e a apagou. A obscuridade pôs fim ao incômodo de ambos, e ele achou natural que ela se deitasse a seu lado no leito matrimonial... Tremendo, estendeu o braço na direção dela. Ele nunca havia tocado numa pele de mulher, e não podia imaginar tamanha suavidade. Enquanto ambos se abraçavam, ele pensava na mistura de óleo, cera e poeira com a qual Britânico e ele untavam seus corpos quando lutavam, um envelope rugoso que machucava as mãos. Ali, naquele quarto, ele estava num universo totalmente desconhecido. Tito não sabia de mais nada, tinha se esquecido de tudo! Ela pousou seus lábios nos dele, e o contato fez com que ele se largasse por definitivo. Tito abandonou-se, e foi assim que, com quinze anos, no dia seguinte ao dia mais terrível de sua vida, ele fez amor pela primeira vez, ao som da rolagem de carruagens e dos xingamentos dos charreteiros...

Pela manhã, Tito acordou com um impressionante concerto. Acima de sua cabeça, as pombas aninhadas sob o teto se puseram a emitir arrulhos em conjunto. Ele abriu os olhos e a primeira coisa que viu foi o rosto de Domícia. Esboçou um sorriso, mas a lembrança do banquete fatal o deteve. Ele sacudiu a cabeça: por Deus, como a vida era cheia de desalento!... Já Domícia Venusta estava de humor radiante! Ela apontou com o dedo na direção do ruído das pombas.

— Está escutando? Sabe o que elas estão dizendo? Toda a sua vida, você estará sob o signo de Vênus.

— Não creio nisso. Antes de encontrá-la, lia a vida de Alexandre. Eu queria ser soldado. Na guerra, tudo é simples: é matar ou morrer, é vencer ou ser vencido. Marte é o único deus que não engana...

Ele suspirou.

— Mas é verdade que agora já não digo a mesma coisa. Não sei se um dia irei à guerra. Ela já não me interessa, como tudo o mais!

— Você irá à guerra e sairá vencedor.

— Como pode saber? Você é alguma adivinha?

— Não, não sou adivinha, apenas sei disso... Venha!

Ela saltou da cama e tomou-lhe a mão. Ambos estavam nus, assim como nua estava a estatueta que reinava no pequeno altar, em cujos pés repousava uma mecha castanha.

— À minha maneira, sou uma sacerdotisa de Vênus. Fazer o que faço é meu jeito de cultuá-la.

— Qual é o seu ofício?

— O mesmo de Messalina, quando ela se fazia passar por Licisca...

— Então você...?

Ela colocou um dedo sobre os lábios.

— Escute-me... Você será um grande soldado, mas também vai ser um grande amante. Marte e Vênus formam um belo par; no Olimpo, eles foram amantes. Lembre-se bem disso, Tito: nada vai lhe acontecer de ruim da parte das mulheres. Elas estarão sempre do seu lado. Elas lhe pedem apenas que as ame.

Domícia Venusta passou os braços em torno do pescoço de Tito.

— Tito, o encantador, Tito Venusto...

# OS JUSTOS E OS SEPARADOS

A Palestina parecia ser uma província como todas as demais do Império Romano, mas tratava-se apenas de uma aparência, pois ali nada se passava como no restante do território. Em primeiro lugar, os romanos não se comportavam na Palestina como se comportavam nas outras regiões conquistadas. Eles se mostravam incrivelmente mais propensos a agradar os judeus do que acontecia com outros povos. As tropas de ocupação eram as mais discretas possíveis; apenas um pequeno contingente estacionava na Palestina, o restante das forças permanecia acantonado na Síria. Além disso, tudo era feito para favorecer as crenças religiosas da população: os judeus eram dispensados do culto ao imperador, o que era rigorosamente obrigatório em todo o Império, e a família imperial enviava ricos presentes ao Templo.

Apesar disso e de todas as demais disposições atenciosas, os judeus eram os únicos a questionar a presença romana. Inicialmente, não suportavam pagar os impostos, que nem eram mais elevados do que nas demais regiões do Império, mas que na comunidade judaica eram duplicados em virtude do imposto religioso do Templo. Este último imposto, que devia ser pago por todo judeu a partir dos treze anos, era o mesmo para todos, ricos ou pobres, o que colocava os mais modestos em situação crítica.

Mas a recusa da fusão tinha uma razão mais profunda e mais radical. Os judeus formavam um só povo, o que não era o caso das outras províncias do Império Romano, como a Gália, dividida numa profusão de etnias, ou mesmo a Grécia, composta por cidades outrora inimigas. Contrariamente, os descendentes de Abraão tinham consciência de pertencerem a uma mesma nação que já havia atravessado dois milênios sem esmorecer diante de todas as agruras da história...

Consciente de sua identidade e de sua dignidade, o povo judeu estava, entretanto, profundamente dividido, e essa divisão era, evidentemente, de natureza religiosa. Duas tendências se opunham, fato intuído por Berenice desde sua primeira juventude, quando Tibério Alexandre lhe fizera a corte sustentando, ao reportar-se ao Livro Santo, um discurso bastante diferente do de sua mãe. Os saduceus, ou "justos", estimavam que os preceitos do Livro deviam servir a todos os homens; já os fariseus, ou "separados", pensavam que a Lei de Moisés estava reservada apenas ao povo eleito. E o que por muito tempo fora apenas uma divergência de escola entre rabinos passara a ter, desde a ocupação romana, uma configuração mais exacerbada.

Os saduceus, que se chamavam a si próprios de "os justos", eram recrutados nas velhas famílias aristocráticas, à frente das quais figurava a de Herodes, na imigração, principalmente a Alexandria, e geralmente nos meios mais abastados. Para eles, a ocupação romana era inevitável: todo o mundo conhecido havia sido submetido às suas leis e era irrealista imaginar que apenas a Palestina pudesse escapar a esse destino comum. Muito ao contrário, a conquista romana era o meio de se obter uma propagação incomparável.

Para os fariseus, contrariamente, que reivindicavam essa designação que significa "os separados", há dois tipos de homens: os judeus, o povo eleito, e os outros. Entre os dois, a única relação possível era a da ignorância e, em caso de invasão, a de conflito. Para eles, Deus escolhera o Seu povo e não havia outra alternativa a não ser obedecer. Eram obstinados defensores da ortodoxia e da letra do texto sagrado. Toda interpretação demasiadamente liberal equivalia a um sacrilégio. Como todos os extremistas, tinham o apoio das classes mais baixas, e a ocupação romana havia reforçado consideravelmente sua influência.

De fato, os fariseus proclamavam-se em alto e bom som como os únicos patriotas. A presença desses estrangeiros, desses infiéis na Terra Santa era insuportável! E, havia pouco tempo, esse movimento se radicalizara com o surgimento de seu braço armado, os sicários. Este grupo, cujo nome era tirado na palavra latina *sica*, que significa "punhal", pretendia agir em nome de Deus. Dissimulando essa arma sob suas túnicas ou sob o amplo manto, eles se misturavam à multidão, principalmente durante as festas religiosas. Atacavam com a rapidez do relâmpago e desapareciam aproveitando-se do tumulto. Naquele momento, o movimento ainda estava em seu início, mas tudo levava a crer que iria se tornar cada vez mais amplo.

Essa era a situação política com a qual Berenice se via confrontada, mesmo que, como censurara Tibério Alexandre, ela a tivesse ignorado por tanto tempo. Toda a Palestina parecia em ebulição. O povo judeu, que sempre fora caloroso, cheio de paixão, parecia atravessado por forças que lhe escapavam. Em toda a região, discutia-se ardorosamente. De noite, de terraço em terraço, as pessoas se invectivavam, e messias surgiam de tempos em tempos, trazendo com eles milhares de discípulos. Alguns eram apenas agitadores a serviço dos partidários do farisaísmo, outros acreditavam sinceramente ser os enviados de Deus. Entre eles e seus contraditores, com freqüência a disputa acabava na base de pedradas, de golpes de bastão, algumas vezes facadas e, por fim, os soldados romanos vinham restabelecer a ordem, sempre fazendo mortos. É fácil perceber que os tempos eram agitados e que não se estava muito longe de uma guerra civil.

Agripa II estava se mostrando um politiqueiro tão hábil quanto seu pai. Sua intriga junto a Cláudio fora tão bem-feita que o imperador o presenteara com um novo território, bem mais extenso e povoado do que o reino de Cálcis: uma parte da Galiléia, em torno da Cesaréia de Filipe, em ambos os lados do Jordão.

Foi sem remorso que Berenice deixou a pequena capital libanesa e os súditos, que já não a interessavam, com seus eternos conflitos entre camponeses e montanheses e sua mentalidade estreita de gentios. Contrariamente, ela se encantou com a descoberta da Cesaréia de Filipe, aglomeração fascinante, que não se situava, como a Cesaréia propriamente dita, no litoral marítimo, mas às margens do Jordão. O palácio, construído havia muito tempo por sua família, tinha de fato o porte de uma residência real e não o aspecto um tanto provinciano que caracterizava Cálcis. Além disso, finalmente ela estava entre os judeus, isto é, sentia-se em casa!

No dia de sua instalação, Berenice mencionou sua satisfação a seu irmão, mas, curiosamente, Agripa não demonstrou o mesmo entusiasmo. Ao contrário, ele ficou por muito tempo silencioso... Parecia estar devaneando, perturbado. Berenice pressionou-o com suas perguntas, e ele acabou revelando o que o incomodava:

— Devíamos ir encontrar o novo procurador. Estou preocupado...

De fato, Tibério Alexandre acabara de ser substituído. Falava-se, para ele, de funções mais importantes na administração imperial, mesmo se, no momento, ele ainda não tinha um novo cargo. Em seu lugar, Cláudio designara um certo Félix... Berenice interrogou-o com o olhar.

— Por que está preocupado?
— Porque ele não é judeu, como Tibério.
— Isso não faz com que ele seja forçosamente um incompetente.
— Faz sim. Um romano não pode compreender os judeus. Sei bem disso. Vivi cerca de vinte anos com eles. Devo explicar isso a ele...

Berenice olhou para Agripa, surpreendida. Ele, que sempre estava sereno e amável, parecia agitado, atormentado.

— O que você quer explicar a ele?
— Que não somos como os outros! Aqui, lutamos, matamos e aceitamos morrer em nome de Deus: para um romano, esse comportamento é incompreensível. Matar em nome de Netuno, morrer por Juno, isso não faz o menor sentido. Para um romano, mesmo o mais inteligente, mesmo o mais sábio, somos todos loucos!

— E você pensa que pode fazer algo a esse respeito?
— O procurador e a Palestina são como duas pessoas que, supostamente, não falam a mesma língua. Já eu posso falar as duas. Sou o único intérprete que pode impedir os mal-entendidos, mal-entendidos que podem ser mortais.

Berenice olhou para seu irmão como se o visse pela primeira vez. Agripa continuava a ter aquele ar distinto de um jovem nobre e culto, mas, naquele momento, também havia nele algo de grave e ardoroso. Ela refletiu que havia algum tempo que ele não a deixava mais se ocupar de todos os negócios, intervindo, emitindo opiniões, sempre, aliás, coerentes umas com as outras, liberais e tolerantes, ao passo que ela própria tinha uma tendência a ser mais rígida. Berenice era obrigada a confessar para si mesma: Agripa não era mais aquela personagem anódina que chegara a Cálcis; no fundo, isso a deixava feliz...

Pela primeira vez, teve vontade de discutir com ele, como outrora, com Tibério Alexandre.

— Você diz ser um intermediário entre os romanos e nós. Mas, no fundo de seu coração, você pensa realmente como nós?

— Não sei dizer... Não creio em nada com muita força. Quero evitar uma catástrofe e, se não fizermos nada, ela ocorrerá. É a minha única certeza.

— Você não crê no Deus de Abraão?

— Os homens interessam-me mais do que os deuses. Um homem de bem pode crer em Iahweh ou em Júpiter, um canalha também...

Berenice ia replicar, mas decidiu se calar. Ela não pensava como Agripa, mas respeitava sua argumentação. Além disso, ele tinha razão: era preciso manifestar-se junto ao procurador, e ele era o mais bem indicado para fazê-lo. Ela aquiesceu:

— Pois bem, partamos para Cesaréia! De toda maneira, temos o dever de nos colocarmos à disposição de Félix...

Félix era um tipo gordo e meio ridículo, cujo rosto era ornado com um pequeno bigode. O contraste com Tibério Alexandre era, no mínimo, surpreendente. Mas a diferença não se limitava à questão física. O antigo noivo de Berenice, apesar de ser odiado pelos fariseus por ser um apóstata, tinha pelo menos o cuidado de evitar a provocação, e conduzia uma política coerente: favorecer os moderados e reprimir com rigor os extremistas. Disso resultara que, durante todo o seu mandato, os tumultos tinham sido limitados.

Félix, ao contrário, mostrou-se desde o início totalmente ultrapassado pelos acontecimentos, sobretudo porque suas tropas, que se sentiram sem dúvida encorajadas pelo fato de um romano nato suceder a um judeu convertido, multiplicaram as provocações. A caminho do encontro com o procurador, Agripa e Berenice puderam, infelizmente, constatar a gravidade da situação. Como um soldado romano havia exibido seu traseiro no átrio do Templo, iniciou-se um tumulto, que causou a morte de mil pessoas. Desde então, em toda a região, os apelos à rebelião se multiplicavam.

Ao chegarem ao Palácio de Cesaréia, Agripa e Berenice encontraram o procurador caminhando de um lado a outro em sua sala principal. Ele mal respondeu à saudação dos recém-chegados e já se manifestou com veemência:

— Outra revolta, desta vez em Bethoron! Um soldado queimou um exemplar da Bíblia e toda a região está a ponto de rebelar-se. Isso não vai terminar nunca?

Agripa encarou Félix de frente e falou calmamente:

— Isso não vai terminar se as provocações continuarem. Esse soldado deve ser executado.

— Executar um de meus homens? Você perdeu a razão?

— O que ele acaba de fazer é muito grave. Se você não o fizer, toda a Judéia se cobrirá de fogo e sangue.

Félix encarou com desdém esse rei local, por quem visivelmente sentia desprezo.

— E se isso acontecer...?

— Se isso acontecer, César o retirará de seu cargo.

Ainda que sensibilizado pelo argumento, o novo procurador não se deixou convencer tão fácil. Agripa e Berenice tiveram de argumentar longamente para que ele consentisse, enfim, em ordenar o castigo do culpado... Em seguida, como se comprometera a fazê-lo, Agripa começou a expor a Félix, de maneira tão clara e completa quanto possível, as particularidades da Palestina.

Félix aceitou esse curso a contragosto, pois pensava ser contrário à sua dignidade aceitar os conselhos de um régulo nativo e, além disso, o que Agripa estava lhe dizendo não era um estímulo natural para o futuro. Visivelmente, ele se perguntava em que tipo de lugar fora parar!... Agripa calou-se, finalmente, depois de concluir acerca do perigo que representavam os sicários. Foi a vez de Berenice intervir.

Ela não esquecera em que circunstância Zaqueu de Cariote se tornara um terrorista.

— Entre os sicários, há muitos que foram antigos operários do Templo. Para os líderes, trata-se de um verdadeiro centro de recrutamento. Tudo poderia melhorar bastante se os que terminassem sua parte encontrassem trabalho.

— Você pode dizer-me qual?

— Já pensei nisso. As ruas de Jerusalém são de terra batida. Podiam-se empregá-los na pavimentação da cidade.

— E quem vai pagá-los? César?

— Eu pagarei... Peço-lhe apenas que me ajude nessa tarefa.

— Você tem tanto dinheiro assim?

— Sempre tenho o suficiente quando se trata de ajudar o meu povo.

A proposição de Berenice foi implementada e, pelo menos em Jerusalém, a tensão diminuiu um pouco. Apesar de todos os seus esforços, porém, as relações do irmão e da irmã com o procurador continuaram ruins. Félix, homem vaidoso e limitado, não gostava de ver seus atos ditados por pessoas que julgava lhe serem inferiores, mesmo se a situação com que tinha de se defrontar era de tal modo desencorajadora e complexa para ele que, no final, seria obrigado a seguir seus conselhos.

Agripa e Berenice não se sentiam confortáveis. Se a catástrofe não ocorrera naquele momento, ela não se tornara menos iminente. Ambos tinham a impressão de avançar por uma trilha perigosa que beirava o flanco de uma montanha. O precipício estava por toda a parte em torno deles; o menor passo em falso seria fatal...

A notícia da morte de Cláudio e da subida de Nero ao poder aumentou ainda suas apreensões. Cláudio, íntimo de seu pai, fora a melhor sustentação que poderiam ter tido, e havia muita coisa a temer desse jovem imperador acerca de quem tudo ignoravam. Mas seus temores foram vãos: Nero mostrou-se, de saída, ser mais generoso do que o pai defunto. Não apenas ele os confirmara em suas possessões como aumentara parte da Galiléia por eles governada com o acréscimo das cidades de Ábila, Tariquéia e Tiberíades, até então administradas pelo procurador. Tratava-se de um aumento notório de seu poder; podia-se mesmo imaginar — quem sabe? — se não era apenas um começo, e que um dia Nero reconstituiria para eles o reino judeu de Herodes e de Agripa I!

Essa eventualidade, que significava a evicção pura e simples do procurador de seu cargo, não escapou a Félix e, desde então, a contida hostilidade que ele sentia pelos irmãos passou a expressar-se abertamente. Ele decidiu contra-atacar e o fez de maneira temerária.

Deve-se mencionar que Agripa e Berenice tinham um ponto fraco: suas relações de casal. Até aquele momento, eles não tinham sido importunados a esse respeito, tanto porque inspiravam respeito quanto porque sempre se mostraram discretos, mas o procurador não se armou de escrúpulos: denunciou suas relações incestuosas junto aos religiosos de Jerusalém, exigindo seu comparecimento em juízo.

Se o sumo sacerdote, nomeado por Agripa, era favorável ao rei, muitos outros sacerdotes mais próximos dos fariseus deram grande atenção a essas acusações, e o rumor começou a se propagar. Em breve, o escândalo iria explodir. Era preciso agir, e rápido!

Se em outras ocasiões Berenice já soubera mostrar-se enérgica, também desta vez ela esteve à altura da situação. Para extirpar pela raiz todas essas acusações, a melhor atitude era se casar! Ela enviou mensagens aos soberanos da região suscetíveis de contratar uma aliança com ela. Preveniu-os de que se trataria de um casamento apenas formal e que essa união de circunstância só duraria pelo tempo que ela achasse conveniente. Em compensação, estava pronta a oferecer uma soma considerável na forma de dote.

Era a segunda vez em pouco tempo que Berenice punha seu próprio dinheiro a serviço de sua ação política. Ao agir desse modo, conformava-se ao conselho que seu pai lhe dera no dia de seu casamento. Desde então, ela se dera conta de que ele não havia mentido. Os Herodes eram efetivamente muito ricos, e seu patrimônio crescera ainda com a sábia gestão feita por ela. Os dois saques que acabara de fazer não representavam nenhum perigo para a sua fortuna. Restava o suficiente para o caso de um dia ter de ajudar os Césares, o que ela esperava ardentemente...

O eleito não demorou a ser designado. Chamava-se Polemon e era rei da Cilícia e do Ponto, dois territórios ao norte da Palestina que outrora haviam pertencido ao Império Persa. Polemon apresentou-se na Cesaréia de Filipe evidentemente satisfeito por ter sido o escolhido. Deve-se reconhecer que não lhe faltava presença. Estava no vigor da idade, era alto e bem-feito de corpo, com a cabeleira e a barba castanhas, com magníficos reflexos.

O casamento foi prontamente celebrado. Berenice convidou todos os que tinham um título qualquer na Palestina, pois convinha dar a maior repercussão possível ao evento. Entre os convidados, Félix manifestava uma aparência particularmente pífia. Sua artimanha não dera em nada e ele mal podia esconder seu despeito.

Já Berenice estava nas nuvens... Por divertimento, ela quisera vestir-se exatamente como na ocasião de seu casamento com "Herodes de cabelos amarelos": um manto à moda persa de mangas evasê, um penteado muito alto no qual tronava a Cidade de Ouro de Quipros, e o diamante de Agripa sobre o seio. Ela estava tão perfumada quanto da primeira vez: nardo indiano, mirra da Arábia e bálsamo de Jericó, mas em vez de atenuar o poder da essência com cinamomo e ônix, ela havia feito com que a mistura se tornasse ainda mais inebriante, acrescentando jasmim.

Já que era viúva, escolheu a terça-feira para o dia da cerimônia. Mas foi sua única concessão à tradição de seus ancestrais. Uma vez que Polemon era grego, não podia se casar de acordo com a cerimônia judaica, e, é claro, Berenice não admitia nem mesmo a hipótese de se unir à maneira dos gentios. O casamento resumiu-se, assim, à simples assinatura de um contrato, mas é verdade que era a única coisa que contava tanto para um quanto para outro.

O banquete, em contrapartida, foi luxuoso e permaneceu gravado em sua memória. Enquanto se fartava com as delícias, ela não podia deixar de pensar nas refeições em Cálcis, em seu pai conversando a seu lado. Ela podia revê-lo fazendo faiscar uma moeda de ouro na qual estava gravado seu nome; seu pai que, algum tempo depois, lhe prometera um destino excepcional...

Como tudo isso parecia distante para ela! Seus sonhos continuavam com o mesmo ardor, com a mesma violência, mas tinham tomado um aspecto diferente. Naquele momento, ela pensava tanto nela própria, em sua vitória, em sua glória, quanto na responsabilidade, talvez na missão, de que se imbuía. A vontade divina fizera com que tivesse nascido num período decisivo para o destino de seu povo, e ela tinha o dever de fazer alguma coisa por esse povo...

Agripa, ao lado do procurador, tinha a expressão tão sombria quanto a dele. Ainda que tivesse aprovado inteiramente esse casamento, sentia ciúme e não podia escondê-lo, sobretudo porque Polemon, por fanfarronice, lançava incessantemente cumprimentos sonoros que, por estar prisioneira do papel que representava, Berenice fingia aceitar de bom grado...

O perfume inebriante com o qual se impregnara acabou por embriagá-la tanto quanto os vinhos, pois — coisa que nunca lhe acontecia — ela se permitia beber mais do que era razoável. Berenice surpreendeu-se fazendo o balanço de sua existência... Tinha trinta anos e não se arrependia de nada do que lhe acontecera. Uma coisa a gratificava mais do que tudo: o veredicto do espelho. Regularmente, ela ia se comparar ao espelho-quadro de Mariana e, deve-se reconhecer, ela se parecia cada vez mais com a sua ancestral. Até aquele momento, Mariana, cristalizada pela morte no auge de seu esplendor, ainda lhe vencia em beleza, mas logo Berenice a igualaria!...

Os dias que se seguiram às núpcias foram morosos. Era preciso que, como toda esposa, Berenice seguisse seu marido. Assim, ela se viu nos confins da Cilícia, uma obscura província da Ásia Menor, onde havia apenas o correio de seu irmão para tirar-lhe do tédio. Nos primeiros dias, Polemon fizera algumas tentativas para que o casamento não permanecesse num nível puramente formal, mas ela o reconduziu a seu lugar, ameaçando voltar para casa com todo o seu dinheiro. Aliás, ela ordenou aos soldados de sua guarda de montanheses — a única lembrança que conservara de Cálcis — que vigiassem as portas de seus aposentos dia e noite, e conseguiu manter-se tranqüila.

Berenice não permaneceu por muito tempo junto desse marido de conveniência. Várias razões precipitaram sua partida. Inicialmente, sua própria impaciência: ela não suportava mais essa cidade perdida e esse potentado indigno de sua presença, com suas maneiras hipócritas e seus olhares de cobiça. Em seguida, apesar das recentes mudanças na conduta de Agripa e de seu súbito interesse pela política, ela se indagava como ele ia se comportar diante de uma situação que continuava crítica.

Por fim, e principalmente, ela se sentiu alarmada com as notícias provenientes de seus informantes em Cesaréia de Filipe. Várias herdeiras da aristocracia judaica haviam começado a rondar Agripa. O jovem rei era o mais belo partido do país, e seu próprio afastamento, apesar de calar a maledicência, abrira, ao mesmo tempo, o caminho a todas as ambições. Ela sabia da fraqueza de seu irmão nessa área; se ele se deixasse enrolar, seria o fim de Berenice!

A troca de procurador lhe serviu de pretexto. Félix, cuja incompetência fora finalmente reconhecida em Roma, tinha sido brutalmente demitido de seu cargo. Agripa anunciou-lhe que tinha ido fazer uma visita ao sucessor de Félix, Festo, que lhe causara melhor impressão. Ela manifestou o desejo de conhecê-lo de imediato e, indiferente aos protestos de Polemon, voltou à Palestina...

Assim que Berenice chegou, Agripa quis que eles retomassem suas relações íntimas; pela primeira vez, porém, ela se sentiu realmente desconfortável com a situação. A reprovação social que ela experimentara como conseqüência da intriga de Félix tinha servido para que percebesse o quanto era ofensiva essa união. Mas era tarde demais para retroceder. Ela devia assumir sua responsabilidade, comportando-se com seu irmão da mesma maneira que se comportara com seu tio. De uma vez por todas, ela havia sacrificado sua vida amorosa em virtude de suas ambições políticas.

Durante a ausência de Berenice, Agripa esteve longe de se manter inativo. Ele concentrara todos os seus esforços no clero do Templo. Tratava-se de um dos meios no qual o confronto entre conservadores e liberais era mais ativo e também mais decisivo. Os sacerdotes, oriundos de famílias abastadas, eram em sua maioria de tendência saducéia, mas um número crescente, a fim de agradar ao povo, demonstrava ter convicções farisaicas. Como o sumo sacerdote falecera havia pouco tempo, Agripa nomeara Jônatas, um liberal enérgico e de fortes convicções, para o seu lugar. Berenice aprovou inteiramente sua ação, assegurando-se de maneira definitiva acerca de sua capacidade de governar.

Festo não se parecia em nada com seu predecessor, o que Berenice pôde confirmar na primeira oportunidade que teve para encontrá-lo. Ele pertencia a esse grupo de romanos que se interessavam pela espiritualidade, notadamente os cultos orientais, e sua chegada à Palestina preenchia seus desejos. Festo se mostrava curioso a respeito de tudo, fazendo mil perguntas acerca dos costumes, das crenças e dos ritos do povo judeu. Além disso, era dotado de grandeza de visão, o que manifestou com brilhantismo em duas oportunidades.

A primeira vez ocorreu em Cesaréia... Agripa e Berenice foram à sua capital saudá-lo a propósito do Ano-novo romano. Como era de hábito, a conversa foi tão interessante quanto descontraída, sobretudo porque, graças à sua ação, a situação política melhorara consideravelmente. E, no fim da refeição, Festo fez-lhes uma confissão:

— Tenho um prisioneiro que está me causando problemas. Os sacerdotes o querem morto. Ele apelou para o imperador. Devo decidir se o envio a Roma ou não.

— De quem se trata?

— Paulo, um cristão. Esclareçam-me: quem são os cristãos?

Agripa e Berenice não souberam responder-lhe com precisão. Conheciam bem os cristãos de nome; sabiam que pregavam a doutrina de um tal de Jesus de Nazaré, mas não sabiam em que consistia essa doutrina. Eles pediram para assistir à audiência de Paulo; estavam curiosos para escutá-lo e formarem uma opinião mais precisa acerca de seu movimento.

No dia seguinte, o prisioneiro foi levado à sala de audiência do palácio. Os principais nobres de Cesaréia estavam presentes. Agripa e Berenice sentaram-se ao lado de Festo. Paulo chegou acorrentado. Apesar do aspecto negligente devido ao cativeiro, tinha nobreza no porte. Inclinando-se diante do rei, da rainha e do procurador, ele se dirigiu a Agripa:

— O que espera de mim, rei?

— Que nos diga quem é você e quem são os seus partidários.

Paulo exprimiu-se sem dificuldade:

— Para isso, é preciso que eu relate a minha história... Por muito tempo, combati os cristãos. Os sacerdotes tinham me dado a missão de caçá-los. Percorri as sinagogas, a fim de que saíssem de seus esconderijos. Atirei muitos deles na prisão e cheguei mesmo a persegui-los em cidades estrangeiras.

"Foi por esse motivo que tive de ir a Damasco. No caminho, por volta do meio-dia, vi uma luz mais brilhante do que o sol e escutei uma voz que me dizia: 'Paulo, Paulo, por que me persegue?' Respondi: 'Quem é você, Senhor?' O Senhor respondeu: 'Sou Jesus, a quem você está perseguindo. Mas levante-se. Quero que vá a seu povo e a todas as nações gentias, a fim de que sejam convencidos.'

"Desde então, preguei a todos, gentios e judeus, que era preciso arrepender-se e voltar-se para Deus. Eis por que os sacerdotes se apoderaram de mim, no Templo. Entretanto, disse o mesmo que disseram seus profetas e Moisés: que Cristo sofreria e que, sendo o primeiro a ser ressuscitado de entre os mortos, anunciaria a luz ao mundo...'

Ele falou ainda por muito tempo. Berenice não pôde deixar de ficar impressionada, em particular pelo lado universal da mensagem cristã. Era o que queria outrora Tibério Alexandre: propagar pelo mundo os preceitos do Livro, isso de que tanto falavam os saduceus; mas Paulo e seus adeptos eram os primeiros a tentar colocá-lo em prática. Agripa deve ter pensado a mesma coisa, pois, quando Paulo se calou, proferiu:

— Mais um pouco e fará de mim um cristão!

Paulo sorriu e dirigiu-se à assistência:

— Que todos vocês possam se tornar o que sou, com exceção dessas correntes.

Foi a vez de Festo tomar a palavra:

— Aceito seu apelo a César. Se quer ir a César, vá a Roma...

E, enquanto eles se levantavam, Festo confidenciou ao rei e à rainha:

— Não vejo em que podemos censurá-lo. Se eu tivesse o poder, o teria libertado...

Festo distinguiu-se também de maneira brilhante em Jerusalém, no dia do Yom Kippur... Agripa e Berenice acabavam de deixar o

Templo quando encontraram o procurador chegando ao Átrio dos Gentios. Todos os três se viraram ao ouvir um tumulto em um dos imensos pórticos que circundavam a esplanada. Havia gritos, mas também risos, portanto não era uma revolta. Festo decidiu ir ver o que se passava. Quando surgiu a guarda, todos os curiosos riram, exceto duas personagens tão ocupadas em sua discussão que não a vira chegar.

Por fim, os dois descobriram o procurador, o rei e a rainha cercados por seus soldados. Assustaram-se ao mesmo tempo e se calaram... Fisicamente, eram muito semelhantes: por volta de cinqüenta anos, cabelos grisalhos e uma longa barba da mesma cor. Festo dirigiu-se a eles com bom humor:

— Toda essa gente aqui estava escutando a sua discussão?

Eles assentiram.

— Quem são vocês?

Agripa respondeu no lugar deles... Ele conhecia muito bem essas duas figuras populares em toda Jerusalém. Tratava-se de dois rabinos, cujos confrontos tinham se tornado lendários. O primeiro, Eleazar, o Pio, era o porta-voz dos fariseus; o segundo, Nissim, o Sábio, o dos saduceus. Cada um deles tinha sido aluno de dois outros rabinos ilustres, Shamai e Hilel, e, uma geração mais tarde, eles prosseguiam o mesmo debate, que era, de certa maneira, o debate de todo o povo judeu.

Agripa disse quais eram seus nomes ao procurador, explicando em poucas palavras quem eles eram... Festo aquiesceu.

— Continuem sua discussão. Prometo-lhes que não os reprimirei, não importa o que digam... Do que vocês falavam?

Foi Eleazar, o Pio, quem respondeu:

— Eu explicava por que Deus escolheu fazer uma aliança com os judeus e não com outros povos.

— Pois bem, estou aqui para escutá-lo...

— É simples. Ele comparou todos eles e viu que os outros tinham apenas defeitos: os gregos são mentirosos, os persas são orgulhosos, os egípcios são preguiçosos, os gauleses são impudicos, os iberos são lascivos, os germânicos são obscenos e os bretões são estúpidos. Eis por que Ele escolheu os judeus!

Festo interveio:

— E os romanos? Você não mencionou os romanos.

Eleazar, o Pio, concordou. Ele estava esperando por essa pergunta, que sempre lhe era proposta no auditório e que lhe permitia chegar à conclusão de seu raciocínio. E, na presença do procurador, ele não se acovardou:

— Deus não escolheu os romanos porque eles têm um defeito ainda maior: estão no lugar que não deveriam estar!

Festo não se aborreceu. Com um movimento de lábios, indicou que admirava o espírito e a coragem de seu interlocutor... Ele se virou para Nissim, o Sábio:

— E você, o que pensa dos romanos?

Nissim tinha de responder a essa pergunta com muita freqüência, bastante delicada para ele, pois não queria parecer menos patriota do que seu adversário. Também ele não se furtou a fazer seu comentário:

— Penso que pode chegar o dia em que terei de combatê-los, e, se for o caso, nunca me esquecerei de que se trata de homens.

Mais uma vez, Festo acolheu a réplica sem dizer nenhuma palavra. Depois, bruscamente, colocou-se numa perna só.

— Eis o que quero lhes propor: vou tornar-me judeu se um de vocês se sentir capaz de me explicar sua religião, e isso pelo tempo em que eu conseguir manter-me em equilíbrio numa perna só! Esqueçam quem eu sou e respondam-me como se eu fosse um sujeito qualquer.

Eleazar foi o primeiro a falar:

— Não tema, vou esquecer que você é o procurador. Vejo diante de mim apenas um blasfemador. Sua questão é ímpia!

Festo virou-se para Nissim, o Sábio, ainda numa perna só:

— E você, o que vai me responder?

— Respondo-lhe o seguinte... Para mim, também, você não é um procurador, é um homem que procura a verdade. Então, só tenho a dizer-lhe: não faça aos outros o que não gostaria que fizessem com você, eis toda a nossa religião!...

Festo mais uma vez não disse nada, mas Agripa e Berenice puderam constatar o quanto essa réplica o tinha impressionado. Ele se despediu dos dois rabinos e deixou, pensativo, o pórtico.

Agripa e Berenice sentiram, naquele instante, uma felicidade intensa. Desta feita, toda esperança era válida! Festo estava mais próximo dos judeus do que todos os seus predecessores, e era um conselheiro a quem o imperador escutava. O mal-entendido com Roma podia dissipar-se. A Palestina, quem sabe, ia ser salva!...

Festo deixou a Palestina algumas semanas mais tarde, e a razão de sua partida foi tão trágica quanto a própria partida em si... Era uma noite de sabá que aparentava ser como todas as outras. O sol caía sobre Jerusalém. O sumo sacerdote Jônatas deixava o Templo depois de ter concluído os ritos daquele dia. Como de costume, um grupo de fiéis pios acotovelava-se a seu lado para manifestar seu respeito.

A coisa aconteceu tão rápido que ninguém teve como impedir. Um dos fiéis pulou sobre Jônatas, que foi ao chão. Depois, o homem começou a correr, apontando para um fugitivo imaginário diante dele e gritando:

— Ele está ali! Peguem-no!

Na confusão que se seguiu, o agressor desapareceu e ninguém conseguiu alcançá-lo... Durante esse tempo, o sumo sacerdote agonizava. Num último fôlego, ele pronunciou a frase que todo judeu deve dizer no momento de sua morte:

— *Chema Israel, Adonai elohenu, Adonai ehad.*\* E entregou a alma a Deus...

O assassinato do sumo sacerdote Jônatas deu o sinal para o terrorismo generalizado em todo o país. A partir daquele dia, as mortes cometidas por sicários foram cotidianas, chegando por vezes a dezenas num mesmo dia. Apesar de os alvos escolhidos serem os judeus saduceus e não os romanos, Nero puniu o procurador em virtude de sua incapacidade para manter a ordem, e Festo teve de partir. Agripa e Berenice vieram despedir-se dele consternados. A catástrofe tão temida estava acontecendo!...

Ao mesmo tempo, uma profecia começou a difundir-se, primeiro na cidade de Jerusalém, depois em toda a Palestina. Correndo de boca em boca, as palavras não eram sempre as mesmas, mas o sentido não mudava: uma guerra por Jerusalém logo ia acontecer e o vencedor seria o senhor do mundo.

Essa predição aumentou ainda a agitação dos espíritos, que, porém, já havia atingido seu auge nesses tempos de perturbação e exaltação. Ao mesmo tempo, várias personagens percorriam os arredores afirmando serem o Messias. Logo, revelava-se que não passavam de saqueadores, que, a pretexto de arranjarem discípulos, procuravam constituir um bando. Um deles, porém, era um autêntico místico, e seu movimento em pouco tempo alcançou um sucesso prodigioso...

Fanor de Cirene apresentava a particularidade de ser originário da África. Segundo dizia, ele tinha feito o caminho até Jerusalém a pé, em apenas sete dias e sete noites, e sem parar uma vez sequer nem para repousar nem para dormir.

Ele fora convocado por Deus para a Cidade Santa, pois, tendo escutado a predição que dizia respeito a ela, o Eterno lhe dera a missão de desvelar o sentido da profecia. O combate supremo, anunciado

---

\* "Escute, Israel, o Eterno nosso Deus e Senhor, o Eterno nosso Deus é Um."

desde os primórdios pelos profetas, ia efetivamente ocorrer sob os muros de Jerusalém. Os ímpios de todas as espécies iriam se encontrar ali, mas Iahweh seria o vencedor. O senhor do mundo que triunfaria em Jerusalém seria Deus!

Essa mensagem suscitou um enorme entusiasmo na população e Fanor decidiu reunir todos os seus discípulos no monte das Oliveiras, no dia da Páscoa. Nada menos do que trinta mil pessoas responderam a seu apelo. No início, tudo se passou de modo relativamente calmo, mas com muita rapidez começaram a circular propaganda anti-romanos e até mesmo apelos às armas.

O novo procurador, Géssio Floro, acabava de chegar à Palestina. Ele estava, assim como manda o dever, em Jerusalém para a Páscoa. Confrontando inesperadamente a mais tensa das situações, reagiu com vigor. Enviou uma tropa ao monte das Oliveiras, que procedeu a uma carnificina, chegando talvez a dez mil vítimas; cerca de cem pessoas, entre as quais o próprio Fanor, foram crucificadas. Aterrorizados, os outros voltaram a suas casas e a calma retornou, mas a profecia de Jerusalém não foi esquecida.

Agripa e Berenice encontraram-se com o procurador alguns dias mais tarde... Géssio Floro era um homem gordo, com a tez avermelhada e a fisionomia jovial. Era visível que o sucesso dessa repressão prontamente executada o tinha posto de excelente humor. Ele os acolheu de maneira afável, e eles próprios o saudaram cordialmente. De fato, não podiam censurar sua ação. O ajuntamento de Fanor de Cirene e seus discípulos tinha um caráter claramente anti-romano, quase insurrecional, e o procurador devia reprimi-lo com energia.

Depois de algumas banalidades de conveniência, Géssio Floro abordou um assunto que parecia ser um de seus preferidos, pois ele se expressou com animação:

— Vocês sabem que conheço bem os judeus? Estudei longamente sua religião e estou certo de ter compreendido tudo!

Agripa e Berenice trocaram um olhar de alívio: o espectro do desastre temido se afastava, Nero enviara um segundo Festo... Géssio Floro prosseguiu:

— Ter um deus único e sem imagem não é possível. De fato, os judeus adoram secretamente um deus com focinho de porco, senão por que razão eles se recusariam a comer a carne suína?

E, como os interlocutores, surpreendidos, permaneciam mudos, ele acrescentou:

— Aliás, vamos tirar isso a limpo imediatamente. Vou ao Templo. Estou certo de que encontrarei uma estátua de porco no local!

Os gritos aterrorizados de Agripa e de Berenice conseguiram demovê-lo de seu projeto. Mas ele não queria escutar nada das explicações de Agripa e retirou-se resmungando... Berenice esteve a ponto de passar mal. Desta vez, era o fim. Não se podia dizer exatamente quando, mas a menos que Géssio Floro morresse rapidamente, chegava-se ao fim!

# TITO VENUSTO

Tito acabava de completar dezessete anos, a idade mais importante na vida de um romano, pois era a da maioridade legal. O adolescente renunciava à toga que descia ao meio das pernas, seu traje até então, para vestir a toga viril dos adultos, que descia até o chão. Assim trajado, ele ia a um templo, onde deveria cumprir a *depositio barbae*, "o abandono da barba". O adolescente barbeava-se pela primeira vez — pelo menos oficialmente, pois já havia algum tempo que ele era obrigado a fazê-lo — e depositava os pêlos obtidos em um vaso precioso que iria levar a seus deuses favoritos...

Naquela manhã, o jovem Tito era escoltado por um cortejo alegre, animado e numeroso. Ele caminhava do palácio imperial ao Capitólio, o templo mais próximo e também o mais ilustre de Roma. Ao lado do herói da festa, todos podiam notar o imperador em pessoa, que lhe concedia a honra insigne de acompanhá-lo, exibindo, além disso, maneiras particularmente amistosas e a expressão amável.

Vespasiano estava presente, acompanhado de Caenis, pois Flávia Domitila, mais uma vez doente, não pudera comparecer, mesmo naquele dia marcante para seu filho. O casal formado pelo guerreiro robusto de pescoço imponente e pela graciosa mestiça africana continuava a ser ao mesmo tempo inesperado e atraente.

Quanto ao próprio Tito, era difícil não se impressionar com sua beleza. Seu rosto ganhara ainda mais harmonia e seus cabelos encaracolados de maneira natural, que lhe davam sua particularidade e seu charme, o tornavam digno de Apolo. Apenas um detalhe o diferenciava das estátuas do deus: para a ocasião, ele não havia feito a barba, e o azul insólito de seu rosto acrescentava algo de perturbador a seu charme. Em todo caso, era o que diziam as moças que o cercavam, pois havia uma verdadeira nuvem delas em torno de Tito. Elas riam, faziam brincadeiras e discutiam entre si. Era notório que o rapaz se transformara na coqueluche das senhoritas da corte. Quando chegaram à escadaria do Capitólio, ele lhes lançou a questão:

— Então, minhas beldades, qual de vocês terá o direito a meu último beijo de criança?

Imediatamente, houve um concerto de exclamações, enquanto elas se precipitavam, fazendo uma balbúrdia de poleiro. Nero soltou uma sonora gargalhada.

— Estou com ciúme de você, Tito! Sou o imperador dos romanos, mas você é o imperador dos corações!

Sim, o imperador dos corações... Como ele mudara em dois anos, aquele infeliz que Domícia Venusta recolhera inanimado junto a um túmulo!

Domícia Venusta quisera salvá-lo e havia obtido seu intento. Tito se restabelecera rapidamente do que ele pensava ser um início de envenenamento, mas que era apenas, assim como ela entendera, uma grande crise nervosa. Em seguida, logo que se sentira curado, ele havia deixado o apartamento sob a cumeeira, no sétimo andar.

Passaram-se assim seus primeiros e breves amores, embalados por pombas e carroças na noite. A própria Domícia quisera pôr um fim na relação. Ela não tinha escolha: não era rica, devia ganhar sua vida; não tinha os meios para ter para si um amante apaixonado. Tito voltara ao palácio dizendo a si mesmo que nunca a esqueceria, o que, dois anos mais tarde, continuava a ser verdadeiro. E como ele poderia esquecê-la, já que lhe devia tudo?

Voltando à corte, ele seguira com exatidão os seus conselhos: permanecer do lado das mulheres, situar-se sob a proteção de Vênus. Esperando ser repelido, ele tinha procurado a companhia das moças e, para sua grande surpresa, conseguira conquistá-las sem o menor esforço. Sabia falar sem intimidá-las, tinha as palavras exatas, os gestos exatos. Uma após outra, elas não tardaram a sucumbir. Ele era mesmo o Tito Venusto; Tito, o encantador; Tito, o sedutor!

Sem que ele soubesse, esse fato salvou a sua vida. Nero, depois de ter eliminado Britânico, tinha como projeto a eliminação daquele que estivera mais próximo do rapaz, que conhecia seus segredos mais íntimos. Mas ao vê-lo multiplicar dessa maneira as aventuras femininas, o imperador concluiu que se tratava apenas de um ser frívolo, um libertino. Tito, para ele, estava classificado definitivamente ao lado das pessoas inofensivas. Além disso, sua companhia o distraía, e ele viera à sua *depositio barbae* como a uma recreação...

O cortejo penetrou no Capitólio. A monumental estátua de Júpiter, rei dos deuses, tronava no meio do espaço consagrado. Tito avançou sozinho, ao passo que o cortejo se imobilizara. Ele desfez o colar que tinha no pescoço, composto por uma corrente e uma gota de ouro, e deu-o ao sacerdote postado diante da estátua.

Esse gesto significava o adeus à infância. A gota de ouro era, de fato, a jóia usada pelos jovens romanos até atingir a idade adulta...

O sacerdote colocou a gota aos pés da estátua do deus e estendeu a Tito uma navalha. Era o grande momento. Tito barbeou-se lentamente e com aplicação, ao passo que o sacerdote recolhia o que caía com uma taça de ouro. Quando o rapaz terminou, o religioso derramou o conteúdo da taça num frasco de cristal, entregando-o àquele que, a partir de então, se tornava um homem. Gritos de alegria ecoaram dentro do templo:

— Ave, Tito! Longa vida a Tito!

Depois disso, retornaram ao palácio... No cortejo, ninguém notou a presença de um meninote de sete anos. É verdade que, com aquele rosto ingrato e a fisionomia sisuda, ele não tinha como atrair a atenção. O olhar era a única coisa marcante que tinha: fixado no herói do dia, ele exprimia uma inveja e um ciúme pouco comuns. A criança chamava-se Domiciano e era irmão de Tito, dez anos mais novo. Seu nascimento passara despercebido de todos. Além disso, ele quase não saía do lado de Flávia Domitila, que cuidava tanto dele quanto de sua saúde debilitada. Tito sempre o ignorara...

Um banquete suntuoso seguiu-se à cerimônia, ao qual o imperador também honrou com a sua presença. Tito divertiu-se e bebeu bastante, bancou o galante com o seu séquito feminino e todos se separaram em meio a risos, cantos e vivas.

Era bastante tarde quando Tito, assim como o fizeram seu pai e Caenis, se retirou para a câmara que possuía numa das dependências do palácio. Assim que fechou a porta, sua conduta mudou... Já era tempo de isso terminar! Nunca a presença de Nero tinha sido tão penosa para ele, e mesmo tão odiosa!

Pois passar por sedutor não fazia dele a personagem fútil que o imperador imaginava. Como poderia ter esquecido o drama que se passara entre essas paredes e o monstro que tinha sido seu causador? Interiormente, ele estava fervendo de raiva, sentia-se devorado pelo ódio a Nero. Mas não era questão de pensar em algum complô. Caenis o proibira formalmente de qualquer ato nesse sentido. Não apenas ele teria arriscado a própria vida, caso atacasse o imperador, mas devia também pensar em seu pai. Pois Nero tinha consideração por Vespasiano, cuja carreira prosseguia tão brilhante quanto nos tempos de Cláudio. Era preciso esperar, ser paciente!

Tito suspirou: ele seria paciente... Lentamente, foi depositar o frasco de cristal que continha sua barba de adolescente em seu altar pessoal, onde reinavam os deuses a quem ele prestava culto conjunto: Marte e Vênus.

Ele foi percorrido por um arrepio... Acabava de pensar em seu irmão, não em Domiciano, que nunca existira para ele, mas no outro, o que não estava mais ali. Ele pronunciou com a voz surda:

— Tenho vergonha. Você morreu sem ver crescer a sua barba.

E, sozinho em seu quarto, trajando sua toga viril, derramou suas primeiras lágrimas de homem.

Três anos haviam se passado... Tito, à frente de um grande número de soldados, avançava pela temível floresta Herciniana. Diante dele, auxiliares germanos procuravam por trilhas e abriam passagem a golpes de machado. Todos estavam à espreita. Era preciso estar vigilante, pois, mesmo que o inimigo não estivesse oculto em algum lugar, a floresta Herciniana, que cobria boa parte da Germânia, era habitada por animais horríveis: javalis tão grandes quanto jovens bezerros e ursos enormes, de pêlo inteiramente negro, que atacavam os homens em bandos, sem falar dos auroques e lobos...

Tito tinha apenas vinte anos quando seu pai obteve de Nero esse primeiro comando. Ele fora nomeado para liderar a guarnição de Argentoratum, que possuía um contingente de milhares de homens e era ponto importante do dispositivo de defesa romano. Argentoratum, na margem esquerda do Reno, na confluência com o Ill, servia de base de partida para o que constituía sua missão: assegurar a ordem na região... A tarefa não era fácil, pois os germanos da margem esquerda, conquistados, mas não inteiramente submissos, revoltavam-se regularmente, e os germanos da outra margem atravessavam o rio para correr em seu auxílio. Uns e outros eram combatentes temerários e seu conhecimento da floresta era para eles um trunfo seguro.

Fazia três meses que Tito percorria esse local tão perigoso quanto inóspito. Apesar disso, ele se sentia confortável estando ali. Primeiro, não achava tão perigoso assim. Pouco antes de sua partida, Nero ordenara o assassinato de sua mãe, Agripina; desde então, ninguém deixara de tremer. Não, os animais da floresta Herciniana não o amedrontavam: eram menos ferozes do que aquele que ocupava o trono dos Césares!

Além disso, a vida natural era-lhe agradável. Ele amava o esforço e colocar o corpo à prova lhe dava muito prazer. Adorava dormir no chão, suportar o calor e o frio, fazer caminhadas intermináveis, até a ponto de não sentir mais os pés e as pernas. Afinal, Tito não era filho de Vespasiano à toa. Ele herdara todas as suas qualidades físicas.

Outra coisa que ele soubera conquistar desde o início tinha sido a estima de seus homens. Ele lhes pedia muito e obtinha o que queria, pois zelava por estar sempre próximo deles. Tito comia da mesma comida, partilhava o acampamento e sempre os escutava; todos sabiam que, ao procurá-lo, encontrariam um ouvido atento.

Era no combate, porém, que Tito manifestava suas qualidades. Desde a primeira campanha, dera prova de uma bravura excepcional. Os germanos tinham, entretanto, tudo para surpreender quando eram vistos pela primeira vez: vestiam trajes curtos de pele mal-curtida; seus calçados eram feitos da peliça de pequenos animais, com os pêlos grudados no sangue coagulado; usavam capacetes de couro, de forma cônica, nos quais pregavam uma cabeça de águia ou de morcego, e todos se armavam com enormes clavas.

Tito não tremera diante desses guerreiros amedrontadores. Lançara-se ao assalto e, desde então, fazia questão de sempre ser o primeiro a atacar. Não, ele não tinha medo. Arriscava a própria vida? E daí? Ele havia dito a Domícia Venusta: Marte é o único deus que não engana, não há perfídia na guerra, sobretudo contra bárbaros que conhecem apenas a força bruta, que atacam de frente e golpeiam até matarem ou caírem mortos.

Sua temeridade tinha também uma razão mais profunda: a predição de Harpax, que lhe prometia o Império. Mesmo não falando nunca a esse respeito, a previsão não lhe saía do espírito e, de certa maneira, era contra ela que se batia quando lutava contra os germanos. Ele a encarava, a desafiava! Imperador, ele? Veríamos se ele não morreria antes, sob a clava de um bárbaro seminu, numa floresta repleta de animais selvagens!

Sim, Tito amava o combate. Paradoxalmente, esses confrontos eram os únicos momentos em que se sentia em paz, quando se sentia viver plenamente, sem reservas. Não havia mais futuro a ser temido, nem lembranças dolorosas a ser suportadas, era preciso esquivar-se dos golpes e bater com precisão, nada mais... Ele se sacrificara por muito tempo a Vênus, agora era a hora de levar seu tributo a Marte, e o deus se mostrava tão generoso com ele quanto se mostrara a deusa...

Chegando o início da primavera, ele esteve em campanha até a aproximação do outono, pois não havia possibilidade de combate durante o terrível inverno na Germânia... Tito estava no caminho de volta quando, uma noite, foi acordado por uma sensação insólita, uma espécie de carícia fria. Como de hábito, ele dividia o acampamento com seus soldados, dormindo a céu aberto, sem fazer com que fosse montada uma tenda para ele. Abriu os olhos: a neve caía abundantemente... A neve! Era a primeira vez desde a morte de Britânico, pois todos os invernos que se seguiram tinham sido frescos em Roma.

Subitamente, sentiu que perdia a cabeça. Levantou-se de um salto e fugiu urrando:

— A neve está envenenada!

Foi preciso que seus soldados o segurassem à força para que ele se acalmasse, mas foi acometido por uma febre alta, e teve de retornar a Argentoratum num carro-de-boi, junto aos feridos e outros doentes...

Ali, conheceu dias sinistros. O inverno parecia interminável, o frio era penetrante e, com a inação forçada, os pensamentos sombrios não cessavam de atormentá-lo. Foi então que teve um encontro que se mostraria ser de pesadas conseqüências.

Hugon, um germano com pouco mais de vinte anos, tinha um belo porte. Era grande, muito magro, com cabelos louros e cacheados como os pêlos de um carneiro e com dentes cujo brilho fulgurante era partilhado com todos à sua volta, pois Hugon estava sempre munido de um ar satisfeito. Apesar de ser jovem, era um dos habitantes mais ricos da cidade: emprestava a juros, estava à frente de posses bastante importantes. Mas essa situação não lhe convinha em nada. Ele alimentava uma ambição que não lhe dava trégua: deixar Argentoratum e levar a grande vida em Roma. Para cair nas boas graças do chefe da guarnição, ele o convidara à sua casa, prometendo-lhe um banquete faustoso, mas Tito recusou. Então, Hugon imaginou um estratagema...

Tito apreciava as longas caminhadas pelo Reno, desdenhando a menor escolta. Hugon foi procurar três malfeitores na cidade, os quais ele às vezes utilizava para maltratar os maus pagadores, e lhes prometeu um bom dinheiro caso fingissem atacar o chefe dos romanos. Ele chegaria naquele momento e fingiria colocá-los para correr.

É claro que eles se indignaram. Uma coisa dessas os levaria à cruz! Mas Hugon os acalmou. O ataque aconteceria na caída da noite, quando não pudessem ser reconhecidos, e ele dividiria com eles a soma que o romano não deixaria de lhe dar. Eles acabaram aceitando... O falso ataque ocorreu, mas não se passou conforme o planejado.

No momento em que Tito caminhava às margens do rio, os três saíram juntos de uma moita, dando gritos selvagens e agitando maças. Eles esperavam que Hugon irrompesse diante deles, mas, ao contrário, ele havia deslizado furtivamente por trás, com um machado na mão. Sem barulho algum, abateu o primeiro e partiu a cabeça do segundo; o terceiro ainda nem tinha se recuperado do espanto quando Tito, com muito sangue-frio, já lhe tinha perfurado o peito.

Tito agradeceu calorosamente a seu salvador e perguntou como quitar aquela dívida. Hugon sorriu modestamente, o que lhe descobriu os dentes brancos.

— Simplesmente engajando-me como um de seus homens.

Certamente, Tito apressou-se a nomeá-lo oficial de seus auxiliares germanos... O fim do inverno aproximava-se e a campanha não tardou a ser retomada. Hugon obteve o que queria: estar entre os homens de Tito. Sua loquacidade e sua vivacidade fizeram o resto. Na caserna, ele tinha sempre uma anedota ou um chiste para contar a seu chefe, e logo Tito não podia passar sem ele.

Um dia, Tito decidiu fazer-lhe uma confidência. Um pesadelo o incomodava havia algum tempo: Britânico, completamente verde, erguia-se de sua fogueira e queria dizer-lhe alguma coisa, mas, naquele momento, ele acordava. Hugon aquiesceu.

— Sei do que você precisa: mulheres.

— Mulheres? Mas não há mulheres aqui...

— A floresta Herciniana está repleta de pequenos vilarejos, e as germanas são muito atraentes, confie em mim! Basta ir ao encontro delas.

— Está louco? Será preciso que sejamos atacados antes.

— Isso é válido para seus soldados, não para meus germanos. Basta uma palavra minha e você terá uma mulher nova a cada noite!

Tito teve a fraqueza de aceitar e, a partir daquele momento, além da campanha, Hugon e seus soldados multiplicaram as incursões para trazer cativas. Cenas de orgia aconteciam quase todas as noites na caserna, e todo um batalhão feminino foi trazido a Argentoratum, para os fortes ocupados no inverno.

A partir de então, Hugon tornou-se o organizador dos prazeres de Tito. A cada noite, ele preparava orgias nas quais todos se embebedavam com hidromel, enquanto as germanas dançavam nuas, maquiadas de negro e com os cabelos untados de manteiga, à maneira de sua região... Tito sabia, naquele momento, que estava agindo erradamente. Seu pai, um militar sóbrio e disciplinado, nunca teria se deixado levar daquela maneira, mas aqueles excessos tinham algo de forte, de amargo, que o perturbavam e, sobretudo, eles lhe traziam aquilo de que ele necessitava acima de tudo: o esquecimento.

Tito tinha vinte e quatro anos quando retornou a Roma. Esses quatro anos passados em contato com o inimigo, nas florestas e nos campos, haviam feito dele um homem. Ele tinha essa máscara voluntária, as maneiras seguras que denunciam um militar e, mesmo não sendo esse o seu objetivo, tudo isso só fez aumentar seu charme junto às mulheres. Decididamente, Marte e Vênus não se deixavam e acompanhavam com a mesma fidelidade o destino de Tito.

Seu retorno à corte foi particularmente árduo, assemelhando-se a um pesadelo. Havia, é claro, as lembranças terríveis que o aguardavam, mas sobretudo havia o imperador. Nero também mudara bastante. Além de engordar tanto de corpo quanto de rosto, ele fora tomado por um capricho, por uma idéia fixa: ser um grande cantor. Diante de auditórios complacentes e trêmulos, ele cantava salmos inteiros, acompanhado pela lira. Voltava-se ao tempo sombrio de

Calígula, que Tito não conhecera, mas que marcara tão tragicamente seus primeiros passos na existência.

Tito ficou ainda mais desorientado por Vespasiano não estar na corte. Sua ausência não se devia a uma razão penosa, muito ao contrário: prosseguindo sua notável carreira, seu pai fora nomeado procônsul da África, um dos cargos mais eminentes do Império. Assim, Tito viu-se entregue à sua própria sorte e, apesar da presença de Caenis, foi deixando-se arrastar por Hugon, a quem não hesitara em trazer consigo...

A partir daquele momento, Tito passou a ser um dos pilares da juventude dourada da capital. Em virtude de suas façanhas como guerreiro, ele se tornara o ídolo das mulheres. A pedido delas, descrevia com benevolência o aspecto amedrontador dos germanos, os morcegos em seus capacetes e suas enormes clavas. E tinha ainda mais sucesso quando evocava suas companheiras dançando nuas, maquiadas de negro e untadas de manteiga.

Uma noite, depois de uma bebedeira, as nobres moças romanas quiseram imitá-las. Elas se despiram, sujaram-se de fuligem, de gordura encontrada nos restos de sua refeição e começaram uma bacanal que terminou em orgia.

A idéia, é claro, partiu de Hugon... Aliás, era sempre dele que surgiam as invenções mais loucas. Era ele quem fazia encher e esvaziar as taças, quem organizava os concursos mais extravagantes, quem ordenava aos pares que trocassem de parceiro, e isso ainda durante a refeição. Foi também ele quem imaginou uma aposta...

Um dia, os jovens da corte apostaram quem se casaria com a mais bela... Em primeiro lugar, era preciso designá-la. Depois de longa discussão, a escolha recaiu sobre Arícídia Tértula, moça de formas esculturais e de rosto perfeito. Em seguida, houve uma competição para seduzi-la, e Tito sagrou-se vencedor. Arícídia Tértula não era o que se podia chamar de bom partido: de família decente, porém modesta, era filha de um pequeno funcionário da corte; mas Tito manteve sua palavra. Durante uma cerimônia apressada, na presença da juventude libertina da cidade, ele foi com ela ao Capitólio oferecer um sacrifício, e trocaram o consentimento que lhes tornava marido e mulher.

Depois de algumas semanas em que aproveitou os encantos de sua esposa, Tito cansou-se dela e retomou sua vida de deboches na companhia de Hugon... O germano não saía do seu lado, tornando-se uma espécie de gênio maligno, o duplo sombrio de sua personalidade. Pois, assim como havia o Tito iluminado, generoso, corajoso, culto, havia também um Tito obscuro, um ser sisudo, repleto de ódio e, ao mesmo tempo, de terror, e que estava pronto a tudo para fugir desses sentimentos que o sufocavam...

Foi quando, em pleno verão, irrompeu o grande incêndio de Roma. Toda a corte pôde ver, a partir do palácio, que sobrepujava a cidade, os bairros arderem uns após os outros. E também pôde escutar Nero, que, extasiado diante desse espetáculo, pôs-se a cantar, durante horas e acompanhado pela lira, os versos sobre a ruína de Tróia.

O incêndio durou da tarde à manhã do dia seguinte. Foi somente então que Tito deu-se conta de que Aricídia Tértula não estava ali. De fato, ele a negligenciava a ponto de praticamente não saber por onde ela andava. Ele ordenou que fossem feitas buscas... Descobriu-se que, naquele dia, ela tinha ido às termas, onde o sinistro a havia surpreendido. E, assim, do corpo daquela que tinha sido a mais bela mulher da corte, foram trazidas apenas suas cinzas...

Sua viuvez, mesmo não lhe tendo causado nenhum pesar, obrigou Tito a abandonar por algum tempo sua vida libertina. Ele deixou de freqüentar a juventude dourada da corte, a começar por Hugon. Tito ficou sozinho pela primeira vez desde seu retorno da Germânia e, naquela ocasião, aproveitou para efetuar um retorno a si... Quem era ele de fato? De tanto representar o papel de sedutor, não tinha se tornado realmente esse ser fútil e vazio, cuja imagem se esforçava para passar a todos, a começar por Nero?

Outra pessoa também se fazia essa mesma indagação, cheia de angústia. Caenis, a bela e inteligente mestiça, preocupava-se cada vez mais com Tito. Na ausência de Vespasiano, ainda na África, e de Flávia Domitila, que dedicava suas parcas forças a seu caçula, Domiciano, Caenis se sentia responsável pelo rapaz.

Portanto, Caenis decidiu-se a agir. Para isso, lançou mão de toda a sua capacidade de intriga, a qual por tantas vezes já utilizara na corte. Ela observou cuidadosamente em torno de si e, quando seu plano estava pronto, foi encontrar-se com Tito. E falou-lhe num tom até então inédito:

— Tenho vergonha de você, Tito!

O rapaz não soube o que responder... Ele sempre tivera grande admiração pela companheira de seu pai, e ela era o único ser, além de Vespasiano, de quem temia os julgamentos. Ele acabou dizendo, ainda escolhendo as palavras:

— Talvez eu tenha agido mal, mas...

— Mas é tempo de você se recuperar. Se você perdeu todo o respeito por si próprio, pense em seu pai.

A evocação de Vespasiano fez com que ficasse definitivamente perturbado. Ele baixou a cabeça, vencido.

— O que devo fazer?

— Casar-se.

Com um gesto, ela impediu toda observação e prosseguiu:

— Um casamento verdadeiro desta vez, não uma união de carnaval!... Márcia Furnila pertence a uma das famílias mais prestigiosas de Roma, e seu pai, Márcio Sabelo, é íntimo de Nero.

— Mas por que ela em particular?

— Porque ela está apaixonada por você.

— Você tem certeza disso?

— Estou certa. Nunca me engano a esse respeito... Se você for o sedutor irresistível que dizem ser, isso não deve ser nenhum problema...

O incêndio de Roma permitiu a Nero a realização de seus sonhos mais desmesurados. No amplo espaço destruído pelas chamas, ele ordenara a construção, em tempo recorde, da "Casa Dourada", muito mais uma cidade do que um palácio, onde múltiplas habitações de um luxo extraordinário estavam dispersas em uma paisagem artificial, composta por falsas colinas, falsos riachos e povoadas por animais de todas as espécies. Um lago semelhante a um mar ocupava o centro. O ápice, porém, era a estátua colossal em bronze dourado do imperador, mais alta do que todas as construções de Roma, mais alta até do que as casas de sete andares, mais de vinte vezes o tamanho de um homem.

Pois foi nesse cenário que Tito escolheu encontrar-se com Márcia Furnila. Ele tinha se preparado com mais cuidado do que para todas as incursões contra os germanos. Tito sabia que ela tinha o hábito de vir devanear à beira do lago, um lugar onde corças e flamingos vinham beber água. Ele só a tinha visto até então muito brevemente, mas, de perto, não a achou desagradável. Márcia Furnila tinha um rosto marcado pela suavidade, com traços delicados e grandes olhos comoventes.

A chegada de Tito sobressaltou-a vivamente:

— Você?...

Ela tremia discretamente: Caenis não havia mentido.

— Escrevi alguns versos em sua homenagem.

— Mas...

— Não diga nada, escute...

Tito sempre tivera dons para a poesia e, nesse empreendimento de sedução em particular ele se aplicou com afinco. Seu poema intitulava-se "A derrota de Marte". Tito, assimilado a Marte, encontrava-se com Vênus, assimilada a Márcia Furnila, e confessava-se vencido por ela... Ao declamar os versos, Tito não pôde se impedir de pensar divertidamente na frase de Alexandre, o Grande: "O sorriso das colinas prometidas". Nunca a fórmula lhe parecera tão justa! As colinas prometidas estavam diante dele, sob a túnica de Márcia. Elas soerguiam o tecido com uma força cada vez maior e mais rápida, sob o efeito e a perturbação da emoção, sem falar do monte de Vênus, ainda escondido, mas que seria a última etapa da conquista... Ao calar-se, houve um longo silêncio e, depois, a voz alterada da moça:

— É um erro escutá-lo. Você é o pior sedutor da corte.

— A quem mais eu já disse essas coisas?

— Não tenho idéia. Devo deixá-lo!

Ela fugiu correndo... Um mês mais tarde ele a desposava.

Foi um grande casamento, à moda romana. Márcia Furnila estava vestida com uma túnica de seda branca, a mais fina e a mais bela das sedas, oriunda de Serres, país misterioso, do qual se sabia apenas que se situava no extremo leste do mundo. Acima da túnica, ela pusera um manto amarelo-açafrão, bordado a ouro; nos pés, sandálias no mesmo tom; e, sobretudo, símbolo da festividade daquele dia, trajava também o véu nupcial das romanas, preso aos cabelos por uma coroa de mirto.

Precedendo o restante do cortejo, Tito e Márcia Furnila se dirigiram ao Capitólio, onde o sacerdote procedeu ao sacrifício de um cordeiro. O arúspice examinou as entranhas do animal e assegurou que os presságios eram favoráveis; depois disso, os esposos trocaram o consentimento mútuo e fizeram a promessa de estarem sempre juntos.

Os assistentes deram gritos de alegria, que prosseguiam ainda quando os festejos nupciais retornaram à Casa Dourada... Como na ocasião da *depositio barbae*, o imperador estava presente. As famílias dos esposos eram representadas por Márcio Sabelo e Flávia Domitila, que, desta vez, conseguiu deslocar-se. Caenis, porém, que tinha sido a instigadora dessa união, absteve-se de ir, por discrição. Vespasiano, ainda na África, também não viera. Mas Domiciano, com catorze anos, cujo destino parecia ser o de invejar seu irmão, não deixava de olhá-lo com ares de cobiça.

A opinião geral era a de que os esposos formavam um dos casais mais harmoniosos que se tinham visto nos últimos tempos. Márcia Furnila era a própria imagem da felicidade. Oh, sim, ela amava Tito! Bastava ver os olhares fascinados, inebriados, incrédulos, que ela lhe lançava quando segurava seu braço. Já Tito parecia ao mesmo tempo recolhido e sereno. Ele conquistara Márcia Furnila sob as ordens de Caenis, como um tenente subjuga uma cidade sob ordens de um general, mas não tinha mais vontade de sorrir. Apesar de não a amar, ele respeitava aquela que estava a seu lado e que assim permaneceria para sempre, era a promessa que ele fizera para si! Tito virava uma página. No dia de seu segundo casamento, ele entrava definitivamente no mundo adulto... Hugon, na sombra, em algum lugar no fim do cortejo, se dizia a mesma coisa. Ele tinha de admitir que, naquele momento, sua hora havia passado. Mas continuava confiante: ela retornaria.

Ao deixar a África, Vespasiano dirigiu-se quase que imediatamente à Grécia. Essa era a vontade do imperador. Nero queria ser coroado nos Jogos Olímpicos, que então reuniam, além das disciplinas esportivas, disciplinas artísticas. Pouco importava, pois ele se estimava tão bom atleta quanto cantor, e pensava alcançar a vitória nessa que era, para ele, a mais prestigiosa das competições!

Em sua pressa, ele ordenara que a data dos jogos fosse antecipada em dois anos, e partiu de Nápoles com parte de sua corte, entre os quais Vespasiano e Márcio Sabelo, o sogro de Tito... O embarque do imperador foi o grande momento. Ele chegou a seu barco num carro puxado por quatro cavalos brancos, graças a uma espécie de ponte coberta por folhagens. Não se sabe bem por que ele trajava farda militar, com uma couraça de ouro e uma túnica púrpura constelada de pedrarias, e também já usava, antecipadamente, a coroa de louros dos vencedores dos jogos. Diante dele, doze jovens carregadores de tochas cantavam versos que ele mesmo compusera para a ocasião; atrás, doze moças brandiam cartazes detalhando suas futuras façanhas.

A seqüência de sua aventura na Grécia foi digna da mesma hipocrisia, provocando grande desgosto e cólera no correto e honesto Vespasiano, o homem menos cortesão que podia haver. Ele acreditava que o auge do ridículo se daria durante a corrida de carros. Às rédeas de seus quatro corcéis brancos, Nero deu a partida no estádio de Olímpia, mas ainda que os outros concorrentes tenham feito de tudo para serem mais lentos, ele não conseguiu seguir o ritmo da competição. Na última curva, perdeu o controle de seu carro, que se partiu em pedaços. Atravessou a linha de chegada em último lugar e a pé, o que não o impediu de ser declarado vencedor.

Infelizmente, o concurso de canto foi ainda pior!... Sua chegada à arena do estádio, com a lira nas mãos, foi saudada por um barulho ensurdecedor, digno do fim do mundo. O imperador, de fato, pagava caríssimo por uma claque organizada, que ele mesmo trouxera à Grécia. Havia os que aplaudiam com mãos côncavas, os que aplaudiam com as mãos chapadas e os que batiam os pés e as mãos ao mesmo tempo. Eles treinavam diariamente e implementaram todos os tipos de efeitos, quando os vários grupos ora eram escutados em separado, ora estavam em uníssono.

Quando o charivari parou, Nero começou sua récita, que se mostrou ser tão penosa para os ouvidos quanto os gritos. Ele era obrigado a forçar sua voz surda e fina, expondo-se às piores desafinações. Nero começou a cantar a tragédia de Níobe; todos sabiam que a apresentação iria durar quatro horas, pois ele mesmo o tinha anunciado cheio de orgulho...

Vespasiano, como os demais ouvintes, encarava o desconforto com paciência. Esforçando-se por esquecer a cacofonia do imperador, ele deixou o seu espírito vagar... Não tinha muitas razões de desgosto: sua carreira prosseguia de maneira satisfatória, e mesmo brilhante. A personalidade do imperador não o incomodava. Não era a Nero quem ele servia, mas ao Estado. Aliás, servir correspondia exatamente à concepção que ele fazia das próprias atividades. E ele acabara de prová-lo na África. O cargo de procônsul permitira que inúmeros de seus predecessores enriquecessem de maneira fraudulenta, mas ele fizera o inverso. Quando teve de lidar com uma situação de fome, lançou mão de seus bens pessoais para socorrer os indigentes, e voltou para casa arruinado.

Naquele momento, Vespasiano esquecera-se completamente do histrião que se agitava diante das arquibancadas. Ele se pôs a sorrir... No que dizia respeito a Tito, ele também estava muito satisfeito. Os relatórios que recebera acerca do comportamento do filho na Germânia o haviam enchido de orgulho. Tito tinha a coragem física, sem a qual nada é possível. É claro que ainda não era um grande estrategista, mas isso viria com o tempo. Quando se tem vinte anos, deve-se ser capaz de arriscar a própria vida, e ele o fizera com muito brio!

As cartas de Caenis sobre suas más companhias na corte e de sua vida libertina o haviam preocupado, sobretudo após seu primeiro casamento, mas sua união com Márcia Furnila restaurou sua confiança. Tito tornara-se um filho digno e assim o seria por toda a sua vida. Logo, ele poderia obter, junto ao imperador, um posto de general para o filho.

Vespasiano ficou comovido... A guerra de Tito na Germânia lembrava-lhe seus primeiros anos de carreira militar na Bretanha, com a mesma idade. Quantos momentos exultantes! Quantas belas recordações! Ele também se lançara, a despeito de toda prudência, contra bárbaros aterrorizantes. O quanto essas florestas ainda deviam ser impenetráveis, sob um clima quase sempre rude, que tanto experimentava as forças e a resistência! Ele fechou os olhos para reviver esses caros momentos...

— É ele!

Vespasiano tremeu ao som dessa violenta exclamação, enquanto uma mão ainda mais violenta o sacudia. Ele abriu os olhos e compreendeu num instante a catástrofe que acabara de acontecer: ele adormecera, adormecera durante a apresentação do imperador! Estava perdido!... Alguém o apontava com o dedo aos soldados que tinham vindo despertá-lo. O homem dirigia-se a eles animadamente:

— Fui eu quem o denunciou, eu sozinho! Vocês devem dizer isso a César!

Enquanto era levado para fora do estádio, Vespasiano media o abismo em que seu erro o tinha atirado. A corte dos Césares estava infestada de delatores, sempre à busca de uma oportunidade. A falta cometida era passível de punição pela lei dita "da majestade". Aquele que atentasse contra a grandeza do imperador era punido com a morte, seus bens eram confiscados pelo Estado, e o denunciante recebia um quarto do total. Nessas condições, era a um verdadeiro trabalho de espiões que se consagravam os cortesãos menos escrupulosos...

Nero, é claro, foi declarado vencedor do concurso de canto, o que talvez incitou à indulgência quando lhe foi anunciado o crime cometido por Vespasiano. A menos que a razão tenha sido os reveses financeiros do general na África, pois, já que estava arruinado, o Estado não ganharia nada com a sua morte.

Em todo caso, em lugar da pena capital que normalmente se aplicava nesses casos, ele foi condenado a deixar a corte imediatamente. Sua sorte seria decidida mais tarde...

Assim, Vespasiano retirou-se para um vilarejo perdido do Peloponeso, na costa, não longe de Olímpia, e ficou vivendo ali num estado de espírito que se facilmente imagina... Ele se desesperava menos acerca de seu próprio destino do que com o de Tito. Em virtude de sua falta, ele arruinara todas as chances de seu filho prosseguir numa carreira. Em sua queda, Vespasiano puxara Tito, e disso ele não podia se perdoar!

Vespasiano pensou amargamente na cena da lama, quando fugia pelas ruas de Roma com o filho nos braços. Tantos esforços para restabelecer sua dignidade, para recuperar o favor dos Césares, para mais uma vez nutrir grandes esperanças, tantos esforços que acabavam de ser aniquilados de um só golpe! Ele caíra tão baixo com Nero quanto havia caído com Calígula!

Vespasiano pensava também, e com ainda mais amargura, na predição de Harpax. Ele revia o mago apontando para Tito, enquanto o infeliz Britânico jazia no chão: "Aquele ali será imperador um dia. Pode estar certo disso...". Harpax era um mentiroso, um celerado! Mas não, nem isso. Ele se enganara, simplesmente, e dissera qualquer coisa. Nunca se deve escutar os magos, nunca!

# PÁSSAROS DENTRO DE UM VASO...

A infelicidade do povo judeu começou com a morte de alguns pássaros...

Enquanto no estádio de Olímpia Nero se ridicularizava, na Palestina acabava-se de festejar a Páscoa. Os peregrinos tinham deixado Jerusalém e voltavam às suas regiões. Apesar dos perigos e das dificuldades daqueles tempos conturbados, todos esperavam que as coisas fossem finalmente se arranjar... Isso significava não contar com o procurador.

Desde a sua chegada à região, Géssio Floro passou a comportar-se pura e simplesmente como um malfeitor. Ele tinha vindo à Palestina não para cumprir uma missão qualquer, mas para enriquecer pessoalmente, custasse o que custasse. Por essa razão, além das pilhagens que ordenava a seus soldados, ele se associara com saqueadores de estrada;

contra a promessa de impunidade, ficava com a metade do que era roubado.

Como essas práticas não tardariam a chegar aos ouvidos de César, Géssio Floro havia imaginado um plano demoníaco para manter sua impunidade. Iria provocar um levante dos judeus, que, em seguida, ele mesmo iria reprimir; o conseqüente mérito faria com que o imperador se esquecesse de seus atos corruptos.

Pouco a pouco, a maquinação foi se precisando em seu espírito. Para produzir infalivelmente uma revolta, era preciso atacar o Templo. Géssio Floro já havia passado tempo suficiente naquela região para saber que era a única coisa que o povo não podia suportar. Faltava apenas encontrar o pretexto, e foi o caso dos pássaros que lhe deu a oportunidade.

No começo, houve uma desavença — outra entre tantas — entre os gregos e os judeus de Cesaréia; um ódio implacável opunha esses povos. Os judeus haviam obtido a expropriação de um terreno situado ao lado de uma sinagoga, a fim de aumentá-la. Furiosos, os gregos decidiram passar à provocação. No dia do sabá, no terreno em litígio, eles sacrificaram pássaros dentro de um vaso. Não poderia haver afronta maior: era o sacrifício ordenado pelo Levítico para a purificação dos leprosos. Foi a vez de os judeus demonstrarem sua fúria, atacando o bairro grego, onde causaram estragos consideráveis. Porém, a ordem logo voltou a reinar. E o que tinha sido um incidente violento, mas localizado, não teve maiores conseqüências.

Então Géssio Floro entrou em cena. Como reparação dos estragos causados à capital imperial, ele reclamou dezessete talentos de ouro ao Templo, uma soma considerável. E, como o sumo sacerdote se recusasse, ele enviou seus soldados para tomar o dinheiro à força...

Quando os curiosos que perambulavam pelo Átrio dos Gentios viram o séquito de legionários subindo os degraus que davam acesso aos muros interiores do Templo, não acreditaram em seus olhos. Não, eles não iriam ousá-lo!... Mas, sim, eles ousaram. Alguns instantes mais tarde, eles atravessavam, de gládio em punho, a porta onde sobrepujava a inscrição em latim: "Quem for capturado será o único responsável por si mesmo, pois morte se seguirá".

Assim, exatamente como Géssio Floro calculara, uma onda de loucura sacudiu Jerusalém, tão repentina e violenta quanto o Qadim, o vento de Iahweh. Aliás, era de fato o vento de Iahweh que se erguia. Os gentios haviam atacado o Eterno e a Sua casa, único lugar da Terra onde Ele escolhera descer; era Ele quem pedia ajuda e também era a Ele que devia se socorrer, à custa da própria vida!

Com armas, ferramentas e utensílios de todos os tipos nas mãos, a multidão correu para o interior do Templo e os legionários não tiveram tempo para chegar ao tesouro que procuravam. Alcançados, cercados, esses infelizes, enviados para a morte certa por seu chefe, foram trucidados pela população.

Géssio Floro regozijou com o anúncio da novidade e deixou Cesaréia rumo a Jerusalém, com todas as suas tropas... Ao vê-lo chegando, os habitantes da Cidade Santa se refugiaram em suas casas, tremendo. O sumo sacerdote Ananias foi corajosamente a seu encontro. O procurador interpelou-o com rudeza:

— Quem são os líderes? Entregue-os a mim! É a única chance de poupar a cidade.

O sumo sacerdote só pôde responder com a verdade:

— Não há líderes, procurador. Foi um movimento espontâneo.

Géssio Floro não quis escutar mais nenhuma palavra. Virou-se para seus homens e bradou:

— Como você quiser... Todos vocês! Massacrem-nos sem piedade!

Ao som dessas palavras, os legionários, que tinham recebido suas ordens antecipadamente, se transformaram em animais selvagens. E se precipitaram pelas ruas, forçando as portas das casas e promovendo uma carnificina medonha, degolando mulheres, idosos e crianças.

Os chefes de família eram com freqüência pregados às suas próprias portas. Em toda a cidade, cresciam gritos, choros, súplicas, ao passo que rios de sangue corriam nas ruas. Ao cair da noite, havia milhares de vítimas, e Géssio Floro trancou-se no Palácio de Herodes, residência dos procuradores, com uma centena de notáveis aprisionados, aos quais ele reservava um tratamento especial...

Berenice estava em Jerusalém. Ela viera à cidade para a Páscoa e ainda estava presente quando o tumulto eclodiu. Diante da gravidade da situação, decidira retardar sua partida. Foi assim que, do terraço de seu palácio, ela havia assistido, apavorada, à chegada de Géssio Floro e ao massacre que se seguira.

Excepcionalmente, ela estava sozinha. Agripa tivera de ir a Alexandria para felicitar Tibério Alexandre, que tinha sido nomeado governador do Egito. Tibério havia obtido, com grande brilhantismo, a promoção pela qual tanto aguardara. Tratava-se, de fato, do cargo mais importante do Império. O Egito era, de longe, a província mais rica e comandava o abastecimento de trigo de Roma. Esse posto-chave por excelência só podia ser confiado a alguém em quem o imperador tivesse confiança absoluta.

Berenice ficara felicíssima ao saber da novidade. Ela havia encarregado seu irmão de transmitir a Tibério sua mais cara lembrança, prometendo-se que iria visitá-lo um dia, pois o que já ouvira da boca do próprio Tibério sobre a cidade de Alexandria a fascinava...

Naqueles instantes dramáticos, porém, ela se esquecera totalmente de seu antigo noivo e da capital egípcia... Não tinha conseguido dormir por toda a noite e, pela manhã, tomara a decisão: iria suplicar ao procurador que pusesse fim a essas atrocidades.

Berenice tinha se persuadido de que era esse o seu dever. É claro que, oficialmente, ela não era ninguém em Jerusalém. Não tinha nenhum poder sobre o Templo ou o clero, ela que não tinha nem mesmo o direito de ir além do Átrio das Mulheres. Nem chegava a ser rainha; era apenas a irmã do rei. Mas seu nascimento impunha-lhe que corresse em socorro de seu povo. Afinal, Berenice não era, por meio de sua bisavó, Mariana, a descendente dos antigos reis de Israel, e, por meio de seu bisavô, Herodes, pertencente à linhagem dos construtores do Templo? Se Agripa estivesse ali, ela o teria deixado agir, mas já que ele estava ausente, cabia a ela impor sua posição!

Berenice decidiu adotar a vestimenta tradicional dos suplicantes, os cabelos desfeitos e cobertos de cinzas, os pés nus, sem qualquer tipo de ornamento, trajando apenas uma túnica simples. Se ela tinha uma chance, apenas uma, de comover Géssio Floro, era daquela maneira...

Para dirigir-se do Palácio dos Asmoneus, onde estava, ao de Herodes, onde residia Géssio Floro, era preciso atravessar toda a cidade. Ela esperava por uma provação terrível, mas foi bem pior do que podia supor. O primeiro crucificado em sua porta fez com que ela desse um grito de horror. Depois, calou-se: havia muitos crucificados; mas não podia suportar a visão de crianças degoladas sob sua mãe estripada, e o odor do sangue seco lhe dava vontade de vomitar.

Sombras cruzavam o seu caminho... O povo, depois de se esconder por toda a noite, começava timidamente a sair para pegar e carregar seus mortos. No início, ninguém prestou atenção em sua presença, mas alguém, em algum lugar, a reconheceu e o rumor se propagou: Berenice chegava, Berenice estava lá! A rainha, que estava, alguns dias antes, em traje de cerimônia, à frente de uma imensa procissão, vestia naquele momento a roupa dos suplicantes, para poder ir, sozinha, sem escolta, ao palácio do procurador.

Logo, Berenice já era seguida por um grupo que só fazia crescer. Os habitantes de Jerusalém recuperavam a esperança. Os homens ajoelhavam-se, as mulheres estendiam-lhe os braços e todos gritavam:

— Salve-nos, Berenice!

Ela os escutava como em um sonho. Não perdendo tempo em trocar palavras ou olhares com eles, ela se encaminhava para seu destino. Arriscava a própria vida; talvez esse fosse o seu último dia, mas isso não fazia com que renunciasse ou tremesse. Berenice avançava, com os pés sujos de poeira e de sangue, com a cabeleira cinzenta e despenteada que lhe davam um ar de pedinte. De súbito, ela se esquecera de todos os seus sonhos, estava apenas obedecendo a um dever...

Berenice pensava em Jesus de Nazaré, cujos últimos dias lhe tinham sido contados por Paulo, aparentemente lamentáveis, mas que, na realidade, eram tremendamente gloriosos, e que aconteceram nesse próprio local. Ela estava colocando seus passos nos dele, e não tinha dificuldade alguma em fazê-lo: bastava-lhe deixar-se levar pelas emanações locais. Jerusalém não era uma cidade como as outras. Era ao mesmo tempo tão mística e violenta que morrer parecia a coisa mais natural. Quantos já tinham sacrificado a si mesmos em Jerusalém e quantos ainda o fariam?

Ela foi atravessada por uma imagem: Berenice revia seu pai confiar-lhe, nesse mesmo local, sua profecia das duas oliveiras. Ela pensou por um instante que ele estava enganado e, depois, disse para si mesma que não. Era preciso dar à predição um sentido diferente. Não era uma grande rainha que ela iria se tornar, mas uma heroína. A maior de todos os Herodes se sacrificaria por seu povo...

Berenice sobressaltou-se: estava diante do palácio do procurador; o momento decisivo tinha chegado!... Aliás, ela quase morreu de imediato. As sentinelas não a reconheceram naqueles trajes, não permitiram a sua entrada e ergueram suas armas contra ela. Porém, ela tanto se debateu, tanto gritou, que um oficial se interpôs e a levou até Géssio Floro.

Ela se viu na sala de jantar de cerimônia onde outrora salvara Zaqueu de Cariote e dera um beijo em Tibério. Berenice foi percorrida por um arrepio: o cômodo tinha sido transformado em sala de torturas! Géssio Floro estava interrogando um prisioneiro, transformado pelos carrascos num corpo ensangüentado. Outros supliciados jaziam sem vida sobre o piso de mármore; outros ainda, com as mãos amarradas nas costas, esperavam por sua vez... o procurador gritou para sua vítima:

— Onde está seu ouro? Onde você o escondeu?

Era essa, de fato, a razão das prisões: Géssio Floro ordenara que os cidadãos mais ricos fossem presos, a fim de extorquir-lhes seus bens. Berenice atirou-se no chão e abraçou os joelhos dele.

— Pare com isso, eu lhe suplico!

Géssio Floro surpreendeu-se por um momento e a observou com desprezo.

— O que você está fazendo aqui?

— Eles são inocentes! Deixe-os em paz!

— São cães, e você também é uma cadela!

Ela ergueu para ele os olhos banhados de lágrimas.

— Floro, em nome de todos os deuses, os seus e o meu!

— Você quer tomar o lugar deste aqui ou prefere ser violada por toda a minha guarnição?

Como Berenice não queria soltá-lo, o procurador fez com a mão um sinal e ela se viu ser carregada por dois de seus homens. Teve medo de que Géssio Floro fosse pôr em prática aquelas ameaças e que sua hora derradeira tivesse chegado, mas viu-se jogada porta afora, sob gracejos e injúrias.

Mas Berenice não perdeu tempo com lamúrias. Em torno dela, na rua, a atmosfera havia mudado. Aqui e ali, as vociferações eclodiam, apelos às armas, gritos de ódio ecoando. À dor, ao desespero, sucedia-se a revolta. O povo estava novamente pronto a se rebelar... Nem por um instante ela sonhou em ir se trancar em seu palácio. Pensava apenas em uma coisa: evitar um novo massacre, pois, com o número de romanos na cidade, os revoltosos não teriam chance alguma!

Berenice dirigiu-se ao Átrio dos Gentios, onde reinava uma imensa agitação. O sumo sacerdote Ananias estava sendo assediado por um grupo particularmente intimidante. Nomeado por Agripa para o lugar de seu predecessor, Jônatas, Ananias também era um moderado convicto. Ele tentava impedir que seus interlocutores pegassem em armas. Berenice foi direto ter com ele. O sumo sacerdote surpreendeu-se ao vê-la naquele estado. Berenice interrompeu suas indagações e narrou-lhe o insucesso da diligência. Por sua vez, Ananias confiou a ela sua impotência em conter uma revolta iminente... Berenice foi então atravessada por uma inspiração.

— Faça com que os sacerdotes saiam com seus aparatos e seus instrumentos musicais, e que eles toquem aqui no átrio. É a única maneira de apaziguar o povo.

Ananias concordou com ela e, pouco depois, podia-se ver um espetáculo insólito, e mesmo extraordinário! Os sacerdotes, contrariamente a todas as tradições, saíam do Templo trajando hábitos sacerdotais... Havia aproximadamente um milhar deles, chegando ao Átrio dos Gentios em suas túnicas de linho da cor do açafrão, tendo nas mãos uma lira de vinte e duas cordas ou a trombeta de prata. Sob um sinal de Ananias, começaram a entoar um canto solene. O povo, surpreendido pelo estupor, petrificou-se.

Podia-se esperar uma reviravolta da situação, que todos talvez decidissem voltar às suas casas, mas a vontade de Géssio Floro deu outro rumo à história. Cavaleiros desembocaram violentamente no átrio e investiram sem a menor provocação contra os sacerdotes e a multidão desarmada. Os religiosos tombaram crivados de golpes, com as túnicas de cor do açafrão manchadas de sangue. Mais uma vez, mulheres e crianças pereceram...

Berenice estava no meio da tormenta; os gritos doloridos a ensurdeciam, os cascos dos cavalos e o aço dos gládios resvalavam por seu corpo, mas ela nem pensava em fugir. Estava onde devia estar, junto a seu povo. A morte nunca lhe fizera tão pouco medo!

E foi então que ela se deu conta de uma coisa prodigiosa: a multidão também não estava fugindo. Diante dessa monstruosidade que consistia em golpear religiosos que cantavam hinos sagrados, o sentimento de indignação era demasiadamente forte. O povo fechou-se sobre os agressores como uma rede. Os cavalos, presos em meio a essa maré humana, logo não conseguiram mais avançar, e seus cavaleiros foram desmontados, agarrados, pisoteados, trucidados.

Quando todos estavam mortos, houve uma corrida às armas, ainda mais violenta do que da primeira vez. Berenice retirou-se para seu palácio, onde se trancou sob a proteção de sua guarda. Precipitou-se para o terraço, preparando-se para assistir, desesperada, a um massacre ainda mais terrível do que o precedente.

O que ela viu, ao contrário, foi um espetáculo inacreditável! Os romanos, superados por todas as partes, impressionados pela selvageria, pela fúria de seus adversários, cediam terreno. O destino do confronto permaneceu incerto por algum tempo, mas, quando Géssio Floro percebeu o encaminhamento dos eventos, decidiu fugir. Ele saiu da cidade apressadamente com a maior parte de suas tropas, deixando uma guarnição de algumas centenas de homens no Palácio dos Herodes...

Berenice, perturbada, desceu do terraço. Dessa maneira, portanto, contra toda expectativa, chegava-se à vitória! Mas de que vitória se tratava ali? Os romanos iriam retornar. Talvez fosse apenas uma trégua, antes de um novo confronto, ainda mais trágico... Não havia tempo a perder com reflexões. Uma exigência se impunha a Berenice: agir o mais rápido possível!

Ela gravou na cera de uma tabuinha uma breve mensagem a seu irmão, na qual resumia em poucas linhas a situação e lhe pedia que voltasse imediatamente. Confiando o correio a um mensageiro seguro, dedicou-se integralmente a redigir uma segunda carta, bem mais minuciosa, desta vez ao governador da Síria, Céstio Galo.

Era dele, de fato, que dependia toda a situação. Por vontade de Roma, para não indispor o sentimento nacional judaico, os soldados estacionados na Palestina, sob as ordens do procurador, eram pouco numerosos, não mais do que três mil, como se podia perceber em Jerusalém, para onde todos tinham se dirigido. O grosso das tropas, quatro legiões, estava na Síria, sob o comando do governador. Era portanto ele, e não o procurador, que detinha o real poder militar.

Berenice aplicou-se a redigir à atenção de Céstio Galo um relato tão completo e preciso quanto possível dos eventos. Ela temia que Géssio Floro, por sua vez, estivesse preparando um relatório mentiroso. Era preciso que ele soubesse, ao contrário, que houvera, da parte de Floro, uma provocação deliberada e um uso da força tão bárbaro quanto injustificado...

Agripa logo chegou, precedendo de pouco o emissário do governador da Síria, Napolitano. Berenice ficou, mais uma vez, agradavelmente perplexa com seu irmão. Ele teve consciência imediata da gravidade da situação e viu as coisas exatamente como ela: a prioridade era evitar a intervenção das legiões da Síria; em seguida, era preciso impedir o levante do povo judeu; por fim, era preciso cuidar do destino de Géssio Floro, que voltara a Cesaréia.

Napolitano, assim que os viu, exprimiu a perplexidade do governador. Ele estava diante de dois relatórios totalmente contraditórios: de um lado, Géssio Floro falava de uma revolta organizada; do outro, Berenice acusava o procurador de uma verdadeira tramóia... Agripa e Berenice acompanharam Napolitano pelas ruas de Jerusalém e não tiveram dificuldade alguma em convencê-lo. Os habitantes, tranqüilizados depois da partida dos romanos, não se pareciam em nada com um povo revoltado. Ao contrário, as evidências da carnificina cometida pelos legionários eram bastante visíveis, e as mães e as viúvas dos mortos fizeram os relatos mais perturbadores.

Além disso, testemunhas neutras e gente digna de fé, notáveis gregos, sírios e fenícios de passagem pela cidade, narraram os eventos aos quais assistiram: os soldados romanos armados entrando no Templo e a cavalaria investindo contra religiosos que cantavam seus cânticos... Napolitano já tinha elementos suficientes. Declarou a Agripa e a Berenice que acreditava neles e que iria incitar o governador a fazer o mesmo.

Durante essas horas decisivas, não havia tempo a perder. Sobretudo porque, assim que Napolitano partiu, a situação voltou a se tornar tensa na cidade. Os fariseus, que tinham se mostrado discretos na presença dos romanos, recomeçaram sua pregação. Eles convocaram uma rebelião imediata e geral, ao passo que Agripa e Berenice estimularam, ao contrário, que era preciso ser paciente. Géssio Floro iria ser demitido, e um novo procurador digno desse nome seria nomeado para o seu lugar...

O irmão e a irmã tinham trunfos suficientes para trazer o povo para seu lado. A conduta de Berenice durante as horas trágicas lhe tinha valido uma imensa popularidade, e Agripa, único rei judeu ainda vivo, gozava de incontestável prestígio. Assim, depois de uma cerimônia religiosa no Templo, Agripa convidou a multidão para segui-lo até a praça de Xisto.

A praça de Xisto, depois do átrio do Templo, era a maior esplanada de Jerusalém. Situava-se diante do Palácio dos Asmoneus, onde Berenice e o rei residiam. Enquanto Agripa tomava a palavra diante da população da cidade, Berenice foi escutá-lo do alto do terraço. Sua voz potente ergueu-se... Desde sua chegada de Roma, ele ganhara uma incontestável autoridade.

— Escuto muitos discursos contra o procurador e em favor da liberdade, mas são discursos irresponsáveis! Nero não tinha a intenção de enviar-nos um celerado. Devemos esperar por um novo procurador, ao passo que, se declararmos a guerra, ela será irreparável...

Houve certa movimentação na multidão. Agripa então aumentou o tom:

— Sim, irreparável! Onde está a frota com a qual vocês irão impedir o acesso dos romanos pelo mar? Onde estão seus exércitos? Não se trata de lutar contra árabes ou egípcios! Os romanos dominam todo o mundo! Eles chegaram mesmo a conquistar, no além-mar, a Bretanha, cuja existência ignorávamos até então. Se um povo pudesse escapar de Roma, era o dos gauleses, de longe os mais numerosos do Império. Entretanto, eles também estão subjugados a essa situação, porque não podem fazer de modo diferente. Mesmo os germanos, os maiores e mais fortes guerreiros de todos, não ousam atravessar o Reno. E os egípcios, de tantos recursos e com riquezas inesgotáveis, também não disseram nada!

O silêncio voltara totalmente à assistência... A voz de Agripa tornou-se patética:

— Se vocês quiserem a guerra, será a morte certa para todos. Quando vemos a aproximação da tempestade, devemos nos afastar do alto-mar; caso contrário, o naufrágio e as perdas são inevitáveis. Poupem o Templo e a si mesmos é tudo o que tenho a lhes dizer! Estou consciente de ter feito tudo para impedir a catástrofe. Se vocês seguirem os irresponsáveis, irão à sua perdição, mas sem mim!

Com essas palavras, ele explodiu em lágrimas, lágrimas verdadeiras, que escapavam a contragosto de seus olhos. E todos puderam ouvir, do alto do terraço, Berenice também se derramando em prantos... O choro de ambos causou tanta impressão quanto o próprio discurso. Agripa e Berenice, para quem no íntimo concordasse ou não com eles, mereciam respeito, e o povo decidiu segui-los.

Nas semanas que se seguiram, os dois se tornaram os verdadeiros soberanos de Jerusalém. Os habitantes, por sua iniciativa, repararam os estragos causados pelos soldados. Durante esse tempo, uma delegação fora enviada a Nero, a fim de pedir a demissão de Géssio Floro.

O imperador, porém, que continuava na Grécia, onde decidira ficar por todo o ano, preocupava-se mais com suas façanhas artísticas e esportivas do que com os negócios de seu Império. Longe de inteirar-se dos eventos da Palestina, ele tardou a agir...

Agripa reuniu mais uma vez o povo, dessa vez no átrio do Templo, para uma segunda arenga à população. Mal ele começou seu discurso, porém, já foi interrompido. O povo não o escutava mais. Géssio Floro havia causado tanto sofrimento, tinha atraído tanto ódio, que os partidários da rebelião souberam aproveitar-se da situação... Os clamores jorravam:

— Morte a Floro!

— Morte aos romanos!

Os que gritavam eram os fariseus mais intransigentes, facilmente reconhecíveis em virtude das longas barbas. Como os romanos eram glabros, não se barbear tornara-se um sinal de hostilidade a seus costumes, quase um sinal de adesão... Agripa tentou argumentar:

— Isso é uma loucura! Estão correndo para a morte, para o aniquilamento!

— E a profecia?

— Que profecia?

— Na guerra por Jerusalém, o vencedor será o senhor do mundo. O senhor do mundo é o Eterno. O Eterno nos dará a vitória!

Vivas entusiasmados saudaram essa afirmação. Agripa quis confrontá-los:

— Deus nada pode fazer contra a força dos exércitos, contra as legiões, os aríetes, as catapultas. O vencedor será um general, simplesmente...

— Um romano, é o que pensa?

— Claro que sim, um romano...

Aquilo era demais! Pedras voaram na direção de Agripa e também na de Berenice, que não estava longe dele. Ambos compreenderam que arriscavam suas vidas. Nem a qualidade de rei do primeiro nem a conduta heróica da segunda os protegiam mais: eles deviam partir. Escoltados por suas guardas, deixaram rapidamente a cidade...

Chegaram a Cesaréia sem trocar praticamente uma palavra sequer, de tanto que estavam consternados. Daquele momento em diante, Jerusalém estava sem a menor autoridade, nem judia nem romana, entregue a si própria, a todas as rivalidades, a todos os excessos, a todos os fanatismos... Passara-se apenas um mês desde que os pássaros de Cesaréia tinham sido sacrificados dentro de um vaso, e os eventos tomaram um rumo que já parecia inexorável.

Em Jerusalém, o poder estava vago e uma personagem saiu bruscamente de sua reserva para apoderar-se dele. Eleazar, filho do sumo sacerdote Ananias, exercia a função de chefe da polícia do Templo. De fato, o Templo dispunha de uma força armada de cerca de algumas centenas de homens, cujas funções eram antes de tudo simbólicas e honoríficas: destinados ao interior das muralhas sagradas, sua missão era apoderar-se dos judeus que cometessem sacrilégios ou gentios que fossem loucos o bastante para se aventurarem a entrar ali, o que nunca acontecia. Era verdade, porém, que recentemente eles tiveram de combater os legionários de Géssio Floro. Aliás, eles se portaram muito bem: com Eleazar à sua frente, e apesar das pesadas baixas, eles tinham defendido as muralhas sagradas palmo a palmo, até que a população lhes viesse em ajuda.

Esse comportamento corajoso valera a Eleazar, filho de Ananias, um incontestável prestígio, e ele decidiu utilizá-lo para ter êxito em suas idéias. Erraria quem pensasse que elas eram semelhantes às de seu pai, marcadas pela moderação e pela sabedoria. Eleazar fingira até então partilhar das opiniões de Ananias, a fim de obter esse cargo, cuja nomeação dependia de Agripa; mas decidiu deixar cair a máscara e mostrar-se tal como era: um extremista... Reuniu a população no Átrio dos Gentios, no mesmo lugar em que Agripa e Berenice tinham sido expulsos a pedradas, e começou sua arenga:

— As oferendas dos Césares mancharam o Templo! Não devemos aceitá-las mais, assim como aquelas de todos os estrangeiros!

Um grande silêncio acolheu essa proposição. Todos estavam conscientes de sua extrema gravidade. O imperador, para ganhar a confiança dos judeus, fazia presentes consideráveis ao Templo. Recusá-los era um ato característico de hostilidade, quase uma declaração de guerra... Eleazar não fraquejou com essa reação. Ele prosseguiu:

— Entretanto, é isso que prescrevem as Escrituras. Peço que um doutor da Lei nos esclareça.

Houve um grande burburinho. Eleazar, o Pio, cortou a multidão e situou-se ao lado do chefe da polícia do Templo.

— De fato, é o que as Escrituras prescrevem. As oferendas dos comedores de porcos são malditas aos olhos de Deus.

— O Eterno sempre aceitou oferendas, desde que fossem feitas de coração puro e sincero...

Um segundo burburinho acompanhou essa réplica. Reconhecia-se nela a voz de Nissim, o Sábio, que saiu por sua vez da multidão para juntar-se ao outro rabino. Eleazar, o Pio, fulminou-o com o olhar.

— Você está mentindo para salvar seus amigos romanos! A vontade de Deus conheço-a melhor do que você!

Nissim, o Sábio, sustentou seu olhar.

— Não estou mentindo, e você, sim, está blasfemando, ao pretender conhecer melhor a vontade de Deus!

— Você foi pago por Floro e merece o castigo dos traidores!

— Você é ímpio e fanático! Que o castigo divino recaia sobre a sua cabeça!

Os gritos da multidão, que passou a invectivar-se também, cobriram suas vozes... Na efervescência geral, ninguém se dava conta, mas o comportamento dos dois rabinos era o mais terrível dos presságios. Onde estavam seus ditos espirituosos, as réplicas cáusticas, porém corteses, que trocavam? O confronto entre ambos tornara-se total, e seu diálogo, um diálogo de guerra: a oposição entre os judeus mudara de natureza...

Os partidários de Eleazar saíram vencedores. Logo, uma multidão vociferante precipitou-se para o Templo. Os guardas, longe de se oporem a eles, escoltaram-nos, e todos saíram segurando uma presa heteróclita: tecidos luxuosos, vasos de ouro, de prata ou de argila com pinturas magníficas, perfumes caríssimos em frascos de cristal. Os vasos ou foram destruídos ou foram roubados pelo populacho, os perfumes foram derramados e os tecidos queimados num imenso braseiro... Quando as chamas se elevaram, Eleazar, o Pio, deixou eclodir sua alegria. Deus voltava a ser apenas o Deus dos judeus; era verdadeiramente a vitória dos "separados"! Ele clamou:

— O que está queimando é o crime e o pecado!

E Nissim lhe fez eco com a voz surda:

— É o Templo que está queimando...

A destruição das oferendas imperiais marcou um grau a mais na violência. Os extremistas tinham tomado o poder em Jerusalém, mas estavam divididos entre si, o que iria ocasionar outros episódios sangrentos.

Os sicários — dos quais Zaqueu de Cariote tinha sido um dos primeiros representantes, e que se destacavam, desde então, por sua violência — não permaneceram inativos: eles tinham escolhido abandonar Jerusalém para atacar onde não eram esperados... Massada, construída por Herodes no Sul do país, era a fortaleza mais poderosa da Palestina, e talvez do mundo inteiro. Era um ninho de águia de aclives tão íngremes que eram intransponíveis. A menos, é claro, que se contasse com o fator surpresa...

Conduzidos por seu chefe, Menahem, filho de Judas, os sicários não perderam tempo. Agiram imediatamente depois da primeira revolta contra Géssio Floro, antes que os eventos de Jerusalém pudessem chegar ao conhecimento da guarnição romana. Disfarçados de pastores, degolaram as sentinelas e ganharam o lugar. Massacraram todo mundo e tomaram o arsenal, um dos mais importantes do país. Em seguida, armados até os dentes, arrasaram as redondezas e se dirigiram a Jerusalém.

Ao chegarem, Eleazar e seus partidários acabavam de queimar as oferendas dos Césares. Menahem, filho de Judas, só podia aprovar aquela ação, mas logo foi se colocando como adversário de Eleazar. Não se tratava de uma questão de idéias e sim de homens, e sobretudo de origem social. Menahem, filho de camponeses, não suportava que um filho de sumo sacerdote tivesse assumido a liderança da revolta e pretendeu ultrapassá-lo imediatamente na violência.

Menahem fez o que seu rival não tinha feito: atacou os romanos. Pois ainda havia romanos em Jerusalém, mesmo que todos tivessem se esquecido deles: aqueles que Géssio Floro, em sua fuga precipitada, abandonara no interior do Palácio de Herodes. Menahem e seus sicários cercaram o edifício real. Eles conseguiram derrubar a torre de Davi, a menor das quatro que flanqueavam o palácio. Os romanos tentaram negociar, mas seus adversários permaneceram impávidos. Não aceitavam nenhum tipo de compromisso. Eles montariam o cerco até que os adversários capitulassem, e não poupariam ninguém.

Os sicários estavam tão mais imbuídos de intransigência que o acaso permitira que realizassem um golpe inesperado. O sumo sacerdote Ananias, que se escondera desde que as tropas de seu filho haviam assumido o controle da cidade, caiu em suas mãos e eles o executaram imediatamente. Menahem tinha assim uma dupla razão de regozijo:

havia eliminado o principal representante dos moderados e infligira a seu rival um luto cruel. Infelizmente para ele, Menahem não iria tardar a pagar com a própria vida...

Eleazar, apesar de todos os desentendimentos que podia ter com seu pai, ficara transtornado ao saber de sua morte. E decidiu eliminar sem demora seu assassino. Procedeu da maneira mais eficaz: por meio da traição. Enquanto Menahem e seus asseclas estavam no Templo, cumprindo com suas devoções, os membros da polícia se atiraram sobre eles e os massacraram. Muitos sicários foram mortos naquele dia, entre os quais seu chefe; os outros se esconderam, aguardando a oportunidade de se vingar. O terror parecia ter se instalado na cidade por bastante tempo...

Já os romanos viram nesse massacre o sinal de sua libertação. Como os que acabavam de ser exterminados eram os que lhes tinham cercado, pareceu-lhes que os moderados tinham assumido o controle da situação... O chefe romano, Rufino, pediu para parlamentar; Eleazar, filho de Ananias, consentiu em recebê-lo. O diálogo não foi longo. Os romanos, abandonados por Géssio Floro sem receber a menor instrução e prisioneiros de uma cidade onde reinava o espírito da loucura, só pediam uma coisa: partir.

Eleazar propôs a ele um acordo que parecia razoável: eles deporiam suas armas e poderiam deixar Jerusalém sem serem perturbados. E acrescentou que desaprovava os excessos cometidos por Menahem e seus partidários. Ele queria que partissem, não que morressem.

O acordo foi concluído. No dia seguinte, os cerca de trezentos soldados da guarnição deixaram o Palácio de Herodes. Eleazar e sua polícia do Templo assumiram a formação de uma dupla linha. Um após o outro, com Rufino à frente, os romanos passaram no meio do corredor humano e depositaram, num único monte, seus gládios, lanças e escudos. Quando o último concluiu seu gesto, o filho de Ananias clamou:

— Matem a todos!

Os legionários ficaram de tal modo embasbacados diante dessa falta com a palavra empenhada que se deixaram exterminar sem resistência; alguns chegaram mesmo a estender seus pescoços à espada dos adversários. Quando todos estavam caídos, num banho de sangue, Eleazar sorriu satisfeito. Agora, o irreparável já tinha sido cometido, e era isso o que pretendia! Pois ele não era nem um pouco menos extremista do que os sicários, mas queria que fosse ele, e não os outros, que assumisse o comando da revolta…

Assim, a engrenagem iniciada com a provocação de Géssio Floro tinha chegado a seu auge. O confronto entre judeus e romanos aconteceria. Apenas não seria mais o procurador que viria reprimi-lo. O procurador não era mais ninguém. Escondido em Cesaréia desde sua fuga vergonhosa, assistia como espectador aos eventos que o excediam. Sua maquinação disparara um verdadeiro cataclismo!

De fato, a notícia do massacre da guarnição romana transformou toda a região num barril de pólvora. Nas cidades em que os judeus eram minoritários, a população, para demonstrar sem margem de dúvida sua fidelidade a Roma, iniciou massacres medonhos. Assim aconteceu em Cesaréia e em muitas outras cidades da costa, onde eles pereciam aos milhares, e também na Síria, onde foram exterminados sem piedade; mensageiros relataram que até mesmo em Damasco nada menos do que dez mil judeus tinham caído sob os golpes de seus habitantes.

Como réplica, as minorias estrangeiras sofreram o mesmo destino nas cidades judias. Os gregos e os sírios que não tiveram tempo de fugir também foram mortos aos milhares. Em Alexandria, cidade na qual as comunidades grega e judia tinham aproximadamente o mesmo tamanho, assistiu-se a verdadeiras batalhas de trincheira, e Tibério Alexandre só conseguiu restabelecer a calma à custa de uma repressão impiedosa.

Não se ficou nisso, entretanto! Além desses confrontos étnicos e religiosos, iniciou-se uma verdadeira guerra civil entre os judeus. Primeiro em Jerusalém, depois em todo o país, os saduceus, minoritários, foram caçados por seus adversários. E mesmo nos Estados de Agripa e Berenice os fariseus tentaram uma insurreição que por muito pouco não obteve êxito, e os soberanos tiveram, por sua vez, de promover uma repressão impiedosa.

Nessas condições, a entrada em cena do governador da Síria, Céstio Galo, e de suas tropas era inevitável. Assim que a ação foi decidida, Agripa foi encontrar-se com o governador. Já Berenice permaneceu em Cesaréia, a fim de conter uma nova e eventual insurreição, tarefa igualmente importante. Aliás, eles dividiram de maneira quase equânime as tropas de que dispunham: Agripa levava como reforço para Céstio três mil soldados de infantaria e dois mil cavaleiros; Berenice tinha à sua disposição quatro mil homens.

Junto a Céstio Galo, Agripa pretendia cumprir um papel mais importante do que o de um simples reforço militar. A relação de forças era tão desproporcional que a vitória do governador da Síria tornava-se inevitável. Mas os verdadeiros problemas viriam depois dessa vitória. Era preciso aconselhá-lo, moderá-lo, quando ele retomasse o poder em Jerusalém, cuidar para que não cometesse atrocidades e, acima de tudo, que não tocasse no Templo...

Quando Agripa e seus homens chegaram ao local previsto para a concentração das tropas, local que, aliás, não ficava nem um pouco distante de Cálcis, ele pôde constatar todo o poderio do exército romano, que tinha a força de vinte e sete mil legionários a pé e sete mil e quinhentos cavaleiros, além de inúmeros auxiliares. Acrescentando suas próprias tropas ao todo, podia-se facilmente prever que os rebeldes não estariam à altura!

Restava Céstio Galo, que Agripa só vira por uma vez e brevemente, em companhia do procurador, e sobre quem ele praticamente nada sabia... Ele foi apresentar-se ao governador e teve uma impressão curiosa. Céstio Galo conversou longamente com Agripa, colocando várias questões e escutando atentamente as respostas. Depois, confabulou também por muito tempo com seus oficiais. Ele escutava uns e outros e sempre declarava ser da mesma opinião do último que tinha falado. Parecia tão desprovido de autoridade quanto indeciso.

O início da campanha confirmou essa desagradável sensação. Partindo em meados de setembro, Céstio Galo avançou com extrema prudência por todas as pequenas etapas, como se já estivesse em território hostil, ao passo que a primeira região a ser atravessada era calma e o núcleo da revolta situava-se bem mais ao sul, na Judéia.

Chegando a Chabulon, uma pequena localidade na fronteira com a Galiléia, não muito distante dos Estados de Agripa, Galo encontrou uma cidade deserta, mas quis incendiá-la, arrasando tudo o que estava de pé. Isso não apenas era injusto como retardava inutilmente a progressão, sobretudo porque, na seqüência, ele encarregou seus soldados de devastarem os campos circunvizinhos.

Assim, os rebeldes tiveram todo o tempo, quando isso já não estava feito, de fortificar as cidades das quais tinham se apoderado. Além disso, tornando-se mais confiantes, enviaram pequenos contingentes para atacar os legionários isolados, ocupados em saquear, o que causou inúmeras mortes. No mês de novembro, Céstio Galo ainda não tinha iniciado os combates e já havia perdido quase mil homens.

Por fim, decidiu-se a atacar. Instalou suas tropas em frente a Jerusalém, sobre o monte Scopus, de onde ordenou o assalto. Os moderados do interior conseguiram abrir-lhes as portas, e os legionários se precipitaram pelas ruas da cidade. Depois de furiosos combates, chegaram até o Palácio dos Asmoneus, diante do Templo, onde Eleazar reunira o grosso de suas tropas.

Diante deles estava o imenso planalto artificial, com o Templo propriamente dito em seu interior, ligado à cidade por um estreito dique que dava para uma única porta. Era como se fosse uma nova fortaleza no interior da cidade. Tomá-la não era uma tarefa fácil, mas, com os meios de que dispunha, Céstio Galo poderia consegui-lo com bastante rapidez. Entretanto, continuou a demonstrar a mesma debilidade. Contentou-se em promover algumas escaramuças durante seis dias e, bruscamente, quando estava em situação favorável, levantou acampamento e abandonou a cidade!

Agripa, como todos os outros, não podia acreditar no que via... Ele tentou de tudo para demover Céstio Galo dessa decisão estapafúrdia, porém, desta feita, o governador não o escutou; de fato, ele não escutava mais ninguém. Para ele, a campanha estava perdida e era preciso retornar para casa o mais rapidamente possível! O exército então se encaminhou para a Síria. Até aquele momento, Céstio não fizera senão acumular erros, mas sua imperícia iria transformar sua derrota num desastre...

Eleazar e seus partidários, vendo a pouca combatividade dos romanos, ganharam coragem e decidiram partir em seu encalço... Não há nada de mais penoso para um exército do que bater em retirada. Já desencorajados pela atitude pusilânime de seu chefe, os soldados, atacados dia e noite por um inimigo aparentemente inatingível, perderam o resto do moral que tinham!

A partir de então, o recuo de Céstio Galo transformou-se numa fuga desesperada. Ele deu ordem para abandonar tudo o que pudesse retardar a marcha: bagagens, provisões e máquinas de guerra. Assim, os judeus se apoderaram de um verdadeiro tesouro: aríetes, catapultas e mesmo uma helépole, verdadeira maravilha da indústria militar, uma espécie de escudo provido de três aríetes que necessitava de três mil homens para manobrá-lo.

Apesar desses sacrifícios, os judeus estavam cada vez mais persistentes e ameaçavam aniquilar o exército. Foi assim que Céstio Galo lançou mão de um estratagema. Encarregou quatrocentos voluntários de reterem o adversário, tempo suficiente para que o restante dos homens conseguisse escapar. Como a tropa valia muito mais do que seu chefe, ele logo encontrou os voluntários. Quando os judeus chegaram, os soldados foram massacrados do primeiro ao último, permitindo a seus camaradas que retornassem à Síria... Naquela incursão, Céstio Galo havia perdido cinco mil e quinhentos soldados de infantaria, quinhentos cavaleiros e toda a sua artilharia; os judeus contavam algumas dezenas de mortos.

Estava-se em meados de novembro e praticamente toda a Palestina estava nas mãos dos rebeldes... Agripa e Berenice, é claro, espíritos lúcidos e ponderados, tinham razão: essa vitória não era uma vitória de fato; era, sim, um prelúdio da catástrofe. Ainda assim, que façanha! Naquilo em que outras nações antes deles haviam fracassado, gregos, germanos, egípcios, Aníbal e seus elefantes, Vercingetórix e seus gauleses em coalizão, os judeus tinham sido vitoriosos! Havia apenas uma única explicação para o feito: eles eram um povo. Existiam muito antes dos romanos e cada um dos insurgentes tinha, no fundo de si, a certeza de que existiriam até muito depois deles, a certeza de que, quaisquer que fossem as conseqüências dos futuros conflitos, no fim dos tempos os judeus seriam os vencedores!

— Ave, César! Uma mensagem de Céstio Galo para o imperador...

Um mensageiro, sem fôlego, estendia a Nero um pergaminho enrolado e fechado com um cordão. O imperador não se mexeu. Estava deitado, com uma placa de chumbo sobre o tórax. A seu lado, um homem mantinha-se de pé, seu professor de canto. Nero estava se submetendo, de fato, a um verdadeiro treinamento profissional. Várias horas por dia, fazia *vocalises*, com esse peso sobre o peito, a fim de aumentar sua potência vocal. Cuidava também para não engordar, o que danificaria a sua voz. E como praticava excessos à mesa constantemente, ele multiplicava as lavagens vomitórias...

Naquele começo de dezembro, o imperador tinha tudo para se estimar satisfeito. Não se cansava de percorrer a Grécia, país que, além de pátria dos artistas e dos atletas, era, mais do que todos os outros, caro a seu coração. Depois de ter sido coroado em Olímpia, Nero fizera a turnê pelos vários teatros do país, a fim de interpretar seus fragmentos de bravura, e sua claque fazia de cada evento um triunfo. É verdade que havia também essas mensagens preocupantes, provenientes da Palestina ou da Síria, mas tudo isso iria com certeza encontrar uma solução, e ele pretendia seriamente continuar sua excursão artística até a primavera seguinte!...

Nero fez uma careta ao escutar o nome de Céstio Galo na boca do mensageiro. Fez um sinal a seu professor de canto.

— Leia você mesmo e diga-me se merece que eu interrompa meu exercício.

O professor obedeceu, percorreu a carta e declarou:

— Creio que sim, César...

Sim, a mensagem merecia que ele interrompesse seu exercício e mesmo que esquecesse, pelo menos naquele instante, suas ambições de cantor. O que Céstio Galo lhe estava anunciando era propriamente inacreditável: ele tinha sido derrotado! As legiões imperiais, as invencíveis legiões imperiais tinham sido vencidas. E por quem? Não por um exército inimigo, mas por simples rebeldes, sem organização, sem experiência militar, sem chefes aguerridos e sem armamento digno desse nome! Naquele momento, era toda a Palestina que estava fora de controle.

Nero esforçava-se por manter as aparências, mas estava em meio à mais grave crise de seu reino, e uma das mais graves da história de Roma. Era a primeira vez que uma província fazia a secessão. Se não reagisse imediatamente, outros poderiam ser tentados a seguir aquele exemplo. A sobrevivência do próprio Império estava em jogo!

Ao ficar sozinho, depois de dispensar o professor de canto, o imperador se pôs a andar de um lado para outro... Reagir era algo fácil de se dizer, mas tratava-se de matéria bem mais delicada do que poderia parecer. Certamente, ele iria demitir de imediato Géssio Floro e Céstio Galo, mas quem iria nomear para liderar o exército de reconquista?

A dificuldade advinha de uma informação que Floro tinha mencionado em um de seus relatórios: a profecia segundo a qual aquele que saísse vitorioso em Jerusalém seria o senhor do mundo. Nero acreditava em presságios e levava aquele em particular muito a sério. É claro que não o interpretava à maneira dos fariseus; não lhe ocorreria nunca misturar a idéia de Deus a tudo aquilo. O sentido que ele lhe dava era bem mais concreto e muito mais simples: o general que tomasse Jerusalém tonar-se-ia imperador, isto é, o derrubaria!

Nero deixou de se perturbar por mais tempo com aqueles pensamentos... A situação era grave demais para que tomasse sozinho as decisões. Ele precisava de ajuda. Assim, convocou todo o seu conselho e, pela primeira vez desde que chegara à Grécia, tratava de outros assuntos que não fossem suas façanhas atléticas ou vocais.

Os conselheiros do imperador não quiseram lhe manifestar suas preocupações, mas havia algum tempo que pressentiam esse tipo de catástrofe, haja vista a concepção muito particular que ele tinha de seus deveres. Contrariamente, todos seguiam suas opiniões. Como Nero, eles avaliavam a extrema gravidade da situação, eram também partidários de que uma ação fosse iniciada de imediato e com toda a energia, mas, acerca da questão espinhosa do general, permaneciam mudos... Até o momento em que um deles, Márcio Sabelo, aproximou-se de Nero.

— E se o dorminhoco fosse nomeado?

— O dorminhoco...?

— Aquele que adormeceu enquanto o imperador cantava em Olímpia.

— Vespasiano? Você está maluco? Depois de tamanho insulto é a morte que ele merecia, ao contrário!

— Não tenho a mesma opinião, César. Imagine um pouco seu estado de espírito neste momento. Desde o crime que cometeu, ele não cessa de tremer, vivendo aterrorizado. Trata-se do mais obscuro, do mais humilhado, do mais humilde de seus generais. Se existe alguém que não sonha em tomar seu lugar, essa pessoa é ele!

Apesar da gravidade do momento, Nero não pôde deixar de sorrir ao lembrar-se dos tormentos experimentados pelo sacrílego... Márcio Sabelo, que tencionava fazer de tudo em prol do sogro de sua filha, acrescentou os méritos de Vespasiano:

— Por outro lado, é um excelente soldado, como provou na Bretanha com seu pai, Cláudio, além de ser um grande servidor do Império, como demonstrou na África.

Nero manteve-se em silêncio... Ele devia reconhecer que a idéia, por mais surpreendente que pudesse parecer, era sensata. Entretanto, objetou:

— Ainda assim... dar-lhe todos esses homens, investi-lo de tanta confiança!

— O senhor pode mantê-lo sob estreita vigilância. O governador da Síria não deve ser substituído?

— Sim.

— Pois bem, conceda-lhe mais tropas do que a Vespasiano, e nomeie para esse posto alguém em quem tenha confiança absoluta.

Desta vez, o imperador estava definitivamente convencido! E sabia mesmo quem seria nomeado governador da Síria...

— Aproxime-se, Muciano!

O interpelado avançou... Tinha cerca de trinta anos, era de constituição frágil, com o rosto inteligente e algo de refinado em sua personalidade... Nero estimava-o particularmente porque Muciano era um grande conhecedor em matéria de canto. Seus julgamentos e seus conselhos eram os mais precisos que podia escutar e, é claro, ele não poupava elogios à voz imperial... O imperador dirigiu-se a ele de maneira particularmente calorosa:

— Nomeio-o governador da Síria. Escutou o que Sabelo acaba de dizer e compreendeu o que espero de você?

— Creio que sim, César...

— Seu papel não será puramente militar. Você será meu espião junto a Vespasiano. Ao menor fato suspeito, eu deverei ser prevenido.

— Não tenha temor algum...

— Então vá! Meus votos o acompanham.

Muciano inclinou-se.

— Obedeço-lhe, César, e agradeço-lhe a honra que me concede. Minha única tristeza será não poder mais ouvi-lo cantar.

Nero sorriu comovido ao vê-lo partir. Decididamente, ele havia escolhido o homem certo para o posto de governador! Agora, só restava cuidar de Vespasiano.

O general Vespasiano perguntava-se por vezes se não tinha sido esquecido. Fazia cerca de nove meses que vivia num vilarejo de pescadores, na costa próxima a Olímpia. Nada tendo a fazer, pusera-se a compartilhar da vida de seus habitantes. Participando de suas campanhas de pesca, acabara se mostrando um talentoso pescador.

Vespasiano aproveitava-se também do lazer forçado para manter a forma. Nadava muito, disciplina que pouco praticara até então e cujos benefícios estava descobrindo. Ele devia reconhecer que gozava de um condicionamento físico excepcional para os seus cinqüenta e sete anos. De fato, ele ficaria quase satisfeito com essa vida simples e frugal, se não se sentisse inconsolável por ter arruinado a carreira de Tito. E isso, infelizmente, não podia se perdoar!...

Ele se aproximava da praia, retornando da pesca, quando viu um grupo de legionários que o esperavam na areia... Suspirou. Não, o imperador não se esquecera dele! Apertou a mão de seus companheiros pescadores, pensou afetuosamente em Tito, depois em Caenis, e saltou nas águas. Após algumas braçadas, ficou de pé e caminhou até os soldados. Desta vez, tudo estava dito. Restava-lhe morrer como um romano verdadeiro, e ele pensava ser capaz disso...

Alguns dias mais tarde, depois de ter atravessado uma parte da Grécia, Vespasiano chegava à presença do imperador. Ele não estava entendendo absolutamente nada! Nero o queria morto ou pretendia vê-lo torturado sob seus próprios olhos? Tudo isso não destoava da personagem, mas não correspondia à atitude de sua escolta armada. Se eles se recusavam obstinadamente a responder a suas questões, haviam manifestado o maior dos respeitos durante todo o percurso. O que isso significava?... Nero surgiu. Vespasiano atirou-se a seus pés.

— Perdão, César!

Para seu estupor, o imperador apressou-se a erguê-lo e tomou-o amigavelmente nos braços.

— Não há nada a ser perdoado. Você adormeceu? E daí?... A digestão e o cansaço por vezes não têm como ser vencidos. Esqueçamo-nos disso. Se ordenei que viesse é porque preciso de você...

E, diante de Vespasiano, que estava estupefato, Nero expôs a situação da Palestina, depois explicou o que esperava dele: reprimir a revolta e em seguida administrar o país até que a calma fosse restabelecida... Era uma responsabilidade inesperada, inaudita! Quando o imperador terminou seu relato, entretanto, Vespasiano teve a audácia de dirigir-lhe um pedido suplementar:

— Gostaria que meu filho também tivesse um comando.

— Tito? Mas ele não é um homem dedicado às mulheres?

— Ele o foi, mas é, antes de tudo, um excelente soldado.

— Pois bem, faça como você quiser. Nomeie-o general, se isso o agradar! A única coisa que lhe peço é que aja rápido...

Ao deixar Nero, Vespasiano não podia deixar de pensar na lama de Calígula. Era a mesma coisa que acabava de ocorrer, a mesma e inacreditável reviravolta nos acontecimentos! Ele acreditara que sua hora tinha chegado; em lugar disso, tornara-se um chefe e Tito, general! E amanhã, por que não imaginar que...? Não, não se devia pensar no amanhã. Apesar do estado de perplexidade em que se encontrava, escutara atentamente o imperador e não tinha ilusões: a tarefa que o aguardava na Palestina seria árdua.

# A VINGANÇA DE VÊNUS

O golfo de Ptolemaida, no extremo norte da Galiléia, fronteira com o Líbano, era um dos lugares mais charmosos que podiam existir. Sobrepujado pelo monte Carmelo, uma colina encimada pela elegante silhueta de um templo gentio, o golfo tinha a particularidade de ser notavelmente bem protegido. O mar ali era freqüentemente calmo e de uma coloração muito clara, que lembrava o jade. Fora naquele local que o exército romano tinha escolhido efetuar sua concentração.

O tempo era excelente naqueles meados de março... Desde a decisão de Nero, a guerra ainda não recomeçara, já que era impossível a realização de qualquer campanha no período do inverno, mas os preparativos tinham sido conduzidos em bom ritmo e os soldados afluíam, seja do interior do país ou da Síria para as antigas tropas de

Floro e Galo, seja de regiões mais distantes para os reis aliados, seja ainda pelo mar para os contingentes que vinham diretamente de Roma.

    Vespasiano tinha sob seu comando as três legiões que haviam operado na Palestina, mais uma quarta, que, sob suas ordens, Tito trouxera do Egito. Todas reunidas, contavam cerca de cinqüenta mil homens, e como as tropas aliadas também eram bastante numerosas, o total aproximava-se dos cem mil soldados. A esse montante, era preciso acrescentar os auxiliares: carregadores, cozinheiros, caldeireiros, ferreiros, marceneiros, enfermeiros, vivandeiros etc., sem contar as mulheres da vida e todos os tipos de mascates que tradicionalmente seguem os exércitos. Nessas condições, compreende-se que a planície de Ptolemaida tenha se transformado num formigueiro.

    Diferentemente do que podia se passar no Ocidente, como, por exemplo, na Germânia, onde tais concentrações humanas facilmente assumiam um aspecto aterrorizante, nesse caso a multidão era colorida, matizada, rutilante. Os aliados de Roma mostravam-se particularmente vistosos e barulhentos, tal como Soema, rei de Emésio, em seu carro puxado por quatro leões domados, Antíoco, rei de Comagena, vindo com sua filha Zelma, num luxo extraordinário, Malc, rei da Arábia, que deixara o deserto com sua incomparável cavalaria, montando os melhores cavalos do mundo, ou Zulfir, rei de Kerak, com sua guarda servil, composta por mil escravos núbios, negros como o ébano e vestidos com tangas de pele de pantera; apenas Agripa e Berenice, acompanhados pela totalidade de suas tropas, se mostravam discretos...

    Tito chegara havia pouco tempo. Ele galgava a encosta do monte Carmelo, tentando gravar em seu espírito todos os detalhes desse dia inesquecível... Contrariamente ao que Vespasiano acreditava, sua carreira não fora afetada pela desgraça do pai. Naquela ocasião, Tito estava em Roma, onde as notícias da Grécia mal chegavam. Ele continuava a progredir na administração romana, levando uma vida tão ajuizada quanto regrada junto à sua esposa, Márcia Furnila.

Então, chegara a extraordinária mensagem de Vespasiano, narrando-lhe todos os acontecimentos e lhe dando ordem para que seguisse para o Egito, a fim de trazer uma legião, da qual ele seria o comandante... General, ele tinha sido nomeado general! Então, três meses depois, ele trajava a toga púrpura com galões de ouro, insígnia do posto. Aliás, ele era o único, além de seu pai, a ter esse privilégio, já que Vespasiano reservara para si, além do comando geral, o comando direto das outras três legiões...

No cume do monte Carmelo, Tito se deteve, virado para o golfo... Daquela altura, podia divisar todo o exército. Decididamente, nada era mais inebriante do que a preparação para uma campanha! Por toda a parte, eram gritos, toques de trombetas, relinchos de cavalos, tilintar de armas, faiscações lançadas pelas águias das insígnias, pelas couraças, pelos elmos. Não pôde deixar de pensar na frase de que tanto gostava: "O sorriso das colinas prometidas". Um dia, ele seria um novo Alexandre? Não seria daquela vez, infelizmente! Não se tratava de tomar um país, mas estancar uma revolta; não era uma conquista que o aguardava, mas uma operação de manutenção da ordem...

Um pouco mais abaixo, em sua liteira, era a vez de Berenice galgar a encosta do monte, seguindo uma pista de inclinação suave e toda coberta de areia branca, traçada pelos encarregados de engenharia militar; ela também contemplava a multidão lá embaixo.

Mais do que o número de soldados, era a organização do exército que a impressionava. A enorme máquina de guerra romana pusera-se em funcionamento com toda a sua implacável eficácia! Nada era deixado ao acaso. Havia pouco ela pudera observar, nas milhares de carroças que enchiam toda a planície, uma incrível profusão de armas e equipamentos: catapultas, ainda desmontadas, mas que se percebia serem gigantescas, dardos, lanças, espadas, sandálias leves para o verão, botas para a chuva, mantos para os quartéis de inverno, além de materiais e ferramentas os mais diversos: pregos, serras, cola etc. E havia também, sobre vários veículos, carroças desmontadas que aguardavam o momento de substituir as outras. Ao partir em campanha, Roma chegava a ponto de prever as carroças de carroças!

Toda essa demonstração de poder deixava Berenice em pleno devaneio. Não que ela tivesse mudado suas opiniões. A aliança romana sempre fora a base da política dos Herodes, e ela nunca a questionaria. Mas Roma cometera tantos erros no passado! Quem estava à frente dessa multidão, Festo ou Floro? Com o que se parecia essa nova máscara de César? Seria alguém disparatado ou afável?... Berenice teve um sobressalto, pois estava prestes a saber de tudo isso! À sua frente, ela percebia uma silhueta de costas, cuja toga púrpura erguia-se ao vento. Ela gritou em sua direção:

— Vespasiano!...

O interpelado virou-se. Surpreendida, ela descobriu um jovem de cabelos naturalmente encaracolados. Ele sorriu, amistoso.

— Não sou Vespasiano, sou o filho dele, Tito. E você, quem é?

— Berenice. Desejo-lhe as boas-vindas em nosso país.

— Você é judia?

— Sim, sou judia...

Agripa não tardou a chegar e a apresentar-se também. Depois o próprio Vespasiano os alcançou... Enquanto dialogavam, Tito se afastara ligeiramente, a fim de observar em todos os detalhes a princesa judia; um adjetivo, o qual ele raramente empregara para descrever uma mulher, veio-lhe ao espírito: "soberba". Sim, ela era soberba, não havia outra palavra!... Mas ele se recompôs. Não poderia ter uma recaída. Ao contrário, devia mostrar a seu pai que, depois de suas extravagâncias romanas, tinha se emendado. Deixou de olhá-la e retornou para perto de Vespasiano. Era a hora de Marte, não a de Vênus!...

De fato, era oficialmente a hora de Marte. Um sacrifício ao deus Marte estava sendo preparado. O templo do monte Carmelo era o mais renomado entre todos os outros templos gentios da Palestina, e tinha sido por essa razão que Vespasiano decidira organizar a reunião no golfo de Ptolemaida. Ali, iria fazer um sacrifício e consultar os oráculos antes de se pôr a caminho.

Em torno do general, de seu filho e dos principais oficiais, estavam presentes os reis aliados e diversos notáveis da Palestina que teriam a honra insigne de assistir à cerimônia... O sacerdote surgiu, descendo com o passo solene os degraus do templo. Chamava-se Basilides, e sua sabedoria, segundo se dizia, era reputada até mesmo em Roma. Em todo caso, tinha o aspecto imponente, magro, muito alto, todo empertigado, com cabelos longos, uma comprida barba branca e um traje imaculado, da mesma cor.

Ele saudou o general e seus convidados. Três outros sacerdotes surgiram, trazendo um touro de pelame também imaculado, mas completamente negro. Um dos sacerdotes carregava um machado, outro trazia uma espada e o último puxava o animal com a ajuda de uma corda e de um anel que o prendia pelo nariz. Quando o touro estava bem diante de Vespasiano, o sacerdote que trouxera o machado o matou com um golpe violento e certeiro; depois o sacerdote que carregava a espada abriu-lhe o ventre no sentido longitudinal.

Basilides ajoelhou-se... Ele mergulhou as mãos nas entranhas fumegantes e palpitantes e as examinou. O ato durou muito tempo, no mais completo silêncio. Escutava-se apenas, ao longe, da base do morro, o rumor poderoso do exército. Enfim, o sacerdote do monte Carmelo ergueu-se e proclamou, com a voz poderosa:

— Vespasiano, quaisquer que sejam as suas aspirações, você ainda terá uma enorme morada, um território imenso e multidões de homens!...

Um longo murmúrio seguiu-se a essa declaração tão surpreendente quanto favorável. Agripa murmurou ao ouvido de sua irmã:

— Você escutou isso? Um pouco mais e ele lhe previa todo o império!

Berenice deu de ombros. Ela sentia apenas desprezo pelas práticas gentias. Os romanos tinham uma religião indigna deles e, por vezes, isso a punha fora de si.

— Você não vai me dizer que crê nessas tolices!

— Creio nelas tanto quanto você crê, mas as levo muito a sério. Os sacerdotes são sagazes, eles elogiam aqueles que consideram que um dia possam vir a ser poderosos.

— E daí?

— Daí, penso que seria melhor fazer o mesmo. O que você diria de entrar na intimidade de Vespasiano?

Berenice olhou para seu irmão com estupor.

— Você está me pedindo para ser a amante de Vespasiano?

— Dele ou de seu filho. Eu, em todo caso, estou pronto para deixá-la agir.

Berenice refletiu profundamente… Ela pensava nas palavras de sua mãe: "Você tem a beleza, e se Deus concedeu-a a você, é para que a utilize da melhor maneira possível…". Sim, Agripa tinha razão. Se ela queria conhecer o destino que lhe predissera seu pai, não tinha o direito de deixar passar uma ocasião como essa!

Restava então responder à questão: o pai ou o filho? Não se tratava, é claro, de uma questão de preferência, mas de oportunidades de êxito… Berenice observou mais uma vez o rosto rude de Vespasiano. Quando ela se apresentou a ele, Vespasiano lhe fizera apenas um sinal de restrita polidez com a cabeça, ao passo que, em Tito, ela vislumbrara certo brilho no olhar… Sim, estava decidido: seria Tito! Quanto ao resto, tinha-se de aguardar o momento favorável. Ela não tinha pressa… Virando-se para Agripa, disse-lhe, à meia-voz, enquanto os romanos passavam diante deles, em toga púrpura, a fim de retornar à planície:

— O filho!

Vespasiano tinha suficiente experiência militar para avaliar todos os trunfos que possuía e as dificuldades que o aguardavam em seu empreendimento... Dificuldades que seriam numerosas. Tinha diante de si uma população revoltada de dois milhões de pessoas, numa região que, além do clima árduo, era repleta de fortalezas. Mas também tinha dois trunfos: em primeiro lugar, todas as cidades costeiras eram-lhe fiéis, o que lhe dava uma retaguarda sólida. Em seguida, os judeus não tinham exército; assim, não haveria combates em campo aberto, mas uma sucessão de cercos.

Ele soube que cinco legiões acabavam de chegar à Síria, e tinham sido postas sob as ordens do novo governador, Muciano. Vespasiano surpreendeu-se que tamanho poderio, superior ao seu, estivesse sendo acantonado ao simples papel de reserva, mas, afinal de contas, talvez fosse mais sensato. A derrota de Céstio Galo mostrava que se deveria ser prudente...

Vespasiano deixou Ptolemaida no decorrer de abril. Ele decidira não se apressar, avançando estrategicamente. Era preciso, antes de tudo, impressionar o adversário, transmitir-lhe uma sensação de potência, de invencibilidade; era tempo que os revoltosos soubessem quem era Roma, que eles se arrependessem amargamente de terem se erguido contra ela, compreendendo que o momento do castigo havia chegado!

O exército moveu-se, portanto, por toda a Galiléia, numa ordem impecável que seguia ao pé da letra todo o regulamento militar. À frente, um destacamento avançado, encarregado de revistar eventuais esconderijos, a fim de evitar as emboscadas; em seguida, a engenharia militar, que tinha como objetivo aplainar o terreno e cortar os arbustos; depois, a cavalaria, seguida por Vespasiano e Tito em pessoa, com suas guardas, compostas por soldados de elite; depois, as bagagens e as máquinas de guerra, todas cuidadosamente vigiadas; por fim, o grosso da infantaria romana, marchando em seis fileiras, com suas insígnias e trombetas.

Era preciso mais de uma hora para que todos esses homens desfilassem, mas quem assistisse ao espetáculo não via nem a metade do exército! Atrás vinha a parte não-romana das tropas. Primeiro, os auxiliares estrangeiros que faziam parte das legiões; entre estes figurava Hugon, antigo camarada de orgias de Tito, à frente de um contingente germano. Depois ainda, vinham as tropas aliadas, sob o comando de seus respectivos reis. Já a retaguarda, que fechava o desfile, era romana e formada por soldados de infantaria e cavaleiros de elite...

Assim como Vespasiano o esperava, essa demonstração de força provocou várias defecções entre os rebeldes. Quando ele estimou que não era razoável esperar mais, decidiu passar à ação propriamente dita. Dirigiu-se a Jotapata, a fortaleza mais poderosa de toda a Galiléia, que ele sabia estar sob o comando de Josefo, o responsável por essa província...

Chegou diante da cidade em início de junho. Era, de fato, a temível fortaleza anunciada. Cercada por vales intransponíveis em três dos quatro lados, Jotapata era admiravelmente protegida em sua última encosta: havia uma única estrada de acesso, uma via estreita e escarpada, pela qual o exército não poderia de modo algum passar. A grande força dos romanos, porém, mais ainda do que o número de soldados, era a sua capacidade de trabalho. Os soldados da engenharia puseram mãos à obra e, em quatro dias, abriu-se uma ampla estrada, que permitia o acesso das tropas. Jotapata estava totalmente cercada.

Impressionados, os assediados foram tomados pelo desespero; alguns queriam se render, outros, se suicidar. Foi quando seu chefe manifestou toda a sua energia. Reunindo a população na praça principal, discursou para eles... Josefo, filho de Matias, originário de Jerusalém, pertencia a uma família de notáveis da Cidade Santa. Depois de sua vitória, os rebeldes tinham-no encarregado de ir à Galiléia para assegurar a defesa da região.

Josefo tinha, seguramente, um belo porte. Trinta anos, um pequeno bigode, a barba emoldurando finamente o rosto — o que o situava, sem risco de erro, entre os moderados —, tinha os cabelos castanhos com ondulações naturais, dentes brilhantes, o aspecto inteligente e distinto... Tomou a palavra com muita eloqüência.

— Somos o primeiro local a ser atacado pelos romanos. Todo o povo judeu tem os olhos fixados em nós: iremos decepcioná-lo?

Muitos "não" determinados lhe responderam. Vendo os habitantes recuperarem a confiança, tornou-se ainda mais vibrante:

— Não podemos mais escapar; pois bem, que seja para o melhor! Nosso dever está assim traçado: combater até o fim. Juremos lutar até a morte!

Formando um único movimento, vários braços se ergueram como sinal de juramento. Os assediados, galvanizados, tinham passado do desespero ao entusiasmo. O primeiro confronto da guerra judaica seria sem perdão...

Em face dessa determinação, Vespasiano mostrou-se fiel às tradições romanas: progredir de maneira paciente e inexorável, a custo de esforços gigantescos. Assim, ordenou a construção de nada menos do que uma rampa tão elevada quanto a muralha. Uma vez que ela estivesse na altura ideal, bastava fazer o exército utilizá-la para entrar no local! E os habitantes de Jotapata, petrificados, viram os romanos desmatarem as colinas das redondezas, carregarem pedras enormes, transportarem toneladas de terra e depositarem tudo isso ao pé de sua muralha.

É claro que os judeus lhes lançavam flechas e pedras, mas Vespasiano replicava, por sua vez, empregando todo o maquinário utilizado para o cerco, cento e sessenta no total. Alguns projetavam enormes rochas, outros atiravam braçadas de lanças, que choviam torrencialmente. Ao mesmo tempo, o general romano fez avançarem todos os seus arqueiros e atiradores de funda, que tinham como missão mirar no alto das muralhas e, logo, já era impossível para os assediados se aproximarem de suas próprias fortificações. Eles tentaram então incursões, executando ataques-relâmpago contra os construtores da rampa, mas logo tiveram de renunciar a esse expediente. Primeiro porque o risco era muito grande, pois eram obrigados a abrir suas portas e, por outro lado, essas operações tinham um custo altíssimo em vidas humanas.

O desânimo estava mais uma vez ganhando os habitantes de Jotapata, mas Josefo imaginou outro estratagema. Já que era impossível impedir os romanos de chegar à altura das muralhas, eles iriam elevá-las. E protegidos por peltas ou peles de touro, que amorteciam os projéteis, trabalhando noite e dia, os judeus tiveram êxito em seu empreendimento! A nova muralha estava mesmo tão espessa e convenientemente revestida quanto a original...

Três semanas inteiras haviam passado desde o início do cerco. Surpreendido por essa obstinação, mas de modo algum desencorajado, Vespasiano mudou sua tática. Já que a rampa não alcançava a altura necessária, ele iria utilizar o aríete.

O aríete era a maior das máquinas que Vespasiano tinha à sua disposição: uma imensa viga, grande como um mastro de navio, e extremada por uma maça de ferro representando a cabeça de carneiro. Ele era suspenso com a ajuda de cordas até outra viga sustentada por estacas e acionada por cem artilheiros que deviam agir em uníssono perfeito. Bem manejado, havia poucas muralhas sólidas o suficiente para resistirem a seus golpes.

A fim de chegar até o muro, o aríete era colocado sobre enormes rodas... Fazer com que a máquina subisse a rampa não foi nada fácil.

Necessitou-se dos esforços coordenados de cerca de mil soldados. Mas a operação teve êxito e se fez praticamente sem perda, com a ajuda de todas as máquinas e de todos os atiradores que ao mesmo tempo não cessaram seu ataque contra as muralhas... Logo, o terrível engenho estava a postos.

O primeiro golpe foi infernal. Parecia ser um terremoto, e que era toda a cidade que estava tremendo. Um grito de desespero escapou dos defensores, ao qual fez eco o urro de alegria dos que atacavam... Diante da ameaça, Josefo não tergiversou. Enquanto os golpes surdos ressoavam de maneira implacável, ele preparou uma incursão bem mais arriscada do que as precedentes. Pedindo aos habitantes que recolhessem toda a madeira seca que pudessem, ele as untou de betume e lançou-se para fora com um milhar de homens.

Sua aposta foi acertada... Os romanos, que não estavam preparados para um assalto dessa magnitude, cederam terreno. Josefo e seus homens conseguiram pôr fogo no terrível aríete. Breve, restava apenas a sua cabeça de ferro, que rolou pelo chão...

Os habitantes de Jotapata pensavam ter conquistado uma vitória decisiva. Infelizmente, existia um segundo aríete, exatamente igual ao primeiro, previsto para um evento semelhante; havia até mesmo um terceiro! Rapidamente, o gêmeo do primeiro aríete estava em posição e o desmoralizante barulho de demolição recomeçou. Tudo tinha de ser refeito!

Então tudo foi refeito... Pela primeira vez desde o começo do cerco, Vespasiano cometeu um erro. Depois da substituição do aríete, ele pensou que o moral dos assediados tinha sido definitivamente atingido, em todo caso, o suficiente para que eles reiterassem uma incursão de envergadura contra a máquina.

E foi, entretanto, o que Josefo fez! Mais uma vez, ele atacou o aríete com um milhar de homens. Totalmente surpreendidos, os artilheiros foram dizimados, e a imensa viga incendiada... Os romanos não tiveram outra escolha a não ser trazerem ao local o terceiro e último aríete, desta vez tomando todas as precauções para impedirem uma incursão dos judeus. Elementos da infantaria e da cavalaria de elite foram posicionados nas proximidades das portas de Jotapata. Se Josefo cometesse a loucura de aventurar-se fora das muralhas uma terceira vez, eles atacariam de imediato e a cidade seria conquistada.

Mais uma vez, o tremor surdo e regular recomeçou... As pedras da muralha começaram a ser rompidas. De tempos em tempos, uma delas caía, produzindo um estalido sinistro. Desta feita, a partida parecia vencida.

Isso era desprezar a tenacidade dos judeus. Diante do poderio romano e de seus inesgotáveis recursos, eles opuseram a arma que tinham: o heroísmo! Apesar das catapultas, dos arqueiros e dos atiradores de funda, surgiram habitantes correndo sob a chuva de projéteis e carregando recipientes de óleo fervente. Quase todos tombavam, mortos ou feridos pelo líquido em ebulição que transportavam, mas alguns conseguiram jogar o conteúdo do recipiente sobre os artilheiros do aríete. Viram-se mesmo vários homens se jogarem deliberadamente sobre eles, do alto das muralhas, com o tacho fervente nas mãos.

Algumas flechas eram atiradas de dentro da cidade. Uma delas atingiu o pé de Vespasiano, que avançara para perto do aríete, a fim de exortar os artilheiros a não fugir. Vendo o general no chão, os artilheiros, apavorados, fugiram em desordem. O próprio Vespasiano arrancou a flecha de seu pé e conseguiu reerguer-se, detendo o princípio de pânico que começava a ganhar o restante do exército. Mas não havia mais ninguém junto ao aríete e a noite caía. Ele sentiu que devia rever seus planos, pois nunca tinha estado diante de uma resistência tão ferrenha!...

Com a notícia do ferimento de Vespasiano, Tito correu, exasperado, para sua tenda... Pai e filho pouco tinham se visto desde o início do cerco. Tito não estava sob os muros de Jotapata, pois recebera a missão de guardar as cercanias com sua legião. Era preciso evitar o improvável, mas sempre o possível envio de socorro aos assediados.

Sua função limitava-se, portanto, à simples operação de vigilância: controlar as idas e vindas, situar sentinelas nas alturas. A tarefa era extremamente fastidiosa e, se não fosse o calor cada vez mais opressor, seria possível falar de um simples passeio...

Durante esses dias de inação, Tito fervera, tanto no sentido próprio quanto no figurado. Ele não conseguia mais permanecer inativo, enquanto os outros arriscavam suas vidas em combate! Por essa razão, tão logo se assegurou do estado de saúde de seu pai, dirigiu-se a ele cheio de ímpeto:

— Deixe-me atacá-los. Devo vingar o que fizeram a você com as minhas próprias mãos!

Vespasiano sorriu.

— Você é um general, Tito, não um simples oficial. Você não tem o direito de se expor.

— Mas claro que tenho! Quando o moral da tropa foi atingido, o chefe deve pagar pessoalmente. Você não pode mais ir à frente de batalha, então devo substituí-lo!

Vespasiano tentou argumentar. Ele queria proteger seu filho, mas era forçado a reconhecer que Tito não estava errado. Caso se tratasse de outro de seus generais, ele daria sua concordância. Tito insistiu com ardor:

— Peço-lhe encarecidamente: deixe-me comandar o ataque. Amanhã, a cidade será sua!

Finalmente, apesar de toda a sua apreensão, Vespasiano inclinou-se. Era preciso confiar no destino...

No dia seguinte, no alvorecer, Tito atacou Jotapata. Ele decidira renunciar à surpresa. Contrariamente, escolhera utilizar-se de todas as forças de que dispunha, pensando provocar, com isso, um sentimento de terror em seu adversário. Na hora determinada, as trombetas soaram e os legionários se puseram a caminho, numa ordem impecável, quase como se desfilassem, reunidos atrás de suas insígnias e de seus oficiais. À frente, todos podiam ver, vários passos adiante, a toga púrpura do general...

Tito não se enganara. Visto de frente, o espetáculo era atemorizador. Algumas mulheres que estavam nas muralhas naquele momento começaram a gritar, e muitos homens tremeram... Josefo despertou às pressas, determinou que as mulheres se trancassem em casa para que não desmoralizassem os combatentes e deu a ordem para que fossem procurar por óleo fervente, que se mostrara a mais eficaz arma de defesa. Então, os soldados romanos soaram juntos o grito de guerra e atiraram as lanças que tinham nas mãos. O céu escureceu acima de Jotapata: a batalha havia começado.

A rampa foi rapidamente galgada, escadas foram instaladas e, com Tito à frente, os romanos iniciaram o assalto... O combate foi ferrenho e permaneceu indeciso por bastante tempo. Por várias vezes, Tito viu-se projetado ao chão de uma altura impressionante, mas tornou a atacar com o mesmo ardor. Ele recuperava os mesmos sentimentos experimentados na Germânia: esse esquecimento de tudo proporcionado pelo combate. Não se tem medo quando se está lutando; o medo vem antes, não durante...

Quando o dia estava próximo da sua metade, Tito sentiu que suas tropas começavam a ceder terreno... O óleo fervente, principalmente, causava enormes estragos, pois, diferentemente de espadas e projéteis, as couraças não protegiam do líquido em ebulição, que se infiltrava, causando terríveis queimaduras. Os gritos atrozes dos que tinham sido atingidos impressionavam os outros. Logo, aconteceu o recuo, depois a retirada. Os assediados permaneciam donos do lugar.

Tito fracassara, mas sua iniciativa não havia sido totalmente inútil. Como conseqüência dessa ação, o moral do exército foi subitamente recuperado. A bravura do jovem general entusiasmou os soldados. Depois da visível destreza demonstrada pelo pai, eles descobriam a coragem do filho. Sobretudo para os que tinham combatido sob o comando de Céstio Galo, foi um enorme alívio: com chefes assim, eles estavam certos da vitória!

Vespasiano, sabendo reconhecer o fato com perspicácia, cumprimentou seu filho, mas retornou a seu modo de agir, com paciência e método. Abandonando definitivamente o aríete, ele ordenou que fossem construídas torres cobertas de ferro, o que as tornava ininflamáveis para o caso de novo ataque. Elas foram instaladas no alto da rampa. Também posicionou atiradores de elite no local, que dominavam igualmente boa parte da cidade. Na impossibilidade de revidar, os judeus perderam, dia após dia, vários homens.

Ao mesmo tempo, as máquinas não tinham sido abandonadas. Os estragos causados pelas catapultas, em particular, eram terríveis. Acontecia com muita freqüência de um só arremesso abater vários homens. Além disso, não havia nenhum barulho mais desmoralizante do que aquele. O silvo fazia com que instintivamente eles enterrassem a cabeça entre os ombros; o ruído do impacto causava sobressaltos. E era ainda mais terrível quando o silvo não era seguido por nenhum som. Significava que o projétil atingira um corpo e que havia mais uma vítima!...

Tito, por sua vez, retornara ao ingrato trabalho de vigilância dos arredores de Jotapata. Assim, ele estava livre dos perigos da guerra, mas não de todos os perigos... Uma noite, deitado sob sua tenda, ele finalmente conseguira adormecer, depois de muito lutar contra os mosquitos e o calor, quando, de repente, viu-se no campo de Marte, em Roma. Britânico, que estava em sua fogueira, completamente verde, ergueu-se e abriu a boca para lhe dizer alguma coisa...

Tito acordou com um sobressalto. Ele tivera o mesmo pesadelo na Germânia!... E deve ter gritado, pois vários oficiais correram à sua tenda. Ele os tranqüilizou, mas ele mesmo não estava nada tranqüilo. Essa inação era insuportável, punha seus nervos à flor da pele. Já era tempo de esse cerco a Jotapata terminar!

E terminou, pouco depois... Ao fim de aproximadamente dois meses de resistência, os assediados chegaram ao limite extremo de suas forças. As baixas tinham sido enormes, o estado de espírito estava no nível mais baixo. De tanto receber golpes sem poder responder, suas reservas de víveres e, principalmente, de água estavam quase esgotadas. Começaram a acontecer deserções, e um dos fugitivos, para salvar a própria vida, concordou em trair seus compatriotas. Ele revelou a Vespasiano que os soldados estavam esgotados e que, de madrugada, cochilavam. Se os romanos atacassem naquele momento, era certo que os venceriam.

Vespasiano convocou Tito. Queria deixar-lhe a honra de tomar Jotapata; caberia a ele conduzir suas tropas... Assim, um pouco antes da alvorada, no maior dos silêncios, diferentemente da primeira vez, ele escalou o muro à frente de seus homens. Reinava uma névoa intensa... O traidor não mentira: as sentinelas estavam adormecidas. Todos caíram sob a lâmina das espadas romanas. Em seguida, no mesmo silêncio, eles se esgueiraram pelas ruas da cidade e continuaram o morticínio. Quando o alerta foi finalmente dado, já era tarde demais! Os últimos combatentes foram massacrados e a matança prosseguiu por todo o dia. As ordens de Nero eram formais: não poupar ninguém. Toda a população masculina de Jotapata foi exterminada e as mulheres e crianças foram aprisionadas e vendidas como escravos. Tito vencera sua primeira batalha, que estava longe de ser enaltecedora, mas ele cumprira com seu dever...

Quanto aos chefes, ao contrário, as ordens de Nero eram para que os poupasse. E não dissera exatamente a razão. Talvez para torturá-los, talvez porque estivessem destinados a serem exibidos como cativos em Roma, durante o desfile triunfal que se seguiria à vitória. Em todo caso, Vespasiano seguia à risca a recomendação de protegê-los e cuidar para que fossem bem tratados. Mais tarde, receberia instruções complementares.

Assim que Jotapata foi tomada, procurou-se Josefo entre os mortos. Em vão... Como não pudera fugir em virtude do cinturão de soldados que cercava a cidade, ele devia forçosamente estar escondido em algum lugar. Vigorosas buscas foram iniciadas para encontrá-lo, mas se mostraram infrutíferas...

Josefo estava de fato escondido, e muito bem escondido... Havia em Jotapata uma cisterna bastante profunda cavada na rocha. Essa cisterna se comunicava com o exterior através de um poço que, por sua vez, era dissimulado por uma gruta. Na estação das chuvas, derramava-se ali a água recolhida em toda a cidade com a ajuda de tinas, e ela servia de reservatório para os habitantes. Vazia há muito tempo em razão do cerco, ela era vasta o suficiente para abrigar muita gente. Fora ali que, sentindo que tudo estava perdido, Josefo e aproximadamente quarenta outros homens, a maioria chefes da revolta, encontraram refúgio.

Eles ficavam sob a terra por todo o dia, saindo à noite para tentar deixar a cidade. Mas a guarda montada pelas sentinelas romanas era muito eficiente, e toda manhã eles tinham de retornar à cisterna. No terceiro dia, porém, um deles foi capturado. Interrogado, não tardou a revelar a existência do esconderijo, assim como a presença de Josefo no grupo.

Vespasiano foi pessoalmente ao local. Ele gritou na abertura do buraco:

— Josefo, você está aí? Aqui é Vespasiano quem está falando. Saia daí e pouparemos a sua vida. São ordens formais de Nero!

Embaixo, uma voz cavernosa respondeu:

— Estou aqui sim, mas não sairei! É uma armadilha!

— Não é uma armadilha. Tem a minha palavra de romano. De toda maneira, se você continuar aí dentro, estará perdido...

No fundo da cisterna, houve um momento de silêncio, depois vieram brados. Eles duraram muito tempo, parecendo mesmo que se eternizariam, enquanto no alto Vespasiano continuava a esperar... Ele hesitava em fazer com que seus soldados descessem; Josefo e seus homens deviam estar armados e, no confronto, o chefe da rebelião para a Galiléia arriscava-se a malograr. Era melhor esperar. Deixou seus soldados de guarda, pedindo que fosse prevenido assim que houvesse alguma novidade...

Embaixo, passava-se algo pouco comum. Josefo queria se render, mas os seus companheiros não partilhavam de seu ponto de vista. Estavam mesmo particularmente indispostos contra ele.

— Onde estão seus belos discursos? "Lutemos até a morte!" Você nos disse isso, não?

— Sim, mas...

— Então, matemo-nos! Basta virarmos nossos gládios contra nossos corpos para mostrarmos a eles como os judeus sabem morrer!

— Há um tempo para cada coisa. Enquanto ainda havia esperança, nós deveríamos lutar, mas agora que tudo está perdido...

— Você é um covarde, Josefo!

— Não sou covarde, apenas me recuso a me tornar criminoso!

E Josefo, que tinha a fama de ser um bom orador, lançou-se num grande discurso sobre o suicídio, esse crime contra Deus, mais grave do que todos os que poderiam ser cometidos contra os homens... Essas palavras tiveram o dom de levar a exasperação de seus companheiros ao máximo. Eles começaram a correr atrás de Josefo de espada em punho, enquanto ele repetia:

— Vocês não vão matar seu general! Vocês não vão matar seu general!

Efetivamente, cometer tal ato estava acima de suas forças. Alternadamente, cada um erguia o gládio sobre ele, mas nenhum ousava abatê-lo... Por fim, Josefo deixou-se cair no chão, sem fôlego.

— Muito bem! Aceito morrer com vocês, mas não cometendo o suicídio. Escutem-me...

Com isso, todos se detiveram e ficaram a seu lado, atentos. Assim, eles voltavam a conceder-lhe o respeito manifestado durante os combates. Josefo, por sua vez, recuperara sua firmeza:

— Eis o que iremos fazer: vamos nos matar. Sortearemos a ordem em que cada um vai morrer e o que ficar por último cometerá o suicídio. Já que sou o chefe de vocês, aceito ser esse último homem e desonrar-me com esse crime. Estou certo de que o Eterno, que lê nossos corações, vai me perdoar...

Nenhum deles fez objeção. Tinham confiança em Josefo e, além disso, já estavam fartos, queriam acabar logo com aquilo!... No chão, havia vários cacos de cerâmica. Com suas espadas, todos gravaram seus nomes nos pedaços de argila, que foram entregues a Josefo. Ele foi tirando os fragmentos, um após outro, e lia em voz alta o que estava escrito. Com a chamada de seu nome, o homem designado aproximava-se de um dos seus camaradas, estendia a garganta e, com um só golpe, o escolhido a cortava.

Logo, restavam apenas dois, Josefo e um tipo chamado Nicanor, que se aproximou como os outros, estendendo a garganta. Josefo tomou sua espada, ergueu o braço, hesitou por alguns instantes, depois a abaixou.

— Não posso... Matar um judeu está acima de minhas forças!

— Então, dê-me sua espada, vou degolá-lo e me suicidar em seguida.

— Não, também não posso impor-lhe esse crime... Só nos resta rendermo-nos os dois.

Assim como tinham feito anteriormente seus companheiros, que naquele momento jaziam numa poça de sangue, o homem não objetou. Ele ajudou Josefo a colocar as escadas no lugar e, pouco depois, saíam do poço...

O antigo chefe de Jotapata viu-se rapidamente diante de Vespasiano... Esse homem espantoso, depois de ter escapado da morte em condições tão particulares, continuava a surpreender. Ao entrar na tenda do general, Josefo o olhou de uma maneira inspirada, penetrante, assim como fez com Tito, que também estava presente... Vespasiano estendeu-lhe a mão.

— Saúdo em você um adversário valoroso. Descanse, recupere suas forças. Creio que em breve o imperador quererá vê-lo.

Mas, para sua surpresa, Josefo balançou negativamente a cabeça.

— Só descansarei quando tiver dito o que tenho a lhe dizer.

— O que um vencido tem para me ensinar?

— Isto aqui! Acabo de ter uma visão. Esqueça Nero. Em breve ele não será mais imperador. O imperador, ao contrário, vejo-o diante de mim, ou melhor, vejo dois imperadores! Pois digo-lhe, Vespasiano: você reinara e seu filho o sucederá!

Vespasiano retrocedeu alguns passos.

— Você está divagando... Está dizendo uma tolice qualquer para salvar o próprio pescoço!

— Não estou divagando: Deus deu-me o dom da profecia. E não tenho a necessidade de salvar meu pescoço, já que você resolveu poupar-me a vida. Muito ao contrário, estou correndo um tremendo risco ao predizer o fim de Nero.

Não era possível contradizê-lo... Tito e Vespasiano olharam-se em silêncio. Era a segunda vez que o Império lhes era prometido: Harpax, nas termas, para Tito; Basilides, para Vespasiano, no monte Carmelo; e agora Josefo, para ambos. Sem contar a profecia de Jerusalém, segundo a qual aquele que tomasse a cidade tornar-se-ia o senhor do mundo... Eles estavam tão perturbados que não tinham palavras. Por fim, Vespasiano acabou por dizer, com a voz incerta:

— Saia daqui. Você é meu prisioneiro, mas cuidarei para que seja bem tratado...

Josefo acabou de desaparecer quando o soldado de guarda anunciou o rei Agripa, que pedia uma audiência. Vespasiano o fez entrar, sem demora. Depois da previsão de Josefo, ele ficou contente em ter alguma distração.

Agripa trazia no rosto um amplo sorriso, mostrando muita destreza em suas maneiras. No íntimo, porém, ele estava extremamente tenso. Era o momento que ele e Berenice tinham escolhido para executar o projeto mútuo.

— A campanha foi árdua, Vespasiano!...

Vespasiano concordou, um pouco distraído. Visivelmente, sua mente ainda divagava.

— Pensei que, depois dessa brilhante vitória e antes dos futuros sucessos, você e seu filho talvez quisessem repousar um pouco. Eu seria o mais feliz dos homens se me dessem a honra de acompanhar-me até meu palácio, em Cesaréia de Filipe!

Vespasiano não hesitou por muito tempo. Era verdade que a campanha tinha sido fatigante; sua ferida, sobretudo, ainda lhe causava bastante sofrimento. Apesar de toda a sua resistência, tinha vontade de descansar por uns dias. E precisava também tranqüilizar sua mente. Todos esses presságios em torno dele e de seu filho iriam terminar fazendo com que perdesse a cabeça...

— Aceitamos de bom grado, Agripa, e o melhor seria partir imediatamente.

— Sintam-se agradecidos, em meu nome e no de Berenice. Sei qual será sua alegria por recebê-los.

Agripa inclinou-se e saiu da tenda, cheio de esperanças. Ele não deixara de observar atentamente os dois homens no momento em que pronunciou o nome de Berenice. Vespasiano nem mesmo piscara, mas Tito tinha esboçado um sorriso...

O encanto de Cesaréia de Filipe ainda era maior durante o verão. Aquele que conhecesse outras partes da Palestina, cujas paisagens eram freqüentemente austeras, com a terra vermelha e o chão pedregoso, tinha a impressão de entrar no paraíso. A cidade, construída ao pé de uma colina, estendia-se ao longo do rio Jordão. O clima variava pouco durante o ano e, mesmo em plena canícula, a temperatura era quase amena.

À medida que se aproximavam, Vespasiano e Tito eram tomados pela admiração. Os magros arbustos foram subitamente substituídos por uma mata verdejante: plátanos, acácias, mimosas, loureiros vermelhos, rosa e brancos. As árvores eram povoadas por pássaros que cantavam um melhor do que o outro, e praticamente todas estavam em flor. Era um verdadeiro regalo para a visão, a audição e o olfato!

Naquele cenário dos sonhos, o palácio parecia ainda mais belo. Ele não fora construído com mármore, mas com uma bela pedra amarela que se adaptava perfeitamente ao ambiente. Erguido em meio a um imenso jardim, o rio Jordão, que ali era margeado por chorões, o percorria em ambos os lados. Na margem à frente, vários moinhos d'água faziam parte de suas dependências. Suas grandes pás giravam lentamente, produzindo um ruído regular...

Berenice esperava por seus hóspedes diante da fachada de colunatas. Dois jovens escravos apresentaram aos visitantes bacias de ouro contendo água perfumada para que pudessem se refrescar. Ela foi rapidamente ao encontro deles, fazendo mil perguntas acerca da viagem, de sua saúde, em particular a de Vespasiano: não estava sofrendo muito com seu ferimento?...

Tito não podia deixar de pensar consigo mesmo que encontrara a palavra perfeita para defini-la: decididamente, ela era soberba! Desta vez, porém, ele ficou ainda mais impressionado com a sua voz. Não tinha notado o quanto ela era calorosa, envolvente, com um leve sotaque que a tornava ainda mais misteriosa...

Berenice fez as honras do palácio, e dos jardins ela os conduziu às estrebarias. Com um sinal seu, outros escravos apareceram, trazendo pelas rédeas dois cavalos magníficos, de pêlo imaculado, um branco, outro negro.

— Comprei-os do rei Malc, da Arábia. Ele me certificou de que eram os mais belos que possuía. O branco é para você, Vespasiano. Ele se chama Bucéfalo, como o de Alexandre. Isso mostra o quanto foi talhado para você!

Vespasiano agradeceu à princesa ardorosamente. Seu reconhecimento não era falso. Ele era um grande apreciador de cavalos e sempre sonhara em possuir um semelhante àquele, mas nunca tivera os meios de obtê-lo. Pois ainda que Vespasiano tivesse se tornado a personagem mais importante da Palestina, ele não era rico; depois de sua estada na África, tornara-se mesmo pobre... Berenice virou-se para o filho dele com muita graça:

— O negro é seu, Tito. Ele não tem nome, ou melhor, ela não tem nome, é uma égua. Cabe a você dar-lhe um nome.

Tito possuía o espírito ágil e a arte do elogio. Imediatamente replicou:

— Agradeço-lhe, princesa. Vou chamá-la de Esplendor, para lembrar-me sempre de quem me deu tão belo animal.

Berenice pareceu comovida e retirou-se, deixando-os se instalarem em seus aposentos. Ela devia se preparar para o banquete daquela noite...

Esperando pelas comemorações, Tito foi fazer um passeio pelos jardins. Ele perambulava lentamente, observando e escutando...

Pombas arrulhavam num poleiro; pavões brancos circulavam em liberdade. Não havia no mundo outro lugar que o faria se sentir tão bem quanto ali. Pois acabava de passar por uma dura experiência; não se tratava da guerra, que fora clemente com ele, mas do sonho, sobre o qual ele não falara com ninguém. E, naquele cenário tranqüilizante, luxuoso, encantador, ele se esqueceria de seus tormentos...

Seus pensamentos vagavam. Pouco a pouco, a imagem de sua anfitriã começou a persegui-lo. Em seu espírito, ele a comparou a todas as mulheres que conhecera e não encontrou nenhuma que lhe chegasse aos pés. Havia, certamente, as que eram tão belas quanto ela, sobretudo sua primeira e efêmera esposa, Aricídia Tértula. Mas se Aricídia tinha as formas e o rosto impecáveis, não exercia a mesma sedução; era perfeita, mas não perturbadora.

Então, Tito decidiu voltar a ser, durante sua estada naquele local, o Tito sedutor, o Tito arrebatador, o Tito Venusto! Seu pai não teria nada a censurar: afinal, esse não era um privilégio dos guerreiros vencedores? Durante a sua curta mas tumultuada carreira amorosa, ele tivera romanas e germanas, mas também, nas orgias com Hugon, escravas de todas as origens, incluindo-se negras e mesmo uma indiana, mas nunca uma judia, muito menos uma princesa. Como, nessas condições, resistir à tentação? Com o favor dos deuses, ele somaria a seu quadro de conquistas, naquela mesma noite, uma princesa judia!

Uma multidão de escravas especializadas amontoava-se ao lado de Berenice: maquiadoras, cabeleireiras, camareiras, manicuras, pedicuras, perfumistas... Contrariamente às aparências, a cena não tinha nada de fútil, pois estava marcada por grande gravidade. Berenice pensava mais uma vez na enorme concentração de homens e materiais que ela vira em Ptolemaida. Naquela tarde, a mesma coisa acontecia em seu quarto. Ela estava se preparando para sua própria campanha; suas tropas eram mais especializadas na beleza feminina, todas recrutadas a peso de ouro; suas lanças, suas máquinas de guerra e seus carros de combate chamavam-se cosméticos, cremes, ungüentos, essências, bálsamos...

Sua couraça era uma túnica especialmente feita para a ocasião, uma maravilha inteiramente tecida com fios de ouro. A camareira arrumara os tecidos de maneira a revelar um decote, o que, porém, não era habitual para aquele tipo de vestimenta, mas a serviçal assegurara a Berenice que seus seios estavam entre os seus maiores encantos, e que seria um crime escondê-los.

Quanto ao perfume, Berenice permanecia fiel ao que ela usara durante o seu casamento com Polemon: uma mistura fortemente excitante de nardo indiano, mirto da Arábia, bálsamo de Jericó e jasmim. Ela tomara o cuidado de não colocar muita essência diretamente sobre si. Dissimulara a maior parte no vaporizador de sua sandália, podendo utilizá-la com um movimento do pé quando julgasse ser decisivo. Como na guerra, o poderio das armas não era tudo, também havia a maneira de utilizá-las, a tática, a estratégia!

As jóias vinham por último... E não haviam mudado: a Cidade de Ouro de Quipros sobre os cabelos e o diamante de Agripa como pingente. Mas ela aumentara o luxo do colar acrescentando outros diamantes em torno da pedra central... Essa demonstração de luxo estava destinada menos a Tito do que a Vespasiano, pois se dizia que ele estava pobre, e até mesmo que era avarento. Era preciso mostrar toda a riqueza dos Herodes; assim, ele veria com bons olhos seu filho aliar-se a uma família cuja fortuna poderia ser útil um dia...

— Saiam todas!

A cabeleireira havia acabado de fixar a seu penteado um último grampo de platina. Berenice julgou que não deveria ir mais adiante. É certo que se poderia avaliar que um ou outro detalhe deveria ser ressaltado, mas a prontidão física não era tudo, ela devia se preparar espiritualmente e, para isso, precisava de tempo, de recolhimento...

Assim que as escravas se eclipsaram, Berenice foi pegar um cofre de madeira de ébano incrustado de lâminas de madrepérola e marfim, e o abriu lentamente. O grande momento, aquele pelo qual, de certa maneira, ela esperava por toda a sua vida tinha chegado!

O cofre continha dois espelhos de tamanho e formato exatamente semelhantes, ambos com a face refletora voltada para o fundo da caixa. Tomando o primeiro, ela o virou e olhou-se... Esforçando-se para julgar-se com a maior imparcialidade, tentava não levar em conta os artifícios que a haviam embelezado. Seus cabelos castanhos estavam brilhantes e sedosos, não se distinguindo nenhum fio branco. O oval de seu rosto era perfeitamente regular, e, por mais que perscrutasse, não encontrou nenhuma ruga, nem mesmo em torno dos olhos, que nela eram negros e alongados. O nariz era impecável e seus lábios tinham algo de gulosos, o que atraía os homens.

Então, era possível presumir sua idade?... Pois essa era a angústia de Berenice. Ela tinha trinta e oito anos, o que é muito quando a vida de uma mulher começa aos treze! Havia vinte e cinco anos que ela se casara pela primeira vez, e quase podia ser uma avó. Ela sabia que Tito tinha apenas vinte e seis anos: esse não seria um obstáculo insuperável? A resposta viria do segundo espelho. Ela avançou a mão trêmula...

Virando o espelho, ela deu um grito!... Havia muito tempo que não agia como quando era uma mocinha, não contemplava mais para um sim ou para um não o retrato de Mariana. Além disso, desde os terríveis eventos da Palestina, Berenice tinha outras preocupações na cabeça, abandonando por completo o precioso objeto... Imagina-se então o choque experimentado por ela ao ver lado a lado a pintura e seu próprio reflexo! Era como se fossem duas irmãs, duas gêmeas, duas cópias do mesmo ser: ela era Mariana, Mariana era Berenice!

De fato, era algo que Berenice podia esperar, já que sua bisavó também tinha trinta e oito anos no retrato, mas tal semelhança desafiava a imaginação... Mariana sorria na imagem pintada e ela também sorria, tentando imitar sua expressão, ao mesmo tempo ardente e serena. Conseguiu, era isso: as duas imagens estavam exatamente iguais naquele momento!

Berenice continuou a observar sua ascendente, fascinada. Seus pensamentos giravam... Mariana não mudaria jamais. Petrificada pela morte, ela ficaria para sempre igual a si mesma. Berenice, porém, continuaria a viver, a se transformar, a envelhecer. Naquele instante, pareceu-lhe que sua bisavó lhe dava a vez, que agora cabia a ela concretizar o que a loucura criminosa de Herodes havia impedido. Pareceu-lhe escutar a voz de Mariana erguer-se dentro do quarto:

— Vá, Berenice! Vá, por mim!

Berenice, então, devolveu os dois espelhos ao cofre e deixou o aposento.

Vespasiano e Tito não estavam mais sozinhos em Cesaréia de Filipe. Uma escolta inteira os acompanhava e, em particular, o sacerdote do monte Carmelo, Basilides. Depois de sua predição, Vespasiano desejou que este o seguisse por toda a campanha.

Os convivas passariam à mesa quando Basilides manifestou-se... Em razão da temperatura amena, o banquete acontecia nos jardins. As mesas tinham sido dispostas no meio de um bosque de loureiros e mimosas; tochas estavam prontas para serem acesas quando a escuridão o exigisse. O sacerdote surgiu com uma pomba nas mãos. Ele anunciou que, depois de ter feito um sacrifício a Marte, segundo as instruções de Vespasiano, iria, naquele momento, a pedido de Tito, fazer o mesmo em homenagem a Vênus.

Colocando o pássaro sobre uma das mesas, ele retirou da veste uma faca de ouro e, com um gesto preciso, fez uma incisão no peito do animal e retirou-lhe o coração. Elevou o órgão à altura de seu olhar, examinou-o longamente, como fizera com as entranhas do touro, e declarou:

— Tito, Vênus concede a você um triunfo semelhante ao que Marte reserva a seu pai.

Um burburinho animado e alegre fez-se ouvir entre os convidados... Berenice estava naquele momento ao lado do sacerdote e, apesar dos instantes decisivos os quais ela se preparava para viver, não conseguiu se impedir de dizer-lhe o que pensava de sua religião:

— Como você aceita se ridicularizar assim? Seus deuses são lastimáveis! Você não compreendeu que Deus só pode ser único?

Basilides não demonstrou nem raiva nem surpresa diante daquela atitude grosseira. Ele se portou calmamente:

— Contrariamente ao que você pensa, princesa, li os seus textos sagrados. Conheço o seu Deus e ele não me deixa envergonhado dos meus.

— Então é a idade que o está atingindo!

— Talvez meus deuses sejam lastimáveis, mas o homem também é lastimável. Veja, cada um deles representa uma parte da alma humana, e nós não devemos negligenciar nenhum.

Ele apontou para Tito, que conversava com Agripa.

— Tito é um sábio, pois tem em seu altar estátuas de Marte e Vênus. Aquele que adorasse somente Marte seria alguém bruto e grosseiro, mas quem o fizesse apenas com Vênus seria covarde e devasso. O equilíbrio e o comedimento, eis o que os meus deuses ensinam.

E como Berenice oferecesse como resposta apenas um muxoxo de desdém, Basilides aproximou-se e falou a seu ouvido:

— Apesar de você a desprezar com tanta força, Vênus existe e se vinga cruelmente de quem a negligencia. Que você não tenha o dissabor de um dia ter de experimentar a sua vingança!

Berenice deu de ombros e saiu, deixando-o plantado ali. Esse velhote a exasperava. Ela já tinha perdido muito tempo com ele...

O mestre-de-cerimônias já estava instalando cada um em seu devido lugar. Ela foi sentar-se no leito de ouro de dois lugares que deveria partilhar com Tito. Depois foi a vez de ele chegar...

A partir daquele momento, porém, nada aconteceu como os dois tinham previsto. Esperando por uma grande resistência, os dois começaram a utilizar de quanta sedução dispunham: Tito multiplicava os ditos espirituosos, Berenice estudava suas poses e seus sorrisos. Depois, de repente, ambos perceberam que tinham exatamente as mesmas intenções!

De súbito, perderam a pose. A cena tornava-se quase cômica. Quando alguém se precipita com todas as suas forças para arrombar uma porta e percebe que ela está aberta, continua a correr, levado pelo impulso, mas perde o equilíbrio. Era exatamente o que estava acontecendo aos dois. Eles se calaram, sem saberem o que dizer, evitando até mesmo se olharem.

Na mesa que estava diante deles, podiam escutar, em contrapartida, conversas em altos brados. Era Agripa em companhia de Zelma, a filha do rei Antíoco de Comagena. Ele estava clara e imoderadamente lhe fazendo a corte, o que ela parecia apreciar.

É claro que toda a cena tinha sido cuidadosamente planejada pelos dois irmãos. No caso de suas relações terem chegado aos ouvidos de Tito, tratava-se, dessa maneira, de desmentir qualquer boato. Mas Tito não prestava atenção em Agripa nem em Zelma de Comagena. Ele apenas se perguntava de que maneira iria sair dessa situação embaraçosa...

As margens do rio Jordão eram reputadas por abrigarem borboletas de extraordinária beleza. Uma delas, de um azul profundo, pôs-se a voar entre os dois. Ela girava, hesitando, e depois decidiu, de modo brusco, quase resolutamente, pousar no decote de Berenice, ao lado do enorme diamante... Em outras circunstâncias, Tito teria pronunciado uma banalidade do gênero: "Ela escolheu a mais bela das flores".

Mas não disse nada; não tinha vontade de dizer o que quer que fosse. Tito aproximou suas mãos, pegou a borboleta e a manteve prisioneira. Depois, levantou-se e Berenice o seguiu...

Ao pisar no chão, ela sentiu um contato que a surpreendeu. Era o vaporizador que estava na sandália e que deveria ser utilizado no momento fatídico. Berenice abaixou-se para retirá-lo e o jogar na relva. Tito, por sua vez, continuava a segurar a borboleta em suas mãos. Os dois iriam obter o que queriam, mas estavam cheios de inquietude e desconforto. Desde que se aproximaram, passaram a não mais dominar os acontecimentos. Aquele jogo, que, porém, fora desejado por eles mesmos, estava escapando-lhes das mãos...

O quarto que Berenice preparara situava-se afastado do palácio; de fato, era um pavilhão no jardim, não longe do Jordão. Ela ordenara que as paredes fossem cobertas de afrescos representando amores e ninfas, esperando que o cenário que para ela nada significava agradasse a Tito. Ao entrarem ali, porém, nenhum dos dois prestou atenção em nada.

O aposento estava suavemente iluminado por lâmpadas que queimavam óleo misturado com essências perfumadas. Mais uma vez, o arranjo não provocou nada nos dois. A cama, uma cama de prata que tinha em cada um de seus cantos um pescoço de cisne, os aguardava... Foi nesse momento que Berenice recuperou o domínio de si. Ela não ia se deixar levar por muito tempo. Já que decidira se entregar a Tito, ela não recuaria! Despiu-se de sua túnica, que deslizou ao chão; depois, retirou seu colar, suas roupas de baixo e, por fim, a Cidade de Ouro e os grampos de platina, que liberaram a longa cabeleira. Tito soltou a borboleta, que foi circular perigosamente em torno de uma lâmpada. Ele a apagou, a fim de que ela não se queimasse, depois apagou todas as outras. Então, por sua vez, despiu-se e uniu-se a Berenice...

Ele também tinha recuperado a confiança. Ainda que mais jovem do que sua parceira, era ele, e de longe, o mais experiente. Tito conhecia as mulheres e sabia o que elas esperavam de um homem. Na cama de pescoços de cisne, ele se mostrou um amante verdadeiro, tornando-se, mais uma vez, Tito Venusto, cujas proezas eram sussurradas por todas as romanas da corte.

Berenice, subjugada por esse turbilhão, contentou-se em se resignar e, quando o prazer mútuo chegou, ela desmoronou, aos pedaços. Ele não disse nada, ela tampouco nada disse. Escutava-se apenas, ao longe, o ruído regular das pás dos moinhos... Foi quando Berenice se sentiu invadida por uma sensação que a ultrapassava, que vinha das profundezas de sua alma, que subia como uma vaga e que, progressivamente, a submergiu por inteiro.

Passava-se algo de extraordinário, de perturbador, de inédito: seu corpo punha-se a existir. Seu corpo, que até aquele momento reduzia-se ao papel de instrumento, seu corpo humilhado, conspurcado, aviltado, ao qual ela outorgara apenas, a fim de obedecer à sua ambição, os abraços de um tio e os de um irmão, esse corpo se revoltava! Seu corpo estava farto, seu corpo dizia "não"! Ou, melhor, dizia "sim". Sim, a esse outro corpo que a tornara plena, sim, com todas as forças de que era capaz essa descendente de Mariana, de Salomé e de Herodíades, sim, atendendo a todos os desejos por muito tempo acumulados, a todas as frustrações, a todas as suas loucuras!

Então, com quase quarenta anos, Berenice, a amorosa, Berenice, a apaixonada, veio ao mundo. Como os recém-nascidos, sua chegada à luz se fez por meio de um grande grito, um grito furioso, um grito enraivecido, quase bestial. E ela se atirou sobre Tito, como se inicia um assalto...

Foi a vez de Tito sentir-se transbordado e não mais compreender o que lhe estava acontecendo! Apesar de toda a sua experiência, nunca vira uma mulher comportar-se daquela maneira. Márcia Furnila desfalecia, em êxtase, mal era tocada; as parceiras de suas orgias apenas participavam de um jogo. Ali, acontecia algo muito distinto. Berenice o arrastava a emoções de tamanha intensidade que ele tinha a impressão de chegar ao limite de sua capacidade de sentir; com ela, ele galgava cumes de perder o fôlego, e caía em abismos que davam vertigens. Então ele exclamou, num tom em que se exprimiam estupor, admiração e reconhecimento:

— Berenice!...

E, na seqüência, ele nunca deixou de repetir, de balbuciar "Berenice!", como se fosse tudo o que ele pudesse pronunciar, como se tivesse perdido todas as suas palavras, salvo aquela. E a noite, a noite tão curta de julho, acabou sem que ele tivesse dito outra coisa...

Quando chegou a madrugada, ele se levantou, enquanto ela continuava a dormir... Tomando uma tabuinha de cera e um estilete que encontrou numa mesinha ao lado da cama, Tito vestiu apressadamente a sua túnica e saiu para o jardim. Passou diante do pombal, silencioso; por algum tempo as pombas tinham cessado seus apelos ao amor. Apenas as rodas com as pás dos moinhos continuavam incansáveis com seu canto.

Foi diante delas que ele se instalou, sobre um barco virado, que servia para atravessar o rio Jordão. Tomou sua tabuinha e seu estilete... Tito queria sem mais tardar deixar um testemunho do que lhe estava acontecendo.

O que dizer?... Ele não estava mais sozinho. Havia, daquele momento em diante, alguém que estaria com ele, dentro dele, aonde quer que fosse, e esse alguém era Berenice... Anteriormente, Britânico tivera esse mesmo papel, Britânico, que retornava na forma de um pesadelo. Era isso exatamente, porém, o que não aconteceria mais. A presença de Berenice significava para ele o fim de todos os pesadelos!

Ele tentava exprimir seus pensamentos, mas, enquanto tentava, outras palavras vinham ao estilete, e essas outras palavras se alinharam e formaram um poema... Tito parou de escrever. Ele pensou no poema que compusera para seduzir Márcia Furnila. Naquela ocasião, havia calculado cada um de seus efeitos... Pobre Márcia Furnila, que o mantinha como um talismã e o depositara no altar de seus deuses pessoais! Mas ele deixou de pensar nela, retornando à sua cera, onde as palavras recomeçaram a se alinhar...

A manhã já tinha chegado quando Berenice despertou. Ela logo procurou por Tito, como se fosse habitual e normal encontrá-lo ao acordar, e foi somente então que tudo retornou a seu espírito. Onde ela estava? O que lhe havia acontecido? O que tinham se tornado seus sonhos de glória, a guerra, os judeus? Tudo se tumultuava dentro dela. Apenas uma coisa contava: encontrar Tito. Ela deveria absolutamente estar junto dele!

Enrolando-se num lençol caído ao lado da cama, Berenice saiu para os jardins. Ao passar diante do pombal, teve uma lembrança fugaz: o sacerdote Basilides lhe dissera algo acerca das pombas e de Vênus. Mas isso não era importante, apenas Tito era importante...

Ela o encontrou às margens do rio. Ele estava sentado, de costas, escrevendo e, apesar de ela avançar sem fazer qualquer barulho, ele se virou de imediato. Tito levantou-se, com a tabuinha de cera nas mãos. Aproximou-se dela, e ambos se olharam.

Nenhum dos dois se sentiu apto a dizer alguma coisa... Era de manhã, e eles sentiam confusamente que o que viviam também era uma manhã, a manhã de uma aventura que acabava de começar. Naquele instante, eles não podiam pensar mais do que isso. Era muito cedo, tudo era muito novo... Entretanto, eles acabaram se falando. Trocaram palavras soltas, frases que não se respondiam, tanto suas almas ainda estavam adormecidas, tanta dificuldade tinham para deixar fluir a emoção que os submergia...

Tito, sentindo que nunca mais poderia passar sem ela, disse-lhe:

— Não posso mais viver sem você...

Berenice olhou-o. Ela, que acreditara tudo dirigir, tudo dominar, tudo prever, estava ali, sob o poder daquele homem diante dela. Ela, que jurara nunca amar, estava amando, ela, que jurara manter a cabeça fria, tinha perdido a cabeça. Naquele instante, ela podia se abandonar, repousar: era maravilhoso, era inesperado! Ela murmurou:

— Estou em seu poder...

Houve um longo silêncio, durante o qual eles não deixaram de se olhar. Subitamente, Tito fez uma expressão de divertimento.

— Sabe que palavra me veio à mente quando a vi pela primeira vez, em Ptolemaida? Soberba!

Berenice começou a rir.

— E acontece a você com muita freqüência pensar isso das mulheres?

— Não, precisamente foi a primeira vez...

Berenice sacudiu a cabeça, atordoada. Ela estava rindo, rindo de nada ou de tão pouca coisa, o que ela só fizera quando era criança. Quanta coisa tinha mudado nela em tão pouco tempo!... Ela apontou para a tabuinha que ele segurava.

— O que você estava escrevendo?

— Um poema para você. Mas não terminei.

— Não tem importância, leia-me o que você já escreveu.

— Se você quiser...

E, na manhã que começava a produzir seus primeiros calores, com o acompanhamento solitário da música dos moinhos, Tito leu para Berenice os versos que acabara de escrever:

— Naquela noite, você vestia apenas os seus cabelos, e suas únicas jóias eram seus olhos e seus dentes. Quem é capaz de dizer o encantamento produzido quando você se despiu? Os fios de ouro deixaram de dissimular a luminosidade de sua pele, os diamantes não esconderam mais a perfeição de seus seios, e eu via, fascinado, que cada gesto que a desnudava a estava adornando de maravilhas...

# ESTER OU JUDITE?

Tito avançava em meio a uma fileira de cruzes. Os supliciados agonizavam quase em silêncio. De fato, apesar da dor atroz que lhes é infligida, os crucificados quase não gritam; a posição corta-lhes o fôlego e todas as suas forças são mobilizadas para a respiração.

Os condenados tinham sido surpreendidos armados no campo. Nesse caso, apenas uma pena estava prevista, a cruz, e Tito a aplicava sem hesitação. Naquele caso específico, ele fizera questão de que eles sofressem o castigo na cidade de Tariquéia, diante da qual ele montara o cerco.

Era início de outubro... O idílio de Cesaréia de Filipe havia durado apenas alguns dias; a guerra continuava e não tardara a recomeçar, com toda a força. A cidade de Tariquéia, situada às margens do lago de

Tiberíades, declarara-se a favor dos revoltosos, fato ainda mais grave, uma vez que pertencia ao reino de Agripa. Tito fora encarregado de conquistá-la. Vespasiano não o tinha acompanhado: ocupava-se, com o restante das tropas, de subjugar Gamalá, outra fortaleza que se revoltara depois do anúncio do levante em Tariquéia. A esperança de que, após a tomada de Jotapata, toda a Galiléia se rendesse fora de curta duração…

Tito estava sozinho. Nem mesmo por um instante ele teria sonhado em pedir a Berenice que o acompanhasse; isso seria muito perigoso não apenas para ela, mas para ele também. Sua presença a seu lado teria atenuado suas forças e sua coragem. Depois de despedidas bastante sofridas, eles prometeram um ao outro se reencontrarem no fim da campanha.

Tito montava ao lado da cavalaria. Decidira, daquele momento em diante, sempre combater nessa arma, e essa escolha não fora feita ao acaso: Esplendor a tinha inspirado… Esplendor, a lembrança viva que ele carregava de Berenice. Ela não estava ali, mas aquele animal, soberbo como ela, lembrava-lhe a cada instante sua presença. Tito recordava-se por vezes do que dissera ao dar nome ao animal: "Assim, vou lembrar-me de quem me deu tão belo animal". Como essa frase lhe parecia fútil e banal! O tempo dos elogios e da sedução passara irremediavelmente. Ele estava amando! E não se dava conta com exatidão do que isso queria dizer. Sabia apenas que sua vida havia mudado de súbito e para sempre, uma noite, às margens do rio Jordão…

A visão dos crucificados sob suas muralhas iria abalar os habitantes de Tariquéia? Depois do que vira em Jotapata, Tito duvidava. Mas não queria que dissessem que ele não dera nenhuma oportunidade aos revoltosos. Por isso, enviou um delegado diante dos muros para propor a rendição, mas seu chefe, um certo Jesus, filho de Tobias, demonstrou clara e definitivamente que não o receberia. Assim, o cerco iria prosseguir.

Era a primeira vez que Tito, sozinho, tinha a responsabilidade por uma operação, e ele queria mostrar-se digno da confiança que seu pai depositara nele... Tariquéia apresentava uma particularidade com relação a Jotapata e às outras fortalezas em geral: era um porto de pesca no lago de Tiberíades. Por isso, a cidade só era fortificada em três de seus lados; o último era defendido por uma pequena frota de embarcações leves. Tito perguntava-se se não devia atacar daquele lado, ordenando a construção de jangadas, e começar uma batalha naval, mas Jesus e seus comandados não lhe deram o tempo para prosseguir em suas reflexões.

Quando os legionários estavam construindo seu acampamento, uma boa parte da população de Tariquéia tentou uma saída em massa. Milhares e milhares de homens partiram em disparada, e os soldados, que tinham trocado suas armas por ferramentas, estavam provisoriamente impedidos de combater.

Tito, porém, soubera adquirir, em pouco tempo, as qualidades de um general e, em particular, a primeira delas: a previdência. Na eventualidade de um acontecimento desse tipo, ele havia ordenado à cavalaria que permanecesse mobilizada e agrupada. Escutando os berros do inimigo, ele mesmo saltou para a sela de Esplendor e assumiu o comando do destacamento.

Eram quinhentos cavaleiros contra, aproximadamente, cinco mil atacantes, e todos podiam sentir que o confronto iria ser de uma violência extrema; seria a experiência e a disciplina contra a fúria e a temeridade, o que, aliás, simbolizava essa guerra como um todo...

Ao dar seus primeiros golpes, estando cercado por uma verdadeira maré humana, Tito experimentava uma sensação singular. Ele tinha o temor de que, ao retornar à guerra, seu amor por Berenice iria perturbar seu ardor pelas armas; ora, ele descobria que não somente nada disso se passava, mas que ele nunca havia combatido tão bem! Em primeiro lugar, não tinha mais nenhum medo da morte. Depois do que acontecera em Cesaréia de Filipe, morrer já não importava. O que ele tinha vivido dera sentido a toda a sua existência; se a sua vida tivesse de acabar ali, ele não teria mais nada do que se arrepender. Ao mesmo tempo, porém, ele queria que a maravilhosa aventura continuasse, e o queria com todas as suas forças! E esse desprezo absoluto pela morte, acrescido da vontade frenética de viver, fazia dele um combatente quase invencível.

O confronto foi decidido, sem dúvida, por sua bravura pessoal. Vendo seu general conduzir-se de maneira audaciosa, os outros cavaleiros encontraram inspiração para se comportarem tão bem quanto ele, e o ímpeto dos romanos foi irresistível. Breve, os homens de Jesus recuaram, primeiro em desordem, depois em pânico total. Tito perseguiu-os com suas tropas e os massacrou. Apenas a metade deles conseguiu voltar à cidade.

Durante a perseguição, Esplendor relinchava de impaciência. Parecia que a égua participava do combate por vontade própria, que o animal ofertado por Berenice queria ajudar Tito a suportar a batalha. E foi ao vê-la assim tão impetuosa que o jovem general teve uma idéia fulgurante... Fazendo Esplendor dar um quarto de volta, ele margeou a muralha e, seguido por seus cavaleiros, lançou-se deliberadamente nas águas do lago!

Eram águas profundas, mas Esplendor nadou com facilidade na direção do porto. Os habitantes de Tariquéia que deveriam defender a cidade com seus barcos tinham participado do ataque e ainda não haviam retomado seus postos. Isso havia acontecido em virtude da desordem reinante, mas nenhum deles poderia imaginar que a cavalaria pudesse atacar a nado.

Logo, Tito ganhou a terra firme da cidade, seguido pelos mais rápidos de seus homens. Sem encontrar nenhuma resistência efetiva, eles galoparam até as portas, escancarando-as. Os homens da infantaria, que já estavam recuperados do ataque de surpresa, tomaram suas armas e esperaram do outro lado da porta. Eles se precipitaram cidade adentro... Tariquéia estava tomada!

Depois desse lance de brilhantismo, Tito retornou aos métodos tradicionais. Nem todos os rebeldes foram mortos. Um grande número conseguiu saltar nos barcos do porto e se dispersou no lago de Tiberíades. Tito postou seus homens nas margens e, ao mesmo tempo, ordenou que fossem construídas jangadas, nas quais ele embarcou a infantaria. Essas embarcações sumárias, mas sólidas e repletas de combatentes, não deixaram nenhuma chance aos fugitivos debilmente armados em frágeis batéis; antes do fim do dia, houve, mais uma vez, milhares de vítimas. O destino do restante dos habitantes da cidade foi rapidamente decidido. As mulheres e as crianças foram escravizadas, assim como os homens mais vigorosos. Essa clemência inabitual era apenas um meio-favor. Eles foram enviados como escravos para trabalhar no canal de Corinto, cuja perfuração acabara de ser decidida por Nero.

Ao saber dessa vitória-relâmpago, Vespasiano deixou o cerco de Gamalá para ir felicitar seu filho. Tito percebeu-o de longe, montando Bucéfalo, e galopou em sua direção. Foi na sela dos dois cavalos de Berenice que eles se abordaram.

A vitória tinha inflamado Tito. Ele aproveitou para anunciar a novidade à qual dava tanta importância. Até aquele instante, ele não tivera coragem de dizê-lo. Apesar de sua idade, tinha conservado, além de grande respeito, um certo medo de seu pai, que suas recentes relações de hierarquia no plano militar só tinham feito reforçar.

Assim, Tito abriu-se como pôde a seu pai, que não manifestou nenhuma surpresa. Apesar de ser naturalmente pouco curioso, Vespasiano era bom observador; além disso, ele conhecia seu filho demasiadamente bem para não ter duvidado de seus sentimentos. Porém, para a maior das alegrias de Tito, Vespasiano acolheu sua confissão de maneira bastante favorável.

— Fico muito feliz por você, meu filho. Aprecio muito essa princesa.

E acrescentou, provando que Berenice não se enganara ao multiplicar as atenções em seu favor:

— Além disso, não é ruim estabelecer relações com essa família generosa...

Em seguida, a conversa mudou para assuntos militares... Vespasiano estava inquieto: o cerco a Gamalá anunciava-se bastante árduo. Ele previa enormes dificuldades para o futuro.

E não se enganara. O cerco foi relativamente breve, já que terminou em meados de setembro, mas, pela primeira vez, causou pesadas baixas aos romanos. De fato, os assediados lançaram mão de táticas de guerra muito audaciosas. Durante um assalto, eles fingiram ceder terreno e recuaram até suas muralhas. Seus adversários se puseram a persegui-los pelas ruas da cidade. Mas as casas tinham sido minadas, e os voluntários que ficavam em seu interior se sacrificaram deliberadamente, fazendo com que desmoronassem em cima dos romanos e também em cima deles próprios. Depois, na confusão que se seguiu, os judeus interromperam a fuga e passaram ao contra-ataque. Os assaltantes tiveram de retroceder para fora das muralhas, mas deixaram vários romanos no interior da cidade.

Aos atos de heroísmo dos defensores, os romanos responderam com selvageria. Quando tomaram a cidade, mostraram-se impiedosos. Querendo vingar seus mortos, não pouparam ninguém, nem idosos, nem mulheres, nem crianças. Os judeus, porém, os ajudaram nessa tarefa sinistra: preferiram suicidar-se aos milhares, jogando-se do alto das muralhas, a caírem vivos em suas mãos...

Por sua vez, a última cidade da Galiléia, Giscala, foi tomada pouco depois, não sem que seu chefe, João, filho de Levi, conseguisse escapar. E João logo faria com que falassem a seu respeito; Vespasiano e Tito ainda o encontrariam pelo caminho.

Naquele momento, em todo caso, nas vésperas de retornar aos quartéis de inverno, todos dois tinham muitas razões para ficar satisfeitos. A Galiléia fora conquistada e não havia mais nenhum outro obstáculo antes de Jerusalém. Eles poderiam iniciar o cerco na primavera seguinte, com todas as chances de sucesso.

Nesse período que antecedia o ataque, eles repartiram as tarefas: Vespasiano permaneceria na Palestina, em Cesaréia do mar, para o caso de a ressurreição recomeçar num lugar qualquer. Tito iria a Alexandria, encontrar-se com Tibério Alexandre, a personagem mais importante da região, com quem convinha travar conhecimento.

Berenice tremera por todo o outono... Ela continuava a surpreender-se com a descoberta de a que ponto sua vida havia mudado. Antes, tudo girava em torno de si, de seus projetos, de seus temores, das decisões a serem tomadas. A partir daquele momento, o centro do mundo estava em outro lugar. Os pombais e os pavões brancos dos jardins se ofereciam à sua vista, mas em pensamento ela estava em meio a gritos e ao tilintar das armas, diante das muralhas que ela conseguia imaginar.

O retorno de Tito, depois de sua campanha vitoriosa, devolvera-lhe a paz e a harmonia interiores. Seus pensamentos voltaram a estar onde ele também estava, o que é uma maneira pela qual se pode anunciar a felicidade. E foi nesse estado de alma que ela começou a viagem a Alexandria por via marítima...

Tito e ela pensavam que encontrariam Tibério em Alexandria, mas o governador do Egito reservara-lhes uma surpresa. Assim que a cidade surgiu no horizonte, um barco bem menor do que sua poderosa trirreme, navio guerreiro com três ordens de remadores, veio em sua direção. Ele se deteve perto deles, colocou um bote no mar e os trouxe a bordo.

Eles ficaram maravilhados ao adentrarem na embarcação! Tratava-se de um talamego, o barco-palácio de Cleópatra, cuidadosamente mantido e embelezado desde a morte da soberana. Tibério Alexandre, que aguardava por eles no convés, veio saudar-lhes com as mais profundas demonstrações de respeito.

— Pensei que vocês gostariam de entrar na cidade dos reis no barco dos reis...

Sim, o talamego era verdadeiramente real! Ele tinha sido construído com as madeiras mais preciosas: acaju, cedro milesiano, tuia, ébano. Eles não desceram aos quartos, às salas de banquetes e de música que podiam perceber no interior; seguiram o governador no tombadilho, cuja balaustrada era toda de marfim, com o chão inteiramente coberto de tapetes persas e árabes.

Apesar dos sentimentos de mulher apaixonada, Berenice sentira uma viva emoção ao reencontrar seu antigo noivo. Ela ficara comovida, mas também surpresa. Tibério Alexandre envelhecera bastante desde o último encontro deles em Jerusalém. É verdade que ele não estava distante dos sessenta anos. Longe de macular sua beleza, seus cabelos brancos lhe deram mais serenidade, e ele continuava com seu ar de grande inteligência. Berenice pôde perceber quanto tempo se passara desde Malatha, e isso lhe causou algum desconforto. Onde estava aquele que com suas palavras lhe fizera descobrir o mundo, e que também havia feito com que ela se tornasse consciente de seu encanto de mulher?...

Berenice tentou recompor-se: não era hora para nostalgia. Sobretudo porque o talamego vinha obliquando ligeiramente em direção à costa, permitindo a descoberta de um espetáculo admirável: o Farol, o famoso Farol de Alexandria!

Ele estava ali, na entrada de sua ilha... Sua silhueta de cor clara sobrepujava o horizonte, o que possibilitava avaliar sua altura... À medida que o talamego se aproximava, a forma tão particular do Farol se tornava mais precisa. Pois, contrariamente ao que se podia pensar, não se tratava apenas de uma torre simples; era composto de três partes, cuja largura diminuía conforme a altura. Inicialmente, uma base cúbica, que sozinha significava mais da metade da construção; depois, sobreposto ao primeiro, um segundo andar, octogonal, medindo cerca de um terço do todo; por fim, um último andar, cilíndrico, muito menor, onde ficavam os imensos reservatórios de óleo cuja combustão guiava os viajantes. Nos quatro ângulos do primeiro andar havia as esculturas de imensos tritões de bronze; no cume, erguia-se uma imensa estátua de Júpiter.

Como ainda era pleno dia, o Farol estava apagado, o que não maculava em nada a sua inquietante majestade. Juntamente com as pirâmides, não muito distantes dali, eram as construções mais altas do mundo... O imenso edifício, construído na ilha de Faros, ligava-se à cidade através de um dique com o comprimento de sete estádios, chamado, por essa mesma razão, de Heptaestádio. Enquanto o talamego, que progredia rapidamente, costeava essa outra maravilha do engenho humano, Tibério Alexandre indicou o porto, que se estendia diante deles:

— Eis a cidade de Alexandria! Desejo que passem um inverno agradável aqui. E será ainda mais fácil, porque não temos inverno.

Na proa do barco, Berenice virou-se para Tito. Ele lhe tinha falado sobre o pesadelo que o vinha assombrando. Ela sorriu para ele.

— É o país onde nunca neva...

Para o viajante que chegasse a Alexandria pelo mar, o que quase sempre acontecia, o espetáculo era inigualável. A cidade compreendia dois portos marítimos, separados pelo Heptaestádio: a oeste, o porto militar; a leste, o porto destinado ao comércio, para o qual eles se dirigiam. Esse porto comercial era sobrepujado pelo bairro onde ficavam os palácios, pois Alexandria dividia-se em cinco bairros, e em um deles havia apenas palácios. Acima da enseada, numa colina de aclive suave, uma seqüência de colunatas claras ou vivamente coloridas proporcionava uma impressão feérica à paisagem, com algumas porções de bosques surgindo aqui e ali.

Na extremidade oeste do porto, podia-se distinguir também um enorme canal que se aprofundava nas terras. Por ali se chegava ao terceiro porto de Alexandria, um porto interior, às margens do lago Mareótis, que, por sua vez, ligava-se ao rio Nilo. Pois essa cidade era, de fato, uma estreita faixa de terra entre o lago e o mar. O que também era a fonte de sua inacreditável fortuna: Alexandria era um ponto de encontro único entre o Mediterrâneo e o Egito...

O talamego fora amarrado ao cais. O número e a diversidade de barcos que o cercavam indicavam melhor do que qualquer discurso que aquele lugar era o cruzamento do mundo. Via-se lado a lado navios da Eubéia, afilados como lâminas, veleiros liburnos, pesados e barrigudos, galeras da Crotona, com o casco de madeiras raras decoradas com sereias de bronze, barcos espanhóis, construídos com o pinheiro cru dos Pireneus e cujas velas eram feitas de diferentes peles de animais costuradas, chatas do Quersoneso, em forma de meia-lua, que apresentavam a particularidade de não se poder distinguir a proa da popa; tartanas da Cirenaica, com o mastro curvado e tingido de azul, isso sem mencionar os modestos faluchos que vinham do Egito através do canal e, sobrepujando a todos, a poderosa trirreme romana, com suas três ordens de remadores, da qual eles haviam desembarcado e que os precedera no porto.

Chegando ao cais, eles costearam os imensos depósitos e se dirigiram, ainda conduzidos por Tibério Alexandre, para o bairro dos palácios. Para tanto, bastava-lhes subir um punhado de degraus e já se chegava, na região imediatamente acima do porto, a um paraíso onde os jardins sabiamente ordenados permitiam que aparecesse aqui e ali uma residência real ou um templo. Mas as três jóias desse bairro reservado e separado do restante da cidade por uma muralha simbólica eram o túmulo de Alexandre, a Biblioteca e o Museu.

Tibério Alexandre fez questão de apresentar-lhes esses verdadeiros objetos de orgulho não apenas para a cidade, mas para todo o gênero humano. Escoltados por sua guarda de honra, Tito e Berenice foram inicialmente ao túmulo de Alexandre, que se situava num templo de dimensões relativamente modestas e que tinha a forma quadrada, o Soma. A construção continha apenas o ataúde, que repousava, no centro, sobre um pilar de pórfiro, a pedra reservada aos imperadores. A única abertura do templo ficava precisamente acima do esquife, de maneira a ser a única coisa sobre a qual a luz incidia. O ataúde era de ouro; acima, em seu tampo, estavam as armas com as quais ele conquistara o mundo: sua lança, sua espada, seu elmo com penacho, seu escudo, objetos outrora faiscantes, mas naquele momento já roídos pelo tempo.

Tibério Alexandre permaneceu recuado, deixando Tito entregue à meditação. Berenice também o deixou só... Tito avançou na direção do raio de sol que fazia resplandecer o ouro e o pórfiro, e se manteve a dois passos, na penumbra, segurando um ramo de loureiro que ele acabara de colher. Depositando o ramo sobre o ataúde, não pôde deixar de pensar naquela frase, sempre a mesma: "O sorriso das colinas prometidas". Quantas vezes Alexandre já vira essas terras que pediam para serem conquistadas, e que se abriam para ele como os braços de uma mulher?

Tito também pensou naquele que, havia um século, viera meditar nesse mesmo lugar em que ele estava naquele momento: Júlio César, o grande César! Poucos dias antes, Tito teria perguntado a si mesmo se conseguiria um dia igualar-se a esses homens ilustres; neste instante, porém, outro pensamento lhe ocorreu: teriam eles amado como ele próprio estava amando? Esses dois guerreiros, sempre vencedores, teriam tido essa alegria, essa recompensa?...

A Biblioteca não ficava longe do Soma. Desta vez, Tibério Alexandre permaneceu junto aos visitantes, mostrando-lhes os tesouros nos mínimos detalhes. Nesse longo edifício, sucediam-se os depósitos, debilmente iluminados por estreitas aberturas, com seus rolos de papiro repousando dentro de nichos, e as salas de leitura, intensamente iluminadas, ao contrário, lugar em que essas maravilhas eram consultadas pelos espíritos mais ilustres da época: poetas, historiadores, filósofos, astrônomos, matemáticos, engenheiros, geógrafos, médicos, gramáticos...

Todas as precauções contra o fogo tinham sido tomadas, para evitar a reprodução da tragédia que ocorrera havia um século. Cercado em Alexandria, Júlio César, pretendendo evitar que os inimigos se apoderassem de sua frota, ateou fogo aos estaleiros; o incêndio propagara-se até a Biblioteca, e setecentos mil volumes desapareceram em meio às chamas. Ela fora reconstruída, mas abrigava apenas um terço daquele total.

O Museu, que se situava não muito distante dali, era o prolongamento natural da Biblioteca. Como indicava seu nome, era um templo consagrado às Musas, mas o santuário propriamente dito ocupava apenas uma ínfima parte do conjunto. De fato, tratava-se mais de um lugar do que de um edifício, um complexo admiravelmente bem concebido, em meio a jardins inigualáveis. Milhares de escravos faziam sua manutenção, tanto no verão como no inverno, trabalhando somente durante a noite, a fim de não incomodar os estudantes pensionistas; eram jardins tão bem cuidados que, segundo se dizia, as serpentes perdiam até seu veneno.

O Museu recebia os letrados de todo o mundo. Eles eram escolhidos pelo diretor, nomeado pelo imperador em pessoa. Esses privilegiados, subvencionados pelo Estado, dispunham de encantadoras residências dispersas em meio aos bosques vizinhos, além de anfiteatros, onde proferiam conferências, e de uma grande sala comum, onde faziam suas refeições.

Encontrava-se de tudo nos jardins do Museu: amplos pórticos que serviam para passeios, discussões e meditação, um parque animal fechado com cercas, uma estufa feita de vidro — material de que Alexandria praticamente possuía o monopólio — onde cresciam plantas estranhas, vindas da África, um observatório astronômico, dotado de todos os tipos de instrumentos, e até mesmo uma sala de dissecação, onde dois grandes médicos recém-chegados de Atenas, Heródilo e Eristrato, praticavam a vivissecção em condenados à morte. Mas Tibério Alexandre preferiu evitar este último local...

Em contrapartida, propôs-lhes uma visita ao restante da cidade. Tito e Berenice declinaram do convite. Preferiam ir sozinhos... Tito quisera que Esplendor o acompanhasse na visita, e a égua os seguira, com um guarda puxando-a pelas rédeas. Tito a montou, colocou Berenice na garupa e os dois partiram para a aventura.

Felizmente, não era nada difícil guiar-se em Alexandria. A cidade, surgida do nada pela vontade do conquistador, adotara o traçado dos acampamentos militares: duas séries de ruas paralelas entrecortando-se em ângulo reto. No meio, duas artérias muito mais largas do que as outras formavam uma cruz central.

Saindo do bairro dos palácios, eles desembocaram justamente em uma dessas artérias, o eixo leste-oeste, chamado de via Canópica. Era uma rua margeada, ao longo de todo o seu percurso, por vários edifícios suntuosos, templos, ginásios, termas, teatros ou até mesmo simples casas. A via Canópica parecia interminável; ainda que tivesse um traçado perfeitamente retilíneo, não era possível visualizar o seu fim. Mas sua largura era ainda mais impressionante: pelo menos trinta passos, com carros e todos os tipos de veículos se cruzando sem perturbar ninguém. Tito não acreditava no que via! Ele recordava as ruas tortuosas de Roma, em particular a de Domícia Venusta, cujos imóveis quase chegavam a se tocar, ruas onde o engarrafamento era tão freqüente que os carros só podiam circular à noite. Em Alexandria, tudo era muito diferente; talvez Roma fosse a maior cidade do mundo, mas Alexandria era a mais majestosa e a mais bem concebida!

A diversidade dos transeuntes lembrava a dos barcos do porto. Cruzavam-se romanos de toga, gregos em himácio, ligurianos com seus longos bonés pontudos, partos com suas clâmides douradas, númidas, cujas vestes brancas contrastavam com suas peles de ébano, judeus vestidos com roupas raiadas, e, entre essa multidão colorida, alguns camponeses egípcios, vestindo apenas seus panetes, aparentando serem meros estrangeiros nessa cidade que pertencia ao mundo inteiro.

Cavaleiros líbios e númidas armados de lanças abriam energicamente espaço na multidão: eram eles que os romanos haviam encarregado da manutenção da ordem. Outros escoltavam os comboios de mercadorias preciosas que partiam em direção ao porto ou faziam o caminho contrário: presas de elefante, troncos de ébano, leões e panteras domados, ouro, especiarias, perfumes, plumas de avestruz, borboletas vivas de todas as cores...

Chegando à imensa praça que formava o cruzamento das duas avenidas centrais, Tito conduziu Esplendor para a direita, rumo ao sul. Berenice, extasiada, sob o charme das maravilhas que não cessava de descobrir, não lhe fez nenhuma pergunta...

Logo em seguida, eles chegavam ao lago Mareótis. Evitando o porto, percorreram por algum tempo suas margens até darem numa imensa extensão de papiros. Essa planta, que crescia principalmente à beira do lago, estava na origem de outra indústria que também fazia fortuna em Alexandria... Havia uma pequena ilha a pouca distância da praia. Conduzindo Esplendor, Tito conseguiu atravessar a água sem ter de desmontar. Lá chegando, ambos desceram e foi ali mesmo, escondidos pelos longos talos verdes que ondeavam acima deles, que os dois fizeram amor pela primeira vez em terras africanas...

O resto da estada também foi encantador. Tibério Alexandre reservara um palácio apenas para os dois, na península de Lóquias. O lugar possuía um porto próprio e o talamego tinha sido deixado à disposição de ambos. A localidade era admirável: de seu terraço, eles podiam ver, na ilha de Antirrodos, bem próxima, o templo de Netuno, que parecia sair diretamente das águas, porque seus primeiros degraus estavam imersos. O jardim exótico que os cercava oferecia, além das cores e dos aromas, um verdadeiro concerto proveniente do imenso viveiro construído pelo rei Ptolomeu Evérgetes.

Quanto ao palácio em si, era talvez o mais refinado de todo o bairro real. Cada cômodo era decorado por mosaicos: cenas de caça, naturezas-mortas, paisagens marinhas. O quarto em que ficavam representava a rainha Berenice II, uma soberana que governara o Egito havia dois séculos. Tratava-se de uma obra de Sofilos, o maior mosaicista de todos os tempos, e era a única a ter sido assinada por ele, pois a considerava sua obra-prima.

Foi nesse local que Tito e Berenice prosseguiram o idílio que tinha sido interrompido pela guerra em Cesaréia de Filipe. Mas a razão pela qual eles tinham empreendido essa viagem, estreitar laços políticos com o governo egípcio, não foi esquecida. De fato, as informações passadas por Tibério Alexandre, que estava, é claro, totalmente devotado aos dois, mostraram-se capitais.

Inicialmente, ele lhes revelou qual era a verdadeira missão de Muciano: suas legiões destinavam-se mais a vigiar Vespasiano do que a servi-lo. Mas o governador da Síria não era quem o imperador imaginava. Ele também viera visitá-lo em Alexandria e lhe confiara seus verdadeiros sentimentos. Muciano considerava Nero uma marionete ridícula e nociva, e que, ao contrário, nutria grande estima pelo soldado devotado que era Vespasiano; o pai de Tito podia ficar tranqüilo: não havia o que temer da parte de Muciano.

Tibério Alexandre, que era notavelmente bem-informado, contou-lhes também os perigos que pareciam espreitar o imperador. Naquele momento, aconteciam tumultos na Espanha e na Gália. Nada que se comparasse ao que ocorria na Palestina, mas que, a longo prazo, essas perturbações podiam se mostrar ainda mais perigosas, pois o estado de espírito das tropas ali estacionadas era muito ruim; motins poderiam explodir a todo instante...

Apesar dos momentos de êxtase que vivia, Berenice encontrava nessas discussões toda a sua aptidão política, e a situação parecia-lhe estar mais favorável do que nunca. O principal obstáculo às carreiras de Vespasiano e de Tito era Nero, que parecia enfrentar dificuldades. Contrariamente, pai e filho tinham o apoio total de Tibério Alexandre e, ao que parecia, o de Muciano também. Convinha permanecer prudente, pois o imperador continuava perigoso, mas, se a ocasião se apresentasse, devia-se estar preparado.

O fim do inverno significou para o casal a hora da separação. Tito fora convocado à Palestina para a campanha que, ele esperava, teria como conseqüência a tomada de Jerusalém. Berenice poderia partir com ele e instalar-se em Cesaréia de Filipe, mas preferiu permanecer onde estava.

E o fazia por motivos ao mesmo tempo pessoais e políticos. Em Alexandria, mesmo que o afastamento fosse maior, a animação da cidade e a companhia de Tibério Alexandre fariam com que suportasse melhor a separação. Além disso, se acontecesse alguma coisa de importante no Império, Tibério ficaria sabendo antes de qualquer outro, e ela também seria informada...

Depois de verem juntos, no cais do porto, afastar-se a trirreme em que Tito embarcara, eles voltaram ao bairro dos palácios. Berenice fizera questão de continuar no mesmo palácio que partilhara com

Tito, ocupando o mesmo quarto, com o mosaico representando a rainha que tinha seu nome. Tibério Alexandre a acompanhou até lá... O fato de estar assim sozinha na companhia de seu antigo noivo causou-lhe alguma inquietação, que se dissipou tão logo ele tomou a palavra. Eles caminhavam lentamente pela aléia cercada de ciprestes e de teixos habilmente podados que conduzia ao palácio.

— Você sabe que logo chegaremos ao Purim?

Berenice olhou-o com espanto. Purim era a festa que celebrava Ester, a heroína judia. Desde que ficara ao lado de Tito, Berenice esquecera-se um pouco — ela era obrigada a reconhecer — de sua liturgia, e eis que quem se lembrava era o próprio Tibério Alexandre!

— Você se preocupa com essas coisas?

— Já lhe disse: pratico nosso culto em segredo. Afinal, não sou sobrinho de Fílon?

Ela aquiesceu.

— É verdade...

— E você não tem o direito de faltar ao Purim!

— Por que eu, em particular?

— Porque você é Ester. Ou melhor, você tem o dever de se tornar uma Ester, desde que Deus colocou-a junto a Tito.

A afirmação causou tanta perturbação a Berenice que ela não soube o que responder... Tornar-se Ester? Mas é claro, era a sua missão, o seu destino!...

Como todos os judeus, ela conhecia a história de Ester desde a infância... História que ocorreu na corte da Pérsia, no tempo em que o povo de Israel estava exilado naquele país. O rei Assuero, depois de repudiar sua mulher, quis escolher uma nova esposa entre as virgens do seu reino. A eleita foi Ester, uma jovem órfã judia, que escondera cuidadosamente suas origens.

Ester viveu por muito tempo feliz ao lado de Assuero, que estava loucamente apaixonado por ela, quando ficou sabendo, por seu primo,

Mardoqueu, que o grão-vizir, Amã, fizera com que o rei assinasse um decreto determinando o extermínio dos judeus da Pérsia. Ester correu para junto de Assuero e, utilizando-se de todo o seu poder de sedução, conseguiu salvar seu povo. Não apenas o decreto foi abolido, como Amã foi enforcado... Era esse o feliz evento celebrado a cada ano no início da primavera...

Para Berenice era uma revelação... Sim, Deus a colocara ao lado de Tito para ser uma nova Ester, para salvar seu povo, Jerusalém e o Templo! E essa descoberta causava-lhe uma alegria imensa, pois lhe devolvia a paz interior. Até aquele momento, Berenice era acometida, de maneira furtiva, de um sentimento de incômodo por estar nos braços de Tito, enquanto tantos judeus experimentavam o sofrimento e a infelicidade; daquele momento em diante, ela passava a ter a consciência de que também agia para o seu povo, e seu amor e seu dever voltavam a unir-se... Subitamente, teve uma vontade tão louca quanto irresistível:

— Vamos celebrar o Purim juntos! Iremos ao bairro judeu. Ainda não o conheço.

— Mas isso não é possível! É muito perigoso!

— Iremos disfarçados. O Purim é uma festa em que são usados disfarces...

Tibério Alexandre a observou com um sorriso meio espantado, meio divertido.

— E que disfarces usaremos?

— Eu irei de Ester; você, de Assuero. Assim, seremos por um só dia o que nunca fomos: marido e mulher...

Os judeus estavam estabelecidos em Alexandria desde a origem da cidade. Pretendia-se mesmo que fora o próprio Alexandre que os havia convidado a instalarem-se ali, porque ele professava o maior respeito pela religião. Naquele momento, em todo caso, eles representavam uma comunidade de mais de cem mil habitantes, dentro do total de um milhão de toda a Alexandria. Os judeus se instalaram no bairro Delta, a leste do bairro dos palácios, às margens do mar. O nome não era proveniente do Delta do rio Nilo, mas porque os bairros de Alexandria eram designados a partir de cada uma das cinco primeiras letras do alfabeto grego. Os judeus reuniram-se ali por sua própria vontade, porque preferiram ficar juntos, mas não tinham nenhuma obrigação de residirem no local; alguns habitavam em outros pontos da cidade.

A grande sinagoga de Alexandria era uma das mais notáveis de todas. Primeiro, em virtude de suas dimensões: era a maior do mundo; em seguida, por sua beleza: sua fachada era admirável, com uma colunata dupla de mármore reluzente e com o interior ricamente decorado, abrigando os setenta tronos de ouro dos setenta anciãos que lideravam a comunidade... Foi ali que Berenice e Tibério assistiram à festa religiosa, em meio a uma platéia tão numerosa quanto animada.

Em suas vestes à moda persa, ambos estavam irreconhecíveis. Ele se fantasiara com uma longa barba negra; ela, clareara a tez e usava um véu muito leve sobre o rosto, dissimulando seus traços. Como os dois estavam disfarçados de rei e rainha, ambos usavam uma coroa dourada na cabeça...

A cerimônia foi breve. O rabino leu o pergaminho de Ester, que narrava a história da heroína; depois, em breve discurso, convidou os fiéis a festejarem. Ele concluiu:

— Voltem a suas casas, festejem, comam e bebam! O dia de Purim permite tudo. Vocês podem, inclusive, beber até não serem mais capazes de distinguir entre "Bendito seja Mardoqueu" e "Maldito seja Amã"!

Berenice e Tibério saíram misturados à multidão, que se dispersou pelas ruas, em meio a grande desordem. As crianças estavam particularmente excitadas; elas usavam máscaras de madeira, que faziam caretas ou sorriam, representando Ester, Assuero, Mardoqueu e Amã.

Mas os adultos celebravam a festa com um fervor particular. O Purim evoca o risco de uma destruição física do povo judeu, tema que era de uma trágica atualidade. Primeiro, em virtude dos terríveis confrontos do ano precedente com os gregos e a repressão que se seguira, cujas marcas ainda eram visíveis; sobretudo, porém, havia tudo o que poderia acontecer na Palestina.

Enquanto eles voltavam a pé pelo caminho dos palácios, Berenice mostrou a Tibério um grupo de casas calcinadas.

— Foi você quem fez isso?

Tibério Alexandre suspirou.

— Era preciso. Havia sicários entre os revoltosos, eu não tive escolha...

Ela se deteve subitamente e o encarou.

— Você nunca se casou?

— Não. E você sabe muito bem por quê...

Eles não trocaram mais nenhuma palavra, enquanto Tibério Alexandre a reconduzia ao palácio na península de Lóquias. A noite caía. Ele retirou sua barba e sua coroa.

— Quero a sua felicidade, Berenice. Se Deus o permitir, creio que posso ajudar você a realizá-la.

— Você sabe no que consiste minha felicidade?

— Ester era rainha, você deve ser imperatriz. Para isso, é preciso que você reine e que Tito, por sua vez, reine também. Juro a você que farei tudo para que isso aconteça!...

Ao ficar sozinha, Berenice voltou a seu quarto, onde contemplou longamente o mosaico que representava a outra Berenice, a que chegara a ser rainha... Ela o conseguiria também? Seria ela uma imperatriz junto a Tito? Um destino tão fabuloso estava a seu alcance?... Berenice podia rever seu pai em Jerusalém, já doente e perto do fim de sua vida, fazendo-lhe a predição das duas oliveiras. Desde então, os presságios não deixaram de se acumular e todos indicavam o mesmo sentido. Tudo isso parecia inimaginável, porém...

— Não se mexa, não grite, senão você morre!...

Berenice quase desmaiou com o efeito da surpresa. Um homem atirara-se em suas costas, a agarrara e colocara uma faca em sua garganta. Ele devia ter vindo do mar, pois a água escorria em abundância do seu corpo. Constatando que ela permanecia silenciosa, ele a soltou, mas manteve sua faca apontada para ela.

— Olhe para mim. É capaz de me reconhecer?

Berenice voltou-se. Era uma personagem grande, magra, com cerca de quarenta anos. Tinha o cabelo e a barba abundantes e em desalinho, com o rosto de perfil anguloso... Sim, ela já vira aquele homem, mas havia muito tempo... Súbito, a lembrança lhe veio. Era o condenado para quem ela tinha conquistado a graça junto a Tibério Alexandre, no dia do Yom Kippur. E lembrava-se mesmo de seu nome.

— Zaqueu de Cariote!

O homem reprimiu um sorriso e fez-lhe um ligeiro sinal com a cabeça.

— Agradeço-lhe não ter me esquecido... Assegure-se, porém, de que não lhe farei mal nenhum. Lembra-se do que lhe disse? "Se Deus nos colocar mais uma vez frente a frente, pouparei a sua vida". Você me salvou, é a minha vez de salvá-la!

— Então, por que veio me ver?

— Para lembrar-lhe de seu dever...

Zaqueu de Cariote, escorrendo água do mar, sentou-se na cama adornada pelos amores que ela partilhara com Tito... Havia patrulhas no jardim. Berenice sentiu-se tentada a gritar por socorro ou fugir, mas o olhar do sicário a dissuadiu. Ele a encarava como uma fera pronta a saltar. Ela não teria nenhuma chance. Era preciso fazer o que ele esperava que ela fizesse: escutá-lo.

— Meu dever?...

— Você é a companheira do general romano, então já sabe o que resta a ser feito.

— Não tema. Acabo de celebrar o Purim. Estou decidida a ser uma nova Ester.

À menção desse nome, Zaqueu de Cariote teve um gesto de cólera:

— Não estou falando de Ester! Uma vagabunda, que partilhou a cama e a mesa de um pagão!

— Ela salvou seu povo. O Livro a celebra.

— Era uma puta! Maldito seja o seu nome!

— Porém, é um belo nome: significa "estrela"...

Zaqueu de Cariote ergueu-se e se aproximou dela. Seu caminhar era leve e silencioso. Decididamente, ele tinha todo o jeito de uma fera.

— Pois eu vou dizer um nome ainda maior: Judite. Esse nome significa o que se pode dizer de mais belo em uma mulher: "A Judia"!

Berenice recuou, horrorizada... Como a história de Ester, ela conhecia a de Judite desde a infância. O general Holofernes invadira a Judéia e cercara a cidade de Betúlia. Os habitantes, esgotados, estavam prontos a se renderem, quando uma jovem viúva, Judite, ofereceu-se para salvá-los. Trajando seus mais belos ornamentos, foi ao acampamento de Holofernes e o seduziu. Antes de entregar-se a ele, ela desejou partilhar com ele uma suntuosa refeição, e quando foi tomado pela embriaguez, cortou sua cabeça. As tropas de Holofernes, privadas de seu chefe, fugiram... Berenice sacudiu a cabeça.

— Você não está insinuando...?

— Eu não quero nada, é Deus quem está exigindo. Você deve ser Judite. Você partilha a cama de um general inimigo, corte-lhe a cabeça!

Berenice respondeu-lhe com um grito de todo o seu ser:

— Não, você está enganado! Deus me pede que eu seja Ester!

Ele se atirou sobre ela. Berenice acreditou que sua hora derradeira tinha chegado, mas ele se contentou em colocar a mão sobre sua boca.

— Não grite! Você vai atrair os guardas...

Como ela não se mexia, ele a soltou.

— Devo partir. É perigoso demais ficar por aqui. Mas, antes, tome isso e faça bom uso. Ela já serviu e muito à glória de Deus!

Zaqueu de Cariote estendeu-lhe sua faca, com o cabo para a frente, segurando-a pela lâmina. A contragosto, quase que mecanicamente, ela se apoderou da arma... Ele sorriu.

— Você é a esperança de todos nós. Adeus, Judite!

E antes que ela se recuperasse da surpresa, ele correu para o mar. Ela o escutou mergulhar nas ondas, enquanto ainda segurava o punhal em suas mãos trêmulas.

Em Jerusalém, o inverno fora terrível! Não se tratava mais de confrontos entre judeus, mas de uma verdadeira guerra civil.

Os dois campos haviam se tornado ainda mais radicais, e essa transformação era demonstrada por palavras. Terminava o tempo de fariseus e saduceus. Os menos extremistas dos fariseus haviam se unido aos moderados, partidários de uma paz honrosa com os romanos; os outros, que se autodenominavam zelotes, isto é, "os zelosos", pretendiam ser combatentes fanáticos de Deus. Os sicários eram tão extremistas quanto eles, mas desde o extermínio por traição de Menahem e de seus partidários não havia mais nenhum sicário em Jerusalém. Eles eram encontrados seja em Massada, onde aterrorizavam toda a região usando como base a fortaleza da cidade, seja para aqueles que tinham sobrevivido à repressão de Tibério, em Alexandria.

Eleazar, que havia massacrado os sicários no Templo, o chefe de sua polícia, desaparecera por sua vez nas permanentes convulsões que agitavam a cidade. Mas seu sucessor, Simão, filho de Gioras, mostrava-se tão violento quanto o primeiro, tanto em palavras quanto em atos. Ele assumira o controle do Templo e comandava os milhares de zelotes que haviam transformado o local num verdadeiro forte. E se ele se dera o papel de chefe militar, Simão tinha a seu lado, como guia espiritual, o rabino Eleazar, o Pio, que decidira engajar-se na ação direta.

Os moderados ocupavam o resto da cidade. Eles também tinham seus chefes: o sumo sacerdote Ananis, primo de Ananias, assassinado pelos sicários, e o outro rabino emblemático da cidade, o mestre dos liberais, Nissim, o Sábio. Durante todo o outono, os confrontos limitaram-se às rixas cotidianas. Os zelotes faziam suas incursões, sobretudo à noite, atacando as casas, degolando seus habitantes e ateando fogo às residências. Como réplica, os moderados executavam os que pareciam culpados de simpatia pelos extremistas e, é claro, os membros dos destacamentos zelotes que caíam em suas mãos.

Como era de esperar, foi uma questão religiosa que provocou a explosão... Como o sumo sacerdote e a quase totalidade dos sacerdotes estavam do lado dos liberais, eles tiveram de deixar o Templo, dominado por seus adversários. Mas Simão e seus partidários, que pretendiam ser religiosos de obediência estrita, eram, ainda assim, obrigados a deixá-los entrar para as grandes festas. Foi assim que Ananis havia conseguido celebrar o Yom Kippur. Evidentemente, essa situação não era isenta de perigos para os zelotes, pois os liberais podiam aproveitar-se para atacar o Templo de surpresa.

Então, Eleazar, o Pio, imaginou uma solução. Convocando todos os seus partidários ao Átrio dos Gentios, ele proclamou um discurso inflamado:

— Há muito tempo o clero é recrutado entre as mesmas famílias, as dos notáveis de Jerusalém, todos corrompidos pelo dinheiro deles, todos escravos, cães de caça de Roma! Substituamo-los por verdadeiros judeus, oriundos de nossas fileiras. E, para estarmos certos de escolher os melhores, deixemos que Deus os designe: vamos sorteá-los!

Uma imensa ovação saudou suas afirmações. O escrutínio durou todo o dia e, com a chegada da noite, o Templo se viu munido de novos sacerdotes. A tarefa de sumo sacerdote coube a um camponês inculto, vindo dos seus campos para participar do levante.

Assim que a notícia chegou aos moderados, ela causou uma imensa comoção. O rabino Nissim, o Sábio, não teve nenhuma dificuldade para instigar a população:

— Vamos deixar esse iletrado, incapaz de ler os pergaminhos com a Lei, entrar no Santo dos Santos no lugar de Ananis? Iremos tolerar esse insulto diante de Deus?

Os mesmos gritos lhe responderam, bradados por milhares de peitos:

— Sacrilégio! Vamos às armas!...

Iniciou-se então uma luta que se parecia com a tomada de uma fortaleza... Jerusalém estava, de fato, constituída por duas cidades imbricadas uma na outra: a cidade propriamente dita, protegida por suas muralhas e, erguendo-se a leste, a colina artificial do Templo, possuindo muros intransponíveis, à qual só se tinha acesso através do pequeno dique de contenção que partia da praça de Xisto.

Se os zelotes tivessem fechado a porta que dava acesso a esse dique, é provável que os invasores não teriam conseguido penetrar no interior das muralhas, mas eles cometeram o erro de subestimar seus adversários. Havia muito tempo que eles queriam passar às vias de fato com os moderados em batalha campal. Então, ao vê-los chegando, eles reagiram em massa. Iniciou-se um furioso corpo-a-corpo...

No passado, os liberais tinham se mostrado menos ardorosos no combate do que os zelotes; além disso, o poderio em termos de armas era bem menor. Desta vez, porém, o furor que os animava decuplicou suas forças. Os zelotes, rapidamente sufocados, abandonaram o Átrio dos Gentios e se refugiaram no interior do Templo, fechando suas portas. Como Ananis não queria ordenar um ataque ao edifício sagrado, limitou-se a colocar seis mil homens de guarda diante dele. A fome e a sede terminariam por causar a capitulação dos assediados...

Foi então que uma nova personagem entrou em cena. João, filho de Levi, conseguira escapar de Giscala, com vários homens, quando Vespasiano e Tito tomaram aquela cidade. Ele se refugiara em Jerusalém e ficara do lado dos liberais. Mas era, de fato, um extremista convicto e esperava apenas a ocasião propícia para passar para o lado dos zelotes. Foi esse o momento escolhido por ele para mudar de campo.

João de Giscala, que sempre fora um bom orador, convenceu Ananis a deixá-lo penetrar no Templo, para negociar a rendição dos zelotes. Assim que passou as muralhas do edifício religioso, entretanto, o discurso proferido por ele foi muito diferente do que o que supostamente deveria fazer:

— Vocês estão perdidos! Ananis e seus partidários decidiram render-se aos romanos e pretendem levar as cabeças de vocês como prova de boa-fé. Eles tentarão fazer com que vocês acreditem que pouparão suas vidas, mas, quando saírem, serão massacrados!

Essas afirmações causaram o desespero entre os zelotes. Eles eram milhares amontoados dentro do Templo, e era evidente que não suportariam por muito tempo naquelas condições. Restava apenas tentar uma incursão de saída e morrer com as armas na mão. Eles já estavam prontos a decidi-lo quando João de Giscala os deteve:

— Não, há coisa melhor a ser feita. Procurem a ajuda dos idumeus. Se vocês quiserem, posso encarregar-me de enviar mensageiros até eles...

Os zelotes apressadamente aceitaram essa oferta. Ao sair do Templo, João de Giscala contou a Ananis e a seus partidários que seus adversários confabulavam antes de darem uma resposta. Em seguida,

# A PROFECIA DE JERUSALÉM

não perdeu tempo: tomando todas as precauções para não ser visto, enviou vários de seus homens aos idumeus...

Os idumeus, beduínos árabes dos quais era oriunda a família dos Herodes, mantiveram, assim que se tornaram judeus, seu território ao sul da Palestina, tornando-se sedentários. Mas se entediavam nessa vida pacífica demais; esses antigos guerreiros nômades sentiam saudade de seus combates passados. Assim, quando os enviados de João de Giscala vieram lhes dizer que Ananis e seus partidários queriam entregar Jerusalém aos romanos, o sangue subiu-lhes à cabeça. Eles correram às armas e enviaram ao local um exército de vinte mil homens.

A chegada das tropas diante dos muros de Jerusalém foi estrondosa. Assim que os viu, Ananis ordenou que as portas fossem fechadas e, de uma das torres, tentou explicar a situação. Eles nunca tiveram a intenção de entregar a cidade aos romanos. Eram os zelotes, ao contrário, que se mostraram ímpios, substituindo os verdadeiros sacerdotes do Templo por criaturas oriundas de suas fileiras. Mas os idumeus recusaram-se obstinadamente a escutar o que quer que fosse, e armaram acampamento diante das muralhas. Desencorajado, Ananis resolveu lutar em duas frentes.

A situação, porém, não parecia muito preocupante, pois os idumeus, esperando entrar sem problemas na cidade, não tinham previsto nenhum equipamento apropriado ao cerco. Em particular, eles não tinham nenhuma tenda. Quando, de suas muralhas, os habitantes de Jerusalém viram-nos se instalarem em desordem para dormir a céu aberto, eles se disseram que não tardariam a voltar para casa.

Quando a noite chegou, uma tempestade violenta desabou. Os idumeus, molhados dos pés à cabeça, se protegiam como podiam, abrigando-se sob seus escudos. Desta feita, parecia evidente que eles partiriam pela manhã. Ananis disse a seus partidários, mostrando a tromba-d'água que caía do céu:

— Deus está fazendo com que escutemos Sua voz. E, é claro, Ele se pronunciou a favor do verdadeiro sumo sacerdote!

Mas Ananis enganava-se. Deus, se era dEle que se tratava de fato, acabava de fazer com que a balança pendesse para o lado adversário… Logo, a tempestade tornou-se ainda mais forte, chegando a uma intensidade inédita, que não era vista havia muito tempo, e as poucas sentinelas que permaneciam nas muralhas correram para abrigar-se.

João de Giscala e seus homens não deixaram escapar a ocasião. Precipitando-se sobre uma porta deserta de qualquer defensor, eles conseguiram, com a ajuda de serras, cortar as barras que a travavam. Depois, a escancararam e correram para advertir os idumeus de que o caminho estava livre!

Pouco depois, estes penetravam nas ruas de Jerusalém. O efeito-surpresa foi total, e eles atravessaram a cidade num movimento irresistível. Seu objetivo era a esplanada do Templo onde os seis mil moderados cercavam os zelotes. Impetuosamente, eles atravessaram o pequeno dique de contenção, exterminando todos em seu caminho, e passaram ao ataque. Os homens de Ananis se viram imediatamente superados, sobretudo porque os zelotes, ao descobrirem qual era a situação, saíram do Templo para pegá-los pela retaguarda. A carnificina começou e só terminou quando o último dos seis mil homens caiu em seu próprio sangue.

Mas o massacre não parou por aí… Enquanto a tempestade ainda desabava, sob os clarões dos relâmpagos e os estrondos dos trovões, zelotes e idumeus lado a lado se espalharam pela cidade e degolaram todos os moderados que caíam em suas mãos. Ananis estava entre eles. Ele residia no Palácio de Herodes. Se tivesse se trancado lá dentro, poderia salvar a própria vida, mas tinha corajosamente saído para organizar a resistência. Reconhecido por um grupo de extremistas, foi desmembrado e uma numerosa guarda foi posta perto de seu cadáver para impedir que alguém lhe desse uma sepultura.

Foram talvez dezenas de milhares de liberais que pereceram durante essa trágica tempestade. Como tinha acontecido no caso de Ananis, seus corpos foram atirados nas ruas, com a proibição de que fossem enterrados... Nissim, o Sábio, escapou por muito pouco. Ele conseguiu refugiar-se na loja de um comerciante de vinho situada diante de sua casa, ficando escondido dentro do maior de seus tonéis.

Nos dias que se seguiram, os assassinatos diminuíram de intensidade, ocorrendo de maneira mais refletida. Os crimes visavam principalmente aos ricos, inicialmente porque quase todos eram simpatizantes dos moderados, em seguida porque era uma maneira de se apoderarem de sua fortuna. Eles eram detidos e conduzidos à prisão, onde, sem o menor julgamento, sem que lhes fosse nem mesmo dirigida alguma palavra, eram chicoteados, estirados sobre um cavalete e degolados.

Os idumeus, fatigados de verem tantas atrocidades e ligeiramente desconfortáveis diante desse ódio desenfreado, acabaram partindo dali. Podia-se acreditar que sua retirada acarretasse um início de apaziguamento, mas o que se passou foi o inverso. Vendo-se livres de todas as testemunhas, os zelotes puseram-se a matar indistintamente, ao acaso, por puro prazer. A brincadeira preferida era disfarçarem-se de mulheres. Eles raspavam a barba, maquiavam-se, cobriam o rosto com um xale, se misturavam aos passantes e, tirando suas espadas, jogavam-se subitamente sobre o primeiro que passava. Os gritos de surpresa e de horror que provocavam com tal procedimento proporcionavam-lhes grandes gargalhadas...

Com o decorrer dos dias, João de Giscala foi pouco a pouco se afirmando como chefe dos zelotes, para o grande prejuízo de Simão, que se via despojado de seu poder. A rivalidade entre ambos tornou-se cada vez mais forte, deixando o presságio de que novos confrontos ocorreriam. Depois de ter eliminado quase todos os moderados, iriam eles se matar? Esse cenário não parecia impossível, de tanto que a loucura parecia ter se apoderado da cidade. Jerusalém assemelhava-se a uma embarcação navegando num mar violento e dirigido por uma tripulação embriagada...

Os últimos liberais tinham perdido todas as esperanças. Assim se passava com Nissim, o Sábio, que era um dos raros ainda vivos. Durante a noite, ele saía furtivamente do esconderijo do comerciante de vinhos. Jogava um pouco de terra sobre os cadáveres que se empilhavam nas ruas, a fim de conceder-lhes uma sepultura simbólica. Ele nem mesmo notava sua casa reduzida às cinzas. Ao contrário, erguia os olhos condoídos em direção ao Templo, que se tornara um covil de assassinos, e voltava para esconder-se em seu tonel, perguntando-se se devia agradecer a Deus por ter lhe salvado a vida ou maldizê-lO por ter feito com que tivesse de assistir a tantos horrores...

Os romanos estavam entre os primeiros e os mais chocados com essa situação. Vespasiano, ainda em Cesaréia, via, sem sair de seu quartel de inverno, seu inimigo sofrer perdas mais pesadas do que se ele os tivesse combatido. Alguns de seus oficiais o aconselharam que atacasse sem mais delongas; afinal de contas, na Palestina, o inverno era clemente e permitia operações militares. Vespasiano, porém, homem calmo e rigoroso, preferiu ater-se ao que estava previsto. A campanha seria retomada na primavera. De toda maneira, o tempo estava a seu favor.

Vespasiano, efetivamente, levou todo o tempo de que precisava. Primeiro, esperou pelo retorno de Tito. Ele ficou bastante impressionado com as informações que seu filho lhe trazia, como conseqüência dos encontros com Tibério Alexandre. Decididamente, sua estrela não parava de subir, ficando maior a cada dia! Mas era preciso muito mais do que isso para fazer com que o sucesso lhe subisse à cabeça. Ele faria sua campanha da maneira prevista: conquistar a região e, só depois, estabelecer o cerco a Jerusalém.

# A PROFECIA DE JERUSALÉM

Iniciando as operações em meados de março, Vespasiano começou pela Peréia, uma das províncias da Palestina, a leste do rio Jordão, atacando sua principal fortaleza, Gadara. Nem teve necessidade de combater; a guerra civil tinha feito o serviço sujo em seu lugar. Com a aproximação de seu exército, os notáveis se revoltaram contra a guarnição, composta de zelotes. Ocorreram furiosos combates atrás das muralhas. Os zelotes foram vencidos e fugiram para o campo, onde os romanos os massacraram até o último; como conseqüência, toda a Peréia se rendeu.

Continuando mais ao sul, Vespasiano devastou a Iduméia, cujo exército, desmoralizado pelo que vira em Jerusalém, opôs apenas uma medíocre resistência, praticamente deixando-se despedaçar... Estava-se em maio e restava apenas uma província a ser conquistada: a Judéia; e, em seu centro, a cidade de Jerusalém.

Vespasiano atacou os dois últimos locais que resistiam: Jericó e Emaús, conquistando-os em tempo recorde. Depois, rumou para Jerusalém e organizou o bloqueio... Tudo parecia praticamente concluído quando a situação começou a tomar um rumo distinto.

Dia após dia, mensageiros de Roma, cavaleiros cobertos de poeira, com os cavalos ofegantes, passaram a trazer notícias, cada uma mais grave do que a outra: levantes eclodiram na Gália; depois foi a vez de a Espanha ter episódios de tumulto; o levante na Gália se generalizara; o exército da Espanha não reconhecia mais o poder do imperador... Por fim, em meados de junho, um último cavaleiro, ainda mais extenuado do que os outros, veio estender com a mão trêmula um rolo de papiro ao general.

Antes mesmo de abri-lo, Vespasiano já tinha compreendido. Ele não trazia mais, como os outros, o selo de Nero, mas o do Senado. Tito, que estava a seu lado, empalidecera. Vespasiano leu em silêncio e, depois, anunciou a seu filho:

— Nero suicidou-se...

Para Vespasiano, isso significava, de imediato, a interrupção da guerra na Palestina. De acordo com o costume romano, um chefe de exército é apenas o oficial do imperador. Nada mais é possível sem que o imperador esteja no poder; como a mensagem não informava sobre nenhum sucessor, era preciso esperar.

Era evidente, porém, que essa notícia significava muito mais coisas. A primeira parte da predição de Josefo realizara-se, e todas as profecias que não cessavam de se acumular desde o início da campanha encontravam um começo de realização... Ainda assim, Vespasiano manteve toda a sua calma. Nero estava morto, mas o que isso mudava para ele próprio? Por que diabos ele seria seu sucessor? Podia-se imaginar que os senadores iriam elegê-lo por meio do voto ou seria a guarda pretoriana que o designaria por aclamação?... Ele quis falar sobre tudo isso com Tito, mas ele se deu conta de que seu filho não estava mais presente. Com o anúncio da morte de Nero, ele deixara a tenda sem dizer nenhuma palavra.

É que, para Tito, o acontecimento, antes de ser político, antes mesmo de dizer respeito a seu destino, era pessoal e íntimo. Ele sentia uma alegria imensa. Depois de tantos anos, o monstro expiava enfim o seu crime! A sombra do inocente abatido em sua juventude, do adolescente morto imberbe, podia finalmente gozar da merecida paz... Virado para Jerusalém, ele derramou as lágrimas que logo secaram no ar abrasador da Palestina, e disse baixinho:

— Você foi vingado, meu irmão!

# O PRÍNCIPE DA JUVENTUDE

 Senado convoca ao Império Sérvio Sulpício Galba!

A longa ovação que se seguiu a essa proclamação fez vibrar o majestoso salão da Cúria, sede do Senado romano. Pela primeira vez desde muito tempo, os senadores acabavam de designar o imperador por meio do voto, e essa iniciativa os enchia de orgulho.

Infelizmente para eles, tratava-se apenas de uma encenação: não havia escolha senão fazer o que tinham feito. Galba era o principal oponente de Nero e o artífice de sua queda. Governador da Espanha, ele promovera a secessão de sua província, o que havia acarretado a crise fatal. Na verdade, fora o exército da Espanha que o tinha levado ao poder, não o Senado. Além disso, o próprio Galba não tinha nem mesmo esperado por esse voto para considerar-se imperador e já estava a caminho de Roma, a fim de exercer suas funções...

Sua vinda era aguardada com curiosidade e simpatia. Segundo a opinião geral, a sucessão se daria sem maiores problemas. Quando se substitui um tirano, tem-se o benefício de uma benevolência antecipada, o que em geral facilita todas as ações.

Galba era praticamente desconhecido e, depois de ter vivido tanto tempo na Espanha, todos tinham esquecido a sua aparência. O que só fez aumentar a surpresa e, infelizmente, a decepção, quando se descobriu quem ele era.

O novo imperador era velho, extremamente velho! Tinha setenta e dois anos, mas parecia ser ainda mais idoso. Já bastante curvado e deformado pelo reumatismo, caminhava mancando, e cada passo parecia causar muito sofrimento. Seu rosto esquelético era marcado por rugas profundas. Apenas os cabelos grisalhos bastante abundantes davam algum toque harmonioso à sua figura.

Podia-se esperar desse velhote — colocado pelo destino no trono dos Césares — que ele demonstrasse ter, pelo menos, as qualidades tradicionais atribuídas à sua idade: a experiência, a sabedoria, a moderação. Mas nem isso ocorreu. Os anos haviam embotado seu espírito, e ele de imediato revelou-se incapaz de governar sozinho. Assim, cercou-se de conselheiros que, por falta de discernimento, foram escolhidos de maneira deplorável. Esses conselheiros, assim que assumiram seus cargos, acumularam desvios de fundos, provocações e indecências.

Como se não bastasse, Galba era extremamente cruel. Já que seu reumatismo não lhe dava trégua, ele queria que todos sofressem com ele. E chegava a repetir a quem quisesse escutar que a principal razão que o levara a ter disputado o Império era poder fazer tanto mal quanto fosse possível. Quando era tomado por suas crises, ele fazia com que trouxessem uma lista preparada por um de seus colaboradores e, com a voz colérica e entrecortada por risos de escárnio, ia pontuando cada um dos nomes que escutava com "Matem-no!... Matem-no!...".

Nessas condições, logo se tornou evidente que Galba não reinaria por muito tempo. As conspirações recomeçaram a pleno vapor, como nos últimos dias de Nero. O imperador, perdido em meio a seus sofrimentos e perversidades, não se dava conta de nada. Aliás, sua índole naturalmente imperiosa e arrogante fazia com que desprezasse todo o mundo.

O principal erro de Galba foi desdenhar também o exército italiano, os pretorianos, que apresentavam a particularidade de estar em contato físico com os Césares e que, por essa razão, eram adulados por todos os imperadores precedentes. Galba, ao contrário, guardava todos os seus favores a seu caro exército espanhol, a quem ele devia o poder.

Além disso, não deu importância alguma a uma notícia gravíssima. Exatamente seis meses depois de ascender ao trono, o exército da Germânia se recusou a reconhecê-lo por mais tempo como imperador e proclamou para seu lugar o general Vitélio. Ora, a Germânia possuía, de longe, o exército mais poderoso do Império.

De toda maneira, já era tarde demais: seus dias estavam contados e seu destino seria decidido ali mesmo em Roma... Marco Otônio, que também intrigara muito durante o governo de Nero, ajudando Galba a tomar o poder, esperava ser designado como seu sucessor. Vendo que nada disso acontecia, Otônio aproximou-se da guarda pretoriana, multiplicando em segredo as promessas e, logo, tudo já estava preparado para que se passasse à ação.

Apenas quinze dias depois da insurreição de Vitélio, enquanto Galba passeava claudicando no Fórum, ele viu aproximarem-se os cavaleiros da guarda. Os soldados apearam e desembainharam seus gládios. O velhote tentou morrer dignamente, endireitando-se.

— Já que é preciso, golpeie!

Mas o incidente macabro que se seguiu retirou de sua morte toda a dignidade. Um oficial o decapitou com um único golpe de gládio. Ele tentou pegar sua cabeça ensangüentada pelos cabelos, para levá-la a Otônio, mas esta caiu no chão. Sua cabeleira grisalha, a única parte harmoniosa de seu físico, era de fato uma peruca! Apesar do horror do momento, quem testemunhava a cena caiu na gargalhada e o soldado, para levar seu troféu, teve de introduzir o polegar na boca aberta...

A tomada de poder por Otônio seguiu-se de uma sessão solene no Senado, na qual se anunciou no grande salão da Cúria:

— O Senado convoca ao Império Marco Sálvio Otônio!

Desta vez, porém, nenhuma demonstração de entusiasmo decorreu dessa proclamação. Os senadores não podiam mais iludir nem os outros nem a si mesmos. A assembléia parecia-se com o que era de fato: uma câmara de registros servil, cujos membros pagavam a honra e as vantagens de seus cargos com um temor praticamente permanente pela própria vida...

Aparentemente, Otônio possuía uma maior quantidade de trunfos do que Galba. A idade, em primeiro lugar: tinha apenas trinta e sete anos e dispunha de vigor tanto físico quanto intelectual. Em seguida, era dotado de maior habilidade e sentido de realidade. Consciente de que sua ascendência ao trono devia e muito ao exército italiano, encheu-o de favores, conquistando seu apoio indefectível.

Mas seu reinado já estava viciado desde o começo, mantendo-se em suspenso, em *sursis*. De fato, fora-lhe preciso alguma coragem para assumir o poder em condições assim tão precárias. O poderoso exército da Germânia estava a caminho de Roma, com Vitélio à sua frente. O confronto era inevitável e somente após a batalha poder-se-ia afirmar com segurança quem era o imperador.

Otônio teve o mérito de preparar-se com calma e método. Reuniu todos os soldados existentes na Itália e enviou-os rumo ao norte. O encontro ocorreu perto de Cremona, sendo longo, indeciso, enfurecido. Ao fim, porém, de uma verdadeira carnificina, que causou mais de quarenta mil mortos, Vitélio sagrou-se vencedor.

Marco Otônio, sabendo-se um general medíocre, não quisera dirigir pessoalmente suas tropas. Ao inteirar-se da derrota, dentro da tenda imperial, a pouca distância do campo de batalha, ele demonstrou ter muito sangue-frio, pronunciando, num tom calmo:

— Sei morrer melhor do que reinar.

Ele se atirou sobre a ponta de sua espada e tombou, com o coração dilacerado de um lado a outro. Havia exatamente três meses e um dia que a cabeça calva de Galba rolara na poeira do Fórum...

Todos os romanos entraram em pânico. A opinião geral era a de que o ciclo de dramas iria recomeçar. Algo ainda mais terrível, porque o Império estava em paz civil havia exatamente cem anos, desde a batalha de Accio, na qual Otávio, futuro Augusto, vencera definitivamente seu rival Antônio...

A infelicidade abatia-se sobre Roma: a trágica confirmação chegou juntamente com a entrada das tropas de Vitélio na cidade. Os soldados, habituados à dura ida do campo, ficaram maravilhados ao descobrirem o luxo da capital e comportaram-se exatamente como num país conquistado, roubando o ouro e a prata dos templos, violando as romanas em suas casas, como se fossem as germanas em suas florestas. Seus oficiais não apenas não tomavam nenhuma medida para tentar frear esses excessos, mas os encorajavam. Era evidente que tinham recebido ordens nesse sentido do próprio general.

O Senado, dessa vez, não ousou, ao proclamar Vitélio imperador, servir-se da fórmula utilizada no caso dos dois predecessores. Não pretendia "convocar Vitélio ao Império". Quando ele apareceu na Cúria, com couraça, gládio na mão, cercado por uma escolta potentemente armada, os senadores conferiram-lhe tão humildemente quanto possível todos os poderes devidos aos Césares e proferiram, tremendo, os votos para que tivesse êxito...

No início, o novo imperador instalou-se num tipo de ditadura militar, apoiado pelo exército germano. Acampados no monte Palatino, ou no palácio imperial, os soldados patrulhavam as ruas, dispersando as reuniões, detendo, e mesmo abatendo no local, toda pessoa cujo comportamento fosse julgado subversivo. E depois, com a passagem dos dias, as tropas de elite melhoraram em decorrência do contato com a cidade; não tardaram a cair no luxo e nos excessos.

O próprio Vitélio dava o exemplo... Assim como Galba, ele surpreendeu com seu físico, quando o descobriram. Se o primeiro era velho, o segundo era gordo, enorme mesmo! Seu rosto era oleoso e flácido, notável por suas bochechas caídas e pelo queixo triplo; seu ventre, apesar das amplas túnicas com as quais ele tentava dissimulá-lo, era largo e proeminente.

Se, para Galba, a subida ao poder supremo significava fazer a maior quantidade de mal possível, para Vitélio isso não podia significar outra coisa senão comer. Ele tomara o hábito de fazer quatro refeições por dia, convidando-se à casa de uns e outros, não hesitando em mandar decapitar seus anfitriões se não achasse a mesa suficientemente farta.

Seu prato preferido, o "escudo de Minerva", dava a medida de sua gulodice, e logo sua receita foi conhecida por toda Roma. Leitões desossados, postos para macerar no vinho e defumados na lareira, eram recheados com uma mistura de fígados de patruças e escaros, cérebros de faisões e de pavões, línguas de flamingos, ovas de moréias e de lampreias, tetas de bácoras, tendões de camelo e cristas arrancadas de galos ainda vivos. A cada refeição, Vitélio devorava sozinho um desses leitões recheados.

Rapidamente, suas quatro refeições cotidianas não eram mais suficientes. No decorrer de suas atividades oficiais, cada vez mais reduzidas em virtude do tempo dedicado à alimentação, ele era constantemente tomado por uma fome canina, o que acontecia principalmente durante os sacrifícios. Ele não suportava o odor das carnes assadas nem a visão dos pãezinhos oferecidos aos deuses. Então, empurrando o sacerdote, precipitava-se ao altar e devorava tudo. O mesmo ocorria à noite. O tempo consagrado a dormir e não a comer era-lhe insuportável. Ele deixava a cama e ia à cozinha do palácio para se apoderar dos restos.

Progressivamente, todas as forças do Império foram consagradas ao ventre imperial. Legiões foram mobilizadas para a caça ao flamingo e aos faisões e, em todo o Mediterrâneo, as trirremes romanas, esses poderosos navios de guerra que faziam todo o mundo tremer, receberam ordens para interromper suas patrulhas e se dedicarem exclusivamente à pesca de moréias e lampreias!

Vespasiano não se parecia de modo algum com as três personagens que tinham se sucedido à frente do Império, era o mínimo que se podia dizer! Nesses momentos de perturbação e loucura, ele era a própria imagem da calma e da razão. Desde o início dos acontecimentos, sua única preocupação era saber de quem deveria receber suas ordens, a fim de concluir a tarefa que lhe fora dada: trazer a paz à Palestina. Ele interrompera o cerco a Jerusalém, pois não podia deixar por muito tempo o exército em estado de guerra, e retornara aos quartéis de descanso, em Cesaréia do mar, onde esperava...

Ao saber que Galba havia chegado ao poder supremo, Vespasiano enviara um mensageiro, a fim de assegurar sua fidelidade e de receber instruções. Estava-se no outono. Galba havia respondido para aguardar a primavera, mas morrera no início do inverno. Vespasiano enviara outro mensageiro a Otônio, que lhe dissera nada poder decidir antes do confronto com Vitélio. A conseqüência não demorou a ser conhecida: a sangrenta batalha da Cremona dava o Império a seu adversário.

Dessa vez, a situação tomara, aos olhos de Vespasiano, um rumo diferente. Para ele, tanto Galba quanto Otônio representavam a legalidade. Qualquer que fosse a personalidade do novo imperador, Vespasiano não questionara sua autoridade; com Vitélio, porém, a situação não era mais a mesma. Em primeiro lugar, ele conhecia a figura; já cruzara com ele durante suas campanhas: era um ser violento, dissoluto e estúpido. Um indivíduo semelhante à frente do Estado era uma calamidade. Em seguida, havia a maneira pela qual ele chegara ao poder: iniciando uma guerra civil e fazendo correr um rio de sangue.

Vespasiano, portanto, hesitara. Apesar, porém, de todos os temores que ele podia ter pelo Estado, apesar também dos presságios que pareciam se realizar e que pesavam cada vez mais na balança, ele se recusara a dar o primeiro passo. Tito, que dividia com ele essa inação, afastado de Berenice, ainda em Alexandria, tinha tentado todos os argumentos para convencê-lo:

— Você deve ser imperador. Se não o fizer por si mesmo, faça-o por Roma!

— Recuso-me a entrar na ilegalidade.

— Não há mais legalidade. São os exércitos que fazem os imperadores, o da Espanha, o da Itália, o da Germânia. Basta dizer uma palavra que todo o exército do Oriente estará a seu lado!

Foi em vão... Vespasiano pretendia ser um soldado, um homem de ordem a serviço do Estado, nada mais do que isso! E, para marcar com força sua recusa a toda aventura, ele certificou Vitélio de sua fidelidade e decidiu retomar as operações militares. As tropas deixaram Cesaréia e rumaram para Jerusalém...

Desta vez era demais! Era preciso usar todos os meios para convencer aquele obstinado. Uma verdadeira conspiração a seu favor organizou-se em torno de Vespasiano. Tal conspiração reunia todos os que, havia muito tempo, queriam vê-lo ascender ao mais alto posto: Tito, Agripa, Berenice e Tibério Alexandre...

Eles dividiram os papéis. Agripa encarregou-se de mobilizar os reis da região. A seu convite, todos compareceram a seu palácio em Cesaréia de Filipe: Soema de Emésio, Malc da Arábia, Zulfir de Kerak e Antíoco de Comagena, cuja filha, Zelma, ele iria desposar em breve. Eles aceitaram, entusiasmados, se aliar à conspiração. Naquele momento, seus soldados rumavam para Jerusalém, em companhia das legiões romanas. Eles iam lhes transmitir a instrução de iniciarem uma agitação em favor de Vespasiano. Logo, todo o exército estaria do seu lado!

O passo decisivo, porém, foi dado em Alexandria, por Tibério. O que ele prometera a Berenice — ser o primeiro artífice de seu destino de imperatriz — ocorreu na ilha de Faros, onde ele reunira todas as tropas da cidade e das redondezas. Na presença de todos, ele não hesitou em engajar-se, arriscando a própria vida caso não fosse seguido. Tomou a palavra com a voz vibrante:

— Não é mais um imperador que dirige Roma, é o exército da Germânia! Por quanto tempo ainda iremos tolerar essa situação?

O clamor que lhe respondeu pôs fim a seus temores. Tratava-se de um "não" unânime e, sem que ele tivesse de acrescentar nada, o mesmo nome foi brandido por todas as gargantas:

— Vespasiano!...

Os conjurados estavam decididos a não dar a menor trégua a Vespasiano. Berenice queria lhe transmitir pessoalmente o relato dos últimos acontecimentos em Alexandria. Tomando a embarcação mais rápida, ela foi encontrá-lo em seu acampamento, diante de Jerusalém...

Naquele momento, Vespasiano estava preocupado. Por mais que fizesse, não conseguia mobilizar sua atenção para o cerco que estava montando. Seu espírito estava em outro lugar, em Roma, onde a situação o preocupava cada vez mais. Ele dispunha de um informante de primeira mão na cidade, seu próprio irmão mais velho, Flávio

Sabino. Prefeito de Roma no momento da invasão de Vitélio, Flávio Sabino escondera-se desde então, mas correspondia-se regularmente com o irmão. E as informações que dava eram alarmantes. Vitélio estava enveredando por um tipo de loucura alimentar. Chegava-se mesmo a ponto de ter saudades de Nero!

Como os outros, Flávio Sabino implorava que seu irmão partisse para a conquista do Império. Não lhe faltavam simpatizantes em Roma; os sobreviventes do exército italiano, cruelmente dizimado em Cremona, ansiavam pela hora da vingança, e boa parte do povo não hesitaria em pegar em armas para se livrar do tirano...

Vespasiano estava lendo a última correspondência de seu irmão, ainda mais alarmante e mais urgente do que as outras, quando lhe foi anunciada a chegada de Berenice. Apesar de estar surpreso com a visita, ele acolheu calorosamente essa princesa a quem tanto apreciava. Berenice inclinou-se diante dele.

— Eu o saúdo, César!

Vespasiano recuou por um momento.

— Você está zombando de mim?

— Nunca zombei de você. Estou apenas saudando-o com o nome com o qual o chamam em Alexandria. Por iniciativa de Tibério Alexandre, o exército do Egito aclamou-o imperador!

Estupefato, Vespasiano quis, porém, minimizar os fatos:

— Tibério tem somente algumas tropas...

— Ele tem o Egito, e isso vale por todos os exércitos! O Egito é o celeiro do Império. Tibério Alexandre suspendeu o envio de trigo a Roma. Em três meses, a fome reinará na cidade; em quatro, ela se rebelará e convocará sua ajuda...

Era a verdade exata, e Vespasiano o sabia perfeitamente. O Egito, país do qual dependia o abastecimento de Roma, era a província vital por excelência, e os imperadores sucessivos não se enganavam ao escolherem para o posto de governador uma pessoa em quem depositavam plena confiança... Berenice prosseguiu:

— Você deve tomar uma decisão. Tibério já se engajou. Se você não o apoiar, ele vai pagar com a própria vida...

Se Vespasiano ainda hesitava, seu exército iria varrer suas últimas dúvidas. Já havia alguns dias que, tanto sob o efeito da propaganda dos soldados aliados quanto por iniciativa própria, a tropa fora tomada pela efervescência... Os discursos se multiplicavam nas noites da caserna. E como! Os soldados da Germânia ou da Itália, indolentes em meio ao ócio e à segurança, faziam e desfaziam os imperadores; já eles, que se engajavam de fato numa guerra impiedosa, longe de suas cidades e de suas famílias, não teriam nada a dizer? Por que não se fariam escutar? E a voz deles era unânime, contida num só nome, num só grito: "Vespasiano!...".

A notícia da aliança do Egito, propagada desde a chegada de Berenice, provocou o aumento da tensão. Logo, a tenda do general estava cercada por uma multidão em delírio. Uma última vez, Vespasiano tentou resistir, mas os soldados utilizaram os meios mais radicais. Eles simplesmente lhe disseram:

— Se você recusar o Império, vamos matá-lo!

Assim, Vespasiano finalmente inclinou-se. Carregado de modo triunfal e em meio a um entusiasmo indescritível, foi aclamado longamente com o nome de César. Quando a balbúrdia se aquietou, ele retornou à sua tenda, onde Berenice o aguardava. Ele percebeu que Tito não estava ali e que já tinha se ausentado havia algum tempo... Quem lhe deu a explicação surpreendente foi a própria princesa, que falou calmamente:

— Tito partiu para a Síria. Logo se juntará a Muciano.

— Muciano...?

Berenice aquiesceu com a cabeça e, diante do novo candidato ao Império, revelou os planos dos conjurados... A adesão do Egito não bastaria. Era preciso enviar a Roma tropas que pudessem afrontar Vitélio. E não era possível retirar as legiões presentes na Palestina, sob pena de ver a revolta se reacender. Restavam as tropas da Síria e, para isso, era necessário convencer Muciano...

Vespasiano descobria, estupefato e ao mesmo tempo tomado pela emoção, tudo o que tinha sido tramado a seu favor. Ele olhou para a princesa, incrédulo.

— E você pensa que Muciano aceitará?

— Estou certa disso. Ele está do seu lado. Recentemente, chegou mesmo a garantir sua adesão a Tibério. Aliás, o próprio Tibério urge para vir vê-lo.

— Por que razão?

— Sua rede de informações é inigualável. É em Alexandria que as notícias chegarão até você mais rapidamente e é também de lá que suas ordens serão expedidas com maior velocidade. Se você consentir, será sua capital... Enquanto Roma não o for!

Vespasiano nada replicou. Partiu para Alexandria no mesmo dia, com Berenice. Fez questão somente de levar Josefo e Basilides com ele. Os profetas estavam vendo suas afirmações se realizarem: sua hora havia chegado...

O palácio de Damasco não deixava de lembrar o de Cesaréia de Filipe. No meio daquela cidade inteiramente branca, oprimida por um sol implacável, ele se erguia dentro de um oásis verdejante, que tinha a irrigação assegurada por múltiplos canais. A abundância e a escolha das flores, sobretudo as rosas, denunciavam o gosto refinado, devido a um artista verdadeiro.

Aliás, Muciano era de fato um artista, fato que pôde ser constatado pelo próprio Tito... Depois de se fazer anunciar, Tito foi conduzido aos jardins, onde ficou fascinado com a voz sublime acompanhada por uma melodia encantadora. Ele pensava que Muciano assistia a algum recital; ao aproximar-se, porém, ficou surpreso por descobrir apenas um cantor solitário. Era um homem ainda jovem, entre trinta e quarenta anos, segurando uma lira. Tratava-se, sem dúvida, de algum músico ensaiando. Tito dirigiu-se a ele:

— Sabe onde está o governador?

O homem interrompeu a música, sorriu e inclinou a cabeça.

— Ele está diante de você. Salve, Tito!

Tito devolveu a saudação, pasmo... Muciano realmente não tinha a aparência que de hábito se atribuía aos altos funcionários romanos: o corpo bastante frágil, o rosto distinto, o olhar penetrante e ao mesmo tempo malicioso. Muciano divertiu-se com a perplexidade que causava:

— Você está pensando que não me pareço com um governador...

— Confesso que sim...

— Pois bem, saiba que é justamente por essa razão que hoje ocupo esse posto! Nero nomeou-me apenas porque achava que eu era um bom cantor. Era assim que governava esse histrião... Mas já falamos demais nele. Temos coisas mais importantes a nos dizer...

Muciano pôs-se a caminhar pelo jardim perfumado. Tito o seguia. De tempos em tempos, com a ajuda de uma tesoura, o anfitrião cortava uma flor ou um pequeno galho.

— Em primeiro lugar, tenho de lhe contar uma novidade. Um portador, que partiu de Jerusalém depois de você, acaba de precedê-lo. Alegre-se: Vespasiano aceita o Império!

Tito, efetivamente, sentiu uma felicidade imensa, mas absteve-se de dar livre curso ao júbilo. Afinal de contas, não estava muito seguro dos sentimentos do governador. Assim, contentou-se em responder com uma pergunta:

— E essa notícia também o agrada?

— Se você não fosse filho dele, eu diria que estou tão feliz quanto você. Esperava por esse momento há muito tempo, que preenche meus mais caros desejos.

Tito observava com atenção Muciano que, uma rosa nas mãos, sentia o perfume da flor. Decididamente, aquele homem o agradava. Ele decidiu lhe falar sem mais delongas:

— Por que você se sente favorável a Vespasiano a esse ponto?

— Porque ele merece. Trata-se do homem mais honesto e justo que já conheci. Roma atravessou grandes infortúnios, que ainda não terminaram. A cidade terá necessidade de um homem como seu pai para curar essas chagas.

Muciano falava num tom ardoroso. Tito descobria nele uma surpreendente mistura de refinamento e gravidade. Muciano era alguém extremamente cativante; designando-o para esse posto, Nero terminara por fazer, pelo menos desta vez, a mais judiciosa das escolhas... Tito decidiu continuar com a mesma franqueza:

— Você poderia desejar o Império para você. Teria chances melhores do que as de Vespasiano: você tem as cinco legiões da Síria, ele tem apenas quatro na Palestina, e dificilmente poderá utilizá-las.

Muciano ajoelhara-se para deslocar alguns pedregulhos que obstruíam um pequeno canal, impedindo a irrigação por completo. Ele balançou a cabeça negativamente.

— Está enganado, Tito, não tenho cinco, tenho nove legiões. Antônio Primo colocou à minha disposição as quatro legiões do Danúbio. Se eu desejar, ele está pronto a marchar contra Roma a meu lado.

Tito não acreditava no que estava escutando! Quem era então esse Muciano para recusar um Império que lhe estendia os braços? Pois o problema das legiões do Danúbio era crucial, e Tito pensava mesmo em tratar da questão com Muciano... Efetivamente, havia quatro legiões acantonadas ao longo do rio Danúbio. Elas estavam no caminho da Síria até Roma, e era indispensável assegurar-se da neutralidade do seu general, Antônio Primo, para poder atravessar a região. Ora, Muciano conseguira muito mais do que isso: sua aliança!... O governador respondeu à sua questão com voz sonhadora:

— Eu poderia ser imperador, de fato, mas não tenho vontade. Roma teve um cantor nesse cargo: você não crê que basta? Além disso, já refletiu o que significa ser o senhor absoluto do mundo inteiro? O imperador exerce sua autoridade em todo o mundo conhecido e tem todos os poderes: militar, judiciário, legislativo e religioso. E não há nada diante dele que possa contrabalançar tamanho poder.

Muciano pousou seu olhar sobre Tito.

— O imperador pode fazer tudo, tudo! Consegue imaginar o que isso possa significar? Calígula quis nomear seu cavalo cônsul e nomeou seu cavalo cônsul. Nero quis matar a própria mãe e matou a própria mãe. Que vertigem!... Se tantos dementes ocuparam o trono dos Césares, não é porque todos eram tarados, é porque esse cargo nos torna loucos! Não ter nenhum outro freio senão a si mesmo é apavorante! Apenas um homem como o seu pai pode manter a cabeça fria nessas circunstâncias. Eu, sei disso, não resistiria...

Um longo silêncio instalou-se entre ambos. Muciano meditava sobre o que acabara de dizer, e Tito ainda estava sob o impacto. Pois aquelas palavras haviam produzido uma impressão imensa sobre ele. Pela primeira vez em sua vida ele ousava imaginar o que sempre estivera escondido: um dia, sem dúvida, ele seria imperador, e percebia o que isso significava; não se tratava de uma honra, mas de uma responsabilidade terrível, um destino que, efetivamente, dava vertigens... A voz do governador o trouxe de volta ao presente:

— Vou reunir minhas tropas e colocar-me a caminho. Quando chegarmos diante do Danúbio, deixarei o comando a Antônio Primo. Assim como não daria um bom imperador, também não seria um bom general. Uma lira e uma legião não são exatamente as mesmas coisas...

— Primeiro, é preciso convencer seus homens a segui-lo.

— Quanto a isso, deixe por minha conta. Creio que tenho talentos suficientes em eloqüência e já preparei meu discurso. Direi aos soldados que Vitélio decidiu transferi-los para a Germânia e colocar o exército germano em seu lugar. Isso não é verdade, mas é perfeitamente verossímil, e você pode imaginar qual será a reação deles!

Tito aquiesceu com um sorriso. Sim, ele confiava em Muciano. De fato, ele confiava integralmente nele. Era algo muito feliz que o destino o tivesse colocado na presença de um homem semelhante, e que eles fossem chamados a combater lado a lado...

Apesar do prazer da companhia de Muciano, Tito não se demorou muito ali. Tomou o caminho de Alexandria, chegando à região no menor tempo possível. Em sua precipitação, tinha pressa de levar a seu pai a boa notícia, mas a impaciência para rever Berenice tinha peso semelhante.

Evidentemente, quando Tito anunciou a Vespasiano, Berenice, Agripa e Tibério o resultado de sua entrevista com Muciano, deu-se uma alegria imensa. Mas era uma alegria comedida. Todos estavam cientes da gravidade do momento. Cinco legiões, que dentro em breve seriam nove, marchariam contra Roma, levando, diante de si, um confronto inevitável e forçosamente sangrento. Tratava-se também de um confronto indeciso: apesar de ser um glutão, Vitélio era um bom general, e a disputa estava longe de ser considerada ganha. Se, em algumas semanas, em alguns meses ou ainda mais tarde, fosse anunciada a vitória de Vitélio, não lhes restava outra opção senão o suicídio, como Nero, como Otônio, como uma rainha que vivera outrora naquela mesma região em que se encontravam, a divina Cleópatra...

A sombra de Cleópatra planou precisamente sobre o banquete que os reuniu naquela noite, pois foi no palácio da rainha que a comemoração aconteceu. Cada soberano egípcio construíra o seu palácio, mas os jardins que os circundavam eram tão amplos que uma longa distância os separava uns dos outros. Vespasiano elegera como domicílio o mais antigo de todos, o de Ptolomeu I, companheiro de Alexandre; era o mais simples e, por essa razão, o que mais cabia em seu gosto. Ele se situava entre um imenso lago alimentado pelo canal Maiandros e o zoológico de Ptolomeu Filadelfo, com animais exóticos tão raros que alguns nem chegavam a ser designados. Quanto a Tito e Berenice, eles voltaram, é claro, ao palácio na península de Lóquias, diante do mar e do templo de Netuno, perto do viveiro de Ptolomeu Evérgetes.

Todos os palácios de Alexandria eram suntuosos, mas nenhum deles podia rivalizar com o de Cleópatra. A sala de jantar onde acontecia o banquete tinha as paredes adornadas com cenas mitológicas feitas por pintores sicionios, os mais reputados de sua época. O chão era coberto de tapetes persas, o que, em parte, era uma pena, pois eles ocultavam os pavimentos de ônix e de marfim. As portas de madeiras preciosas eram incrustadas por cascos de tartarugas indianas, além de ágatas e jaspes. As janelas, ornadas com *embrases* de púrpura de Tiro, eram feitas do mais fino e mais transparente vidro alexandrino. No teto abobadado, coberto de lambris, foram pendurados ramos de mirto e de loureiro, símbolos de sorte e presságio de vitória. O mais extraordinário, porém, era a imensa mesa de mármore verde em forma de ferradura, cercada por cem leitos de ouro puro, com o encosto representando patas de esfinges.

O banquete começou alegremente... Tibério Alexandre, o anfitrião, esforçara-se para que o evento tivesse a dignidade devida, e conseguiu! Os pratos, tão numerosos quanto refinados, eram servidos por um grande número de escravos núbios, cuja pele era de um negrume extremo, o que era o que se podia ter de mais refinado nesse quesito. Ao mesmo tempo, os espetáculos mais surpreendentes eram oferecidos aos convivas: dançarinas, acrobatas, músicos e mesmo um balé de pigmeus e um número com avestruzes domesticados...

Vespasiano e Berenice ocupavam os lugares de honra, no meio da mesa central. Se a princesa demonstrava-se eufórica, tanto em virtude das novidades quanto por ter reencontrado Tito, o mesmo, porém, não ocorria com o seu companheiro. Vespasiano estava ensimesmado, mal tocava na comida, saboreava esporadicamente os vinhos, e não sorria para as momices dos pigmeus. Berenice acabou ficando intrigada:

— O que você tem? Qual o motivo de tanta preocupação? O futuro o inquieta?

Vespasiano ficou ainda mais sombrio.

— Não é isso, princesa...

Por alguns instantes, ele se manteve em silêncio. Depois, com um grande gesto circular, ele designou o cenário que o circundava.

— É todo esse luxo que me choca!

E mostrou os milhares de peixes, de peças de caça, de assados que se acumulavam nas mesas.

— Todo esse alimento inútil que vai ser jogado fora ou dado aos cães!

Ele ergueu sua taça, um objeto de arte admirável na qual fora cinzelado um cortejo de sátiros e ninfas.

— Será que o ouro dá mais sabor ao vinho? Por toda a minha vida, bebi na caneca de estanho de minha mãe, Vespásia Pola. Carreguei-a comigo em todas as minhas campanhas e arrependo-me de não a ter trazido até aqui!

Berenice sorriu, pois apreciava infinitamente esse homem, cuja simplicidade a comovia. Ela objetou:

— Não pretendo rivalizar com Cleópatra, mas, quando o recebi, fiz o melhor que pude, e você não parecia aborrecido.

Com essa evocação, Vespasiano serenou.

— É diferente, princesa. Você é uma pessoa generosa, e apreciei muito toda a atenção que recebi. Mas, aqui, compreende, é o Estado quem está pagando.

Ele sacudiu com energia sua cabeça de traços bem marcados.

— Todo esse desperdício, no momento em que as finanças públicas estão praticamente esgotadas, no momento em que a guerra vai recomeçar...! Mas que seja a última vez. Vou ordenar a Tibério que acabe com tudo isso!

Vespasiano retomou sua carranca... De maneira geral, Alexandria não o agradava em nada. Contrariamente a todo o mundo, ou quase, a cidade o deixava insensível. Seu luxo, seu refinamento pareciam-lhe inúteis e chocantes. Para que tantos palácios, quando um só bastaria? E por que essas pessoas passavam o tempo a exibir suas riquezas?... No fundo, sua reação era instintiva. Esse velho romano, oriundo de camponeses e de soldados, não gostava do Oriente, onde importava em primeiro lugar aparecer e brilhar. Seus valores eram exatamente os opostos: a discrição e a frugalidade...

E o desconforto só fazia crescer desde sua chegada. Os alexandrinos, que esperavam tirar proveito de sua subida ao trono, faziam-lhe uma corte ávida. Todos os notáveis da cidade disputavam a honra de convidá-lo, rivalizando em luxo, tanto na mesa quanto na cerimônia. Eles pensavam que o conquistariam dessa maneira, mas só faziam indispô-lo... Vespasiano saiu de sua meditação morosa e bateu com o punho na mesa de mármore verde.

— Quem eles pensam que sou? Vitélio?...

Mas Berenice já não o escutava, não tirando os olhos de Tito, que, por sua vez, olhava em sua direção desde o início da refeição. Ambos pensavam na noite que os aguardava, imaginando-a ardorosamente.

Pois ela foi ainda melhor, foi fervente. Estava-se em julho; dois anos exatos tinham decorrido desde a noite de Cesaréia de Filipe, mas seu deslumbramento e a sede de se descobrirem ainda eram os mesmos. Apenas o canto dos moinhos fora substituído pela ressaca do mar que batia em retirada.

Durante esses momentos, como que suspensos fora do tempo em que as outras pessoas, ao longe, levavam à frente os atos cruciais a seu destino, Tito e Berenice só se ocupavam de si mesmos, e se entregavam a tal tarefa com todo o ardor. Exceto por algumas poucas estadas nesse mesmo local, as circunstâncias tumultuosas que os dois atravessaram tinham-nos mantido afastados um do outro, mas eles puderam facilmente recuperar o tempo perdido.

Eles queriam ser um homem e uma mulher como outros homens e mulheres, um casal como outros casais. Saíram do talamego, que esperava por eles perto do palácio, e passearam pelas ruas da cidade, ambos montados em Esplendor, conseguindo esquecer a situação de exceção em que se encontravam. Aprenderam a se conhecer, descobriram os gostos mútuos, sua opiniões, seus hábitos.

Eles tinham bem poucos segredos um para o outro. Berenice nunca falara da agressão de Zaqueu de Cariote nem das escolhas que os opunha entre Ester ou Judite. Esse assunto o teria alarmado inutilmente; além disso, eram coisas que só diziam respeito a ela. Por sua vez, Tito ocultava os acessos de violência, a sede pelo excesso que por vezes o acometia, como se fosse um restante de sua juventude movimentada. Não se tratava, porém, de uma mentira, tudo aquilo tinha sido relegado ao passado. O Tito obscuro havia desaparecido. Nos braços de Berenice, no país onde nunca neva, tudo era irradiante.

Logo após sua entrevista com Tito, Muciano conduzira as coisas com perfeição. Assim como anunciara, tinha descrito às tropas, num violento discurso, o tratamento que lhes era reservado por Vitélio: enviá-los à Germânia, país de florestas impenetráveis e onde o gelo quebra o rochedo em dois, povoado por ursos, lobos, bisões e bárbaros gigantes que matam somente por prazer. Para homens cuja missão consistia em nada fazer, num país ensolarado, com habitantes pacíficos e amistosos, esse quadro produzia um efeito apavorante. Tão logo se calou o governador, um grito unânime o respondera:

— Morte a Vitélio!

E sem mais delongas, as cinco legiões da Síria tomaram a direção do norte. Eles atravessaram o Bósforo e encontraram as legiões do Danúbio, em Panônia. Ali, um conselho de guerra reunira os dois chefes rebeldes, Antônio Primo e Muciano.

O encontro dos dois não deixava de ser mordaz. Ambos eram criaturas de Nero, nomeados a seus postos por questões que iam além de suas competências. Pois se Muciano obtivera o governo da Síria porque cantava bem, Antônio Primo recebera o exército do Danúbio por ser belo!... Com pouco mais de vinte e cinco anos, ele tinha tudo de Apolo: um corpo gracioso, com cabelos louros encaracolados, lábios carnudos e grandes olhos azuis. Parecia ter saído diretamente de um afresco ou de um vaso.

De maneira surpreendente, porém, essa escolha aberrante revelara-se tão judiciosa em seu caso quanto no caso de Muciano. Apesar das feições de efebo, Antônio Primo era um guerreiro excelente. Tinha a energia, a autoridade, o espírito de decisão e o sentido de estratégia. Seus conceitos militares eram simples: privilegiar o ataque, ser o primeiro a golpear e com a maior rapidez possível...

Sob sua direção, as nove legiões rumaram para a Itália a passos largos. Convinha, segundo ele, afrontar o adversário antes de ele ter tempo de se organizar. Muciano, assim como prometera, deixou-lhe o comando, o que não o impediu de continuar vigilante. O arroubo do general o agradava, mas podia se revelar perigoso. Usando barcos velozes, ele se mantinha em correspondência com Vespasiano, de quem se tornara o homem de confiança. Muciano colocou-o a par da situação e recebeu a missão de temperar e vigiar Antônio Primo, que poderia ter, talvez, ambições pessoais...

Vitélio, a quem os conjurados consideravam ser um bom general, não era mais a sombra de si mesmo; seus excessos alimentares tinham vencido todo o seu bom-senso. Quando lhe foi anunciada a rebelião das legiões da Síria, ele ordenou que o mensageiro fosse crucificado como mentiroso. Aquele que o informou da junção da legião do Danúbio teve o mesmo destino. O exército rebelde já estava quase chegando aos Alpes quando ele, finalmente, resolveu abrir os olhos. Mas já tinha perdido um tempo precioso, talvez decisivo, e foi em meio à pressa e à improvisação que teve de reunir suas próprias tropas.

Nem mesmo por um instante ele pensou em assumir o comando da batalha. A idéia de partir em campanha era insuportável para ele. Pode-se, afinal, comer quatro vezes por dia no exército? É possível devorar o seu "escudo de Minerva" na caserna? Decidiu confiar suas legiões a Júlio Caecina, seu adjunto na Germânia.

Em princípio, a escolha era sensata. Caecina mostrara-se, durante as operações que tinham feito juntos, um excelente militar. Mas a tomada do poder e a estada romana haviam mudado muitas coisas. O contato com os prazeres e com a vida indolente da corte transformara o rude combatente num pândego. E ambicioso também. Júlio Caecina, que até então demonstrara uma lealdade absoluta a seu chefe, logo compreendera que, com um comportamento semelhante, Vitélio não se manteria por muito tempo no poder. Então, era melhor estar à frente do inevitável e escolher o bom lado enquanto ainda era tempo!

Caecina não foi o único a ter sido transformado pela temporada romana. Quando reuniu suas legiões e determinou que rumassem para o norte, deu-se conta de que o exército germano não era mais o que tinha sido. A tropa também se debilitara na capital. A ordem impecável que antes reinava tornara-se frouxa; o espírito combativo dos homens estava enfraquecido. Se, no passado, o exército tinha afrontado com entusiasmo as tropas de Otônio, naquele momento parecia não ter vontade alguma de combater.

O exército manifestou a disciplina que ainda lhe restava de maneira estranha. Ao chegar perto de Cremona, aproximadamente o mesmo local onde obtivera a vitória, decidiu por si só não ir mais adiante. Os oficiais vieram encontrar Caecina e dizer-lhe que era ali que deviam lutar. Seria melhor para o espírito dos homens, ao passo que também serviria de presságio funesto para os inimigos, que perderiam um pouco de ânimo... Caecina, longe de se insurgir contra essa iniciativa, aproveitou para revelar suas intenções:

— Para que combater? Vitélio não governa mais, ele devora! Cedo ou tarde ele estará perdido. Vamos nos aliar a Vespasiano, é a nossa única chance!

A reação dos oficiais a essas afirmações mostrou-se tão estranha quanto o restante de seu comportamento. Apesar de se recusarem a aliar-se, eles não se indignaram. E não executaram Caecina, contentando-se apenas em detê-lo e iniciar o combate com outro chefe, que foi eleito de imediato. De fato, nada em sua atitude foi coerente. Desde que haviam tomado Roma, eles agiam de maneira impulsiva, imprevisível...

Antônio Primo chegou ao local em meados de outubro. Como se podia esperar, não experimentou o menor medo, nem mesmo preocupou-se minimamente ao saber que os inimigos o esperavam no mesmo local em que tinham sido vitoriosos. Ele marchou adiante e a segunda batalha de Cremona começou na madrugada de um belo dia de outono... Primo desprezava as firulas táticas. Seu plano, que Muciano o deixara aplicar sem tecer qualquer comentário, constituía-se num ataque em massa e frontal da infantaria, a fim de explodir o centro adversário e, quando concluído o serviço, a entrada em ação da cavalaria, a fim de exterminar os fugitivos.

Antônio Primo dispunha de forças ligeiramente superiores: oitenta mil homens contra sessenta mil, mas suas tropas, principalmente as do Danúbio, eram de qualidade medíocre, ao passo que as da

Germânia, mesmo tendo perdido parte de seus virtuosos guerreiros, eram compostas por homens de elite. Estes, quando se iniciou o combate, recuperaram como que por reflexo suas qualidades militares e o confronto foi de uma fúria extrema. Em ambos os lados, combatia-se à maneira romana, cuidando para não dar as costas ao adversário, pois a debandada é mortal; importava, ao contrário, não ceder terreno em virtude das perdas, e, no caso de ser superado, recuar pé ante pé, mantendo a boa ordem.

Foi o que aconteceu. Começando no alvorecer, a batalha prosseguiu até o crepúsculo. As perdas foram enormes em ambos os lados, mas eram mais importantes para os homens de Vitélio, que cederam terreno a seus adversários. A segunda batalha de Cremona não tivera o mesmo veredicto que a primeira, mesmo se tratando de um simples revés, e não de uma derrota por completo.

Entre os prisioneiros feitos pelo exército vitorioso até aquele momento estava Júlio Caecina, que foi, é claro, imediatamente libertado. Muciano chegou mesmo a enviá-lo a Alexandria para anunciar a novidade a Vespasiano...

Vitélio também não tardou a saber dessa novidade. Evidentemente, ele estava sentado à mesa quando o mensageiro se apresentou. O homem mal começara a falar e Vitélio já o fez calar, gritando com a boca cheia, que se tratava de um mentiroso como os outros. Mas o portador da má notícia não foi enviado à cruz, como os dois precedentes. Foi ele mesmo, e não o imperador, quem decidiu o próprio destino. O homem perguntou a Vitélio:

— Se eu me matar diante de você, acreditará em mim?

Desta feita, Vitélio parou de comer, balbuciando algo como "sim". Então, o soldado tirou sua espada, mergulhou-a no corpo e caiu duro. Vitélio vomitou de emoção e de contrariedade, mas ele tinha compreendido!

Ele ainda quis, porém, persuadir-se de que nem tudo estava perdido. Em primeiro lugar, se o seu exército fora batido, ele não tinha sido destruído. Nos dias que se seguiram, ele reuniu seus homens em vários lugares estratégicos, para barrar todo o acesso a Roma. Mas era apenas um paliativo, ele sabia bem disso. Para vencer, tinha de encontrar outros recursos, para lançar um contra-ataque.

Começou então o episódio mais escandaloso de sua breve carreira imperial. Recorrendo às já combalidas caixas do Estado, ele distribuiu dinheiro, na forma de cofres inteiros, a fim de obter adesões; Vitélio desmembrou o domínio imperial, atribuindo casas, propriedades e propriedades agrícolas a uns e outros. Assim, conseguiu obter o apoio de uma parte do antigo exército de Otônio. A situação equilibrou-se. As forças de Antônio Primo eram contidas, mesmo que sua pressão se mantivesse ainda bastante forte.

Passaram-se dois meses assim... Para Vitélio, porém, o perigo vinha do interior, isto é, de Roma. Como Berenice havia dito a Vespasiano, o bloqueio alimentar imposto pelo Egito não podia deixar de produzir efeitos sobre a população. Apesar das provisões estocadas nos celeiros públicos, apesar também das expedições provenientes da Itália e de outras províncias, a fome instalou-se e uma parte da população rebelou-se.

Um homem teve então um papel capital: Flávio Sabino, irmão mais velho de Vespasiano, antigo prefeito de Roma. Saindo da clandestinidade, ele assumiu a liderança dos revoltosos, constituindo falanges urbanas; em menos de uma semana, já dominava a cidade. O imperador estava cercado em seu palácio. Vitélio era defendido por sua guarda pessoal, oriunda do exército germano, homens de confiança e aguerridos. Dessa maneira, Flávio Sabino escolheu tomar a via da negociação e pediu um encontro com Vitélio.

Flávio Sabino tinha muitos pontos em comum com seu irmão mais novo, com quem se parecia fisicamente. Ele também era antes de tudo um servidor do Estado. E se a sua carreira não havia sido excepcional fora porque seu espírito pouco bajulador o havia prejudicado junto aos sucessivos Césares. Assim como Vespasiano, o sentido da economia era seu principal traço de caráter, economia em matéria de dinheiro, mas também em sofrimentos e vidas humanas, razão principal para que ele tivesse solicitado a entrevista com o imperador...

Ele o encontrou em lágrimas, diante de um prato de tetas de bácoras ao mel, no qual ele nem tinha tocado, o que indicava melhor do que qualquer outro comentário todo o abatimento em que se encontrava. Vitélio estava prostrado e trêmulo. A insurreição de Roma retirara dele o que ainda lhe restava de coragem. Flávio Sabino o repreendeu duramente:

— Meus homens mandam na cidade, você está perdido!

Essa frase desencadeou uma torrente de lágrimas no enorme imperador. O antigo prefeito de Roma fez com que ele calasse com um gesto impaciente.

— Acalme-se. Não quero a sua morte...

Vitélio fungou ruidosamente.

— Se você deseja colocar seu irmão no trono, o que você pode querer senão a minha morte?

— Eis a minha proposta: contra sua renúncia, vou poupar sua vida e ainda lhe concedo um milhão de sestércios...

Vitélio não deixou escapar essa oportunidade inesperada e, dois dias mais tarde, apresentava-se ao Fórum, trajando luto. Carregado numa liteira por seus serviçais, ele anunciou ao povo sua renúncia em favor de Vespasiano. Depois, entregou solenemente a Flávio Sabino a coroa de louros que lhe cingia a fronte e o anel que lhe servia de selo, insígnias do poder imperial. Era a primeira abdicação voluntária em Roma. Até Nero preferira a morte a semelhante humilhação. Mas Vitélio não parecia preocupado em proporcionar uma saída tão lastimável. A única coisa que contava para ele era continuar a viver e... a comer!

Se Vitélio tinha perdido todo o sentido da honra, sua guarda a conservara para ele, irrompendo violentamente naquele momento da cerimônia. Aproximadamente mil homens investiram contra o Fórum e dispersaram a multidão. Como Vitélio queria dizer alguma coisa, seus soldados o obrigaram a silenciar-se; eles gritaram para ele que se tratava de uma armadilha, que os flavianos o matariam de toda maneira e o levaram até o palácio. O confronto que Flávio Sabino quisera evitar iria acontecer então...

O irmão mais velho de Vespasiano não era o único membro de sua família presente em Roma. Estava ali também seu filho caçula, Domiciano, onze anos mais novo do que Tito e que, com dezoito anos, engajara-se pela primeira vez na ação.

Esse jovem alto, mas de feições ingratas e de corpo frágil, não tinha nada que atraísse particularmente a atenção e, de fato, fora esquecido desde seu nascimento. Pouco amado por seu pai, totalmente ignorado pelo irmão, crescera na companhia de sua mãe, Flávia Domitila, sempre doente e também abandonada.

Tímido, ensimesmado, Domiciano maldizia a natureza por não lhe ter concedido os dotes físicos e intelectuais que reservara para Tito. Assim, ele havia crescido na sombra do irmão e, como um arbusto maligno ao pé de uma árvore vigorosa, estiolara-se. Tudo nele não era senão ódio, ressentimento e ciúme, mesmo tendo tomado a precaução de esconder esses sentimentos sob um ar reservado de grande suavidade.

Tudo isso mostra o quanto, naquele dias agitados, ele tinha a impressão de enfim poder perpetrar a sua vingança! Na condição de membro da família do pretendente ao Império, os revoltosos de Roma dirigiam-se a ele com grande respeito, o que o deixou extasiado. Assim, tão logo começaram os combates, ele se comportou com muito ardor, chegando a apresentar alguma temeridade.

E teve muitas oportunidades de se expor, pois os confrontos com a guarda imperial foram muitos e particularmente violentos. Os soldados estavam em número muito inferior do que os civis armados, mas eram melhores combatentes, terminando por saírem vitoriosos. Os partidários de Vespasiano, pressionados por todos os lados, se espalharam pela cidade, com uma parte de suas tropas encontrando refúgio no Capitólio, o maior templo da capital, próximo do palácio. Entre os que se esconderam estavam Flávio Sabino e Domiciano.

Por alguns instantes, eles mantiveram as esperanças de que esse local sagrado os protegeria, mas rapidamente se deram conta de que isso não seria verdade. A guarda de Vitélio não hesitou em atear fogo ao templo, e os que não pereceram nas chamas eram aguardados no exterior, sendo então impiedosamente abatidos.

Esse foi o destino de Flávio Sabino, que pagou com vida por seu corajoso engajamento a favor de seu irmão. Domiciano teve mais sorte. Avistando no templo um hábito de sacerdote de Ísis, pôde disfarçar-se e conseguiu fugir com a ajuda da confusão.

O sacrifício de Flávio Sabino e de todos que com ele pereceram naquele dia, porém, não foi em vão. A notícia do levante de Roma havia perturbado e consternado os últimos partidários de Vitélio. Antônio Primo aproveitou para iniciar uma ofensiva geral. Ele encontrou em sua frente tropas desmoralizadas, que facilmente dispersou, entrando na cidade no dia seguinte ao do incêndio do Capitólio.

Desta vez, Vitélio não podia escapar a seu destino... Ele tentou fugir, disfarçando-se também de sacerdote, mas sua enormidade física o denunciou. Sua morte foi semelhante à sua personagem e ao seu reinado: repugnante. Cercado, incriminado, espancado pela população, ele suplicou, aos soluços, para que lhe poupassem a vida. Ele levava ouro consigo, jogando-o aos punhados em torno de si, mas os massacres cometidos por sua guarda tinham produzido muito ódio. Rapidamente, ele foi despedaçado, em meio a risos, insultos, obscenidades e cusparadas; depois, seu cadáver em molambos foi pendurado num gancho de açougueiro e jogado no rio Tibre.

Na efervescência que se seguiu, o Senado reuniu-se às pressas e em meio ao entusiasmo geral pronunciou a fórmula:

— O Senado convoca ao Império Flávio Sabino Vespasiano!

Mais uma vez, não foram os senadores, mas a força das armas que decidiu. Apesar disso, a alegria não era fingida. Diferentemente dos imperadores precedentes, Vespasiano era conhecido de todos por suas qualidades, e eles sabiam que aquele homem honesto tinha como único objetivo o bem público.

Os senadores não se deram por satisfeitos. Era a primeira vez, desde Cláudio e Britânico, que um imperador que tinha um filho vivo subia ao trono. Assim, eles concederam a Tito o título de Príncipe da Juventude, fórmula que o designava como herdeiro ao trono... Esse segundo voto desencadeou um grande incidente. Domiciano, que saíra de seu esconderijo, estava presente na Cúria e, ao escutar isso, reagiu violentamente:

— Sou eu quem deve ser nomeado o Príncipe da Juventude! É graças a mim e a meu tio, que pagou com a própria vida, que Vespasiano está no poder. Lutei em Roma, enquanto Tito curte sua indolência no Oriente. Mudem o seu voto!

Os senadores, homens medrosos por natureza, se prepararam para assentir, mas Domiciano não era o único a assistir aos debates: Muciano estava presente na Cúria, com uma grande escolta de legionários. Ele avançou para a tribuna, cercado por seus homens, e Domiciano apressou-se em retirar suas palavras. Ele jurou nunca mais falar de si e correu de volta a seu esconderijo.

Muciano não ficou nisso. Durante esses dias de perturbação, deu mostras de uma atividade notável. Uma vez que o imperador designado estava do outro lado do mar, era preciso exercer algum poder no local, e ele cumpriu com brilhantismo seu papel. Além disso, como as tropas de Antônio Primo apresentavam um comportamento brutal em Roma, ele retomou o controle da situação, fazendo uma doação a seus oficiais. Quanto ao próprio Primo, que se mostrava demasiadamente turbulento, Muciano o enviou a Alexandria para anunciar a Vespasiano a notícia de sua ascensão ao Império. O jovem general, tomando a tarefa como uma honra, partiu de imediato, desaparecendo da cena pública.

Depois disso, Muciano começou a tratar dos assuntos mais triviais; menos de uma semana após a tomada do poder, a cidade recuperou sua calma. À parte o terrível incêndio do Capitólio, as marcas da violência foram apagadas, a administração pública voltou ao trabalho e o exército retornou a seu lugar. Sob a autoridade desse homem surpreendente, que possuía todas as qualidades de um César sem, no entanto, ter a ambição de sê-lo, a paz civil via-se definitivamente restaurada.

Estava-se então em meados de dezembro... O ano, que começara sob o reinado de Galba, o velhote reumático e cruel, acabava sob o de Vespasiano, depois de ter visto Otônio e Vitélio ocuparem o trono dos Césares. Esse período passou a ser chamado pelo nome que iria permanecer para a posteridade: "o ano dos quatro Césares".

A vitória de Cremona, anunciada por Caecina, causara grande entusiasmo em Alexandria, mas não foi nada se comparada ao que se passou com a chegada de Antônio Primo. Mal o belo efebo pôs seus pés no cais do porto, a notícia espalhou-se por toda a cidade com a rapidez de um relâmpago: Vitélio estava morto! O Senado reconhecera Vespasiano como imperador, concedendo a Tito o título de Príncipe da Juventude!

Vespasiano, homem respeitador das tradições, quis saudar sua ascensão ao trono com um sacrifício aos deuses. Ele escolheu, para a ocasião, o Serapeu, o maior santuário da cidade e o mais belo de todos os templos. Dizia-se que apenas o Capitólio podia ser-lhe comparado, e isso outrora, já que este último tinha sido reduzido a cinzas.

Dedicado a Serápis, o deus tutelar da cidade, o Serapeu erguia-se sob a colina de Rakotis, que não deixava de lembrar a da Acrópole. Cem degraus permitiam que os pedestres subissem até lá, ao passo que um plano inclinado tinha sido construído para os carros e os animais. Nos quatro cantos desse amplo quadrilátero, estavam as acomodações dos sacerdotes, ligadas entre si por meio de pórticos. O próprio templo, ornado com pedras raras, situava-se no centro da colina. Por suas portas abertas, a multidão de alexandrinos que se acotovelava por ali podia admirar a estátua monumental de Serápis, coberta por placas de ouro, prata e madeiras preciosas. O deus era representado sentado num trono, segurando um cetro e tendo um cérbero a seus pés. Seus olhos eram pedras preciosas, brilhando na semi-obscuridade do templo.

Quando Basilides e Vespasiano saíram e apareceram no degrau mais alto, uma imensa aclamação elevou-se. Dezenas de milhares de gargantas lançaram por várias vezes as quatro mesmas sílabas:

— Ave, César!

E, incontestavelmente, o novo César comportava-se com dignidade! Com exatos sessenta anos, Vespasiano respirava a santidade, o vigor. Mesmo tendo os cabelos já escassos e mais de uma ruga no rosto, ele era a própria imponência, com seu corpo musculoso, o pescoço poderoso, o queixo quadrado e enérgico... Agora que era imperador, ninguém podia deixar de notar, por trás de sua simplicidade notória, uma incontestável majestade.

Um segundo sacerdote, trazendo a novilha branca prometida ao sacrifício, aproximou-se, mas Vespasiano não permitiu que ele fosse adiante na cerimônia. Entre todos os presentes, ele queria partilhar esse instante solene com aquele no qual, em toda a sua carreira, ele nunca deixara de pensar, nos bons e nos maus dias, em meio às inacreditáveis reviravoltas trazidas pela Fortuna. Vespasiano estendeu os braços na direção da multidão.

— Chamo à minha presença meu filho Tito, o Príncipe da Juventude!

Tito surgiu. Ele, por sua vez, não quis ficar sozinho. Tito fez questão de ser acompanhado por Berenice, e foi em seu braço que ele galgou os degraus que o separavam de seu pai. Assim que chegou lá no alto, enquanto a multidão exprimia mais uma vez todo o seu júbilo, ele tentou gravar o maior número possível de imagens daquele momento inesquecível: Berenice, que o observava sem conseguir sorrir, de tão tomada que estava pela emoção; Vespasiano, também grave, já vestido com o fardo de suas responsabilidades; mais adiante, na base das escadarias, os alexandrinos, coloridos, irrequietos, exuberantes; mais adiante ainda, ao pé da colina de Rakotis, a cidade, Alexandria, branca e ocre, com uma imensa mancha verdejante que constituía o bairro dos palácios; ainda mais adiante, por fim, o porto e seus cais, o Farol, a ponte do Heptaestádio e o mar, o mar imenso, que ia até Roma...

— Vespasiano, você será o maior imperador desde Augusto!

Basilides acabava de anunciar sua predição, depois de examinar as entranhas da novilha; porém, diferentemente da primeira, essa afirmação não tinha nada de excepcional, e nem mesmo chegava a ser uma predição. Todo mundo que conhecesse Vespasiano podia dizer a mesma coisa!

A cena que se seguiu, em contrapartida, foi extraordinária. E fora desejada pelo próprio Vespasiano, conseguindo mobilizar todos os que a presenciaram... Foi a vez de um homem todo acorrentado sair do Serapeu e começar a subir as escadas, tomando uma posição ao lado do imperador. Todos puderam reconhecer Josefo, o vencido de Jotapata...

Com um gesto de Vespasiano, um soldado trazendo um machado aproximou-se de Josefo e quebrou com a arma cada uma de suas correntes. Essa era a antiga e solene maneira de proceder para libertar um prisioneiro injustamente preso. Vespasiano quisera que fosse assim, honrando publicamente aquele que tivera a argúcia de tratá-lo pelo nome de imperador enquanto Nero ainda reinava. Mas isso não foi tudo. Vespasiano dirigiu-se a Josefo com voz poderosa, a fim de que todos pudessem escutá-lo:

— Josefo, reconheço-o como fazendo parte de minha família e, a partir de agora, você carregará o meu nome. A partir de hoje você é Flávio Josefo!

Uma nova ovação saudou essa declaração. Depois o silêncio foi voltando progressivamente à multidão, que rumorejava. Os alexandrinos estavam contentes com o que acabavam de ver e ouvir, mas esperavam agora que o novo imperador se dirigisse a eles. Eles tinham sido seus primeiros e mais fiéis defensores, e contavam então com a possibilidade de colherem os frutos de sua dedicação.

Vespasiano preparava-se para deixar o local, visivelmente não compreendendo o estado de espírito da multidão. Foi preciso que Tito interviesse. Ele lhe mostrou com a mão a assistência.

— Creio que querem que você fale com eles.

— Você tem certeza?...

— Apenas algumas palavras. Para cuidar de sua popularidade.

Vespasiano refletiu por alguns instantes, depois aquiesceu:

— Você tem razão. Tenho algo a lhes dizer.

Ele se aproximou da multidão e exprimiu-se com voz ampla:

— Meus amigos, desde que estou entre vocês, pude constatar o quanto sua cidade é próspera. Infelizmente, as guerras que afligiram o Império causaram muitos estragos. Assim, estou certo de que vocês farão questão de cumprir com seus deveres, graças ao novo imposto que vou instituir...

Um silêncio mortal seguiu-se a essa declaração, e os alexandrinos deixaram o local mecanicamente, tamanho era o estupor que lhes acometia. Assim, todas as marcas de estima e de honra com as quais eles cobriram Vespasiano serviram apenas para se verem infligir um tributo ainda maior. Eles, que tinham sido seus primeiros partidários, eram os primeiros a serem taxados!...

Nos dias que se seguiram, o descontentamento e mesmo a cólera ganharam a cidade. Tibério Alexandre, que sabia de tudo graças a seus informantes, encarou o fato com muita seriedade. O poder de Vespasiano ainda não estava assegurado, e inícios como esse poderiam ser fatais. É claro que Vespasiano nada tinha de demagogo, mas ele não podia desprezar a esse ponto a opinião pública. Era necessário tomar alguma providência a esse respeito!

Tito encarregou-se do assunto. Sem nada confidenciar a seu pai, estimando, com razão, que ele não aceitaria participar de um ato hipócrita, ele recorreu a uma encenação... Uma cerimônia aconteceu alguns dias mais tarde, diante do mesmo Serapeu. O sacerdote preparava-se para o sacrifício, em meio ao silêncio mais completo, quando um falso cego, que já tinha sido regiamente pago antes do evento, avançou, tateando os degraus.

— Cuspa em meus olhos, César, para que eu recupere a visão!

Foi a deixa para que um falso enfermo avançasse, por sua vez, com suas muletas.

— Bata em minha perna, César, para que eu caminhe como antes!

Vespasiano preparava-se para expulsá-los dali quando Tito se interpôs:

— Faça o que eles dizem...

— Isso é ridículo!

— Faça-o. Que risco pode haver?

A contragosto, Vespasiano executou o que pediam. Logo, o cego saudou a luz do dia e o enfermo lançou-se numa sucessão de cabriolas... Um imenso clamor jorrou da multidão. Os alexandrinos, população ávida de maravilhas, não acreditavam no que viam; estavam fascinados, subjugados. A partir daquele dia, apesar de deplorar a falta de generosidade do novo César, eles manifestaram por ele o maior respeito, e mesmo um temor quase religioso...

Vespasiano continuou a administrar os negócios do Império a distância. Ele tinha em Muciano um excelente assessor e um informante cuja opinião era apreciada. Seus comentários sobre o comportamento de Domiciano permaneceram marcados em seu espírito e ele decidiu desconfiar de seu filho caçula por todo o seu reinado. Muciano fizera o mesmo comentário concernindo a Antônio Primo. Vespasiano descobriu que o jovem general era de fato ambicioso e inconstante. Assim, cobriu-o de honras, confiou-lhe tarefas sem importância real e o incitou a se entregar aos prazeres. Logo, enfraquecido e corrompido, Antônio Primo não representava mais nenhum perigo para ninguém.

Vespasiano, porém, sabia que devia retornar a Roma. Ao sair de uma longa e cruel guerra civil, era importante exercer pessoalmente o poder. Tão logo terminado o inverno, decidiu embarcar para a capital.

A última determinação tomada em Alexandria não era menos importante, longe disso. A guerra da Palestina estava suspensa já havia dois anos, e era preciso concluí-la o mais rapidamente possível. Ele convocou Tito.

— Meu filho, é a você que confio meus exércitos e a tarefa de tomar Jerusalém. É uma responsabilidade pesadíssima, mas estou certo de que você se sairá tão bem quanto eu o faria. Esperarei por você em Roma, onde poderemos compartilhar as honras do triunfo.

Tito nada replicou: não havia nada a replicar. Naquele momento, ele era o general. Na tarefa extremamente prestigiosa que o aguardava, um pensamento o protegeria, o guiaria: estar à altura de seu pai, mostrar-se digno de sua confiança.


Vespasiano deixou Alexandria em direção a Roma nos primeiros dias de março. Tito e Berenice fizeram questão de escoltá-lo. Eles seguiram a trirreme imperial a bordo de seu talamego e só a deixaram quando a embarcação ultrapassou o Farol. Então, o casal rumou direto para a península de Lóquias e a seu palácio.

Estavam os dois na proa do navio, encostados no filerete de marfim e ébano... Ficaram por muito tempo silenciosos. Com a partida de Vespasiano, eles tinham a impressão de saírem de um turbilhão desenfreado. Os complôs, os perigos, as batalhas, a vitória, tudo isso fazia parte do passado.

Pela primeira vez, podiam pensar serenamente no futuro. Não no futuro próximo, tão terrível para um quanto para outro, e que os aguardava em algumas semanas em Jerusalém, mas naquele futuro mais longínquo, que teria Roma como cenário. Berenice pensava em seu pai, nas duas oliveiras, quando escutou a voz de Tito.

— Se os deuses me concederem a graça de suceder a Vespasiano, quero que você esteja a meu lado.

— Estarei a seu lado.

— Quero dizer, que seja minha mulher. Quero que você seja imperatriz.

— Mas você é casado!

— Vou repudiar Márcia Furnila.

— Você nunca tinha dito isso para mim...

— Estou lhe dizendo agora. Prometo a você.

Nunca, exceto talvez naquela primeira manhã, em Cesaréia de Filipe, Berenice experimentara uma felicidade tão intensa... Tudo estava feito, ou melhor, tudo estava dito. Somente o Eterno poderia opor-se a partir daquele momento. Mas por que o faria?

Ela sorriu para Tito, que também sorria, com seus dentes brancos e brilhantes. Em sua fronte, os cachos que lhe davam seu charme tremiam ao ar marítimo... Tito, prometido ao Império, Tito, o Príncipe da Juventude.

Como esse título lhe caía bem! Ele era príncipe e jovem. Era a própria juventude, a juventude ávida, conquistadora, ardente, explosiva, irresistível... Ela passou a mão em seus cabelos e pronunciou, balançando longa e afirmativamente a cabeça:

— Príncipe da Juventude...

# "SE EU ME ESQUECER DE TI, JERUSALÉM..."

Durante todo o tempo em que o Império Romano esteve assolado pela guerra civil, os judeus seguiam sua guerra particular.

Em lugar de se aproveitarem dessa circunstância inesperada para se unirem ou obterem alguma vantagem, eles continuaram a se matar entre si. As razões do combate não eram ideológicas nem religiosas. Havia muito tempo que os moderados e todos os que possuíam um mínimo de razão tinham desaparecido da cena política. Os extremistas ocupavam o primeiro plano e se opunham uns aos outros por questões de homens, de ambição, por rancores antigos, ódios envelhecidos, que cada crime novo vinha reavivar.

De armas nas mãos, duas facções disputavam Jerusalém, ambas compostas de religiosos fanáticos, partidários de uma teocracia rigorosa e que pretendiam cumprir as ordens de Deus. Na cidade, reinava Simão, filho de Gioras, enquanto o Templo e a colina estavam nas mãos de João de Giscala. Entre os dois, um amplo espaço fora devastado para permitir que os combates ocorressem mais comodamente.

Em Jerusalém, era-se partidário de João ou de Simão. Os que não se pronunciavam a favor de nenhum dos dois corriam um perpétuo risco de morte, como Nissim, o Sábio, que vinha se escondendo havia dois anos em casa de um ou de outro, ao passo que seu antigo contraditor e agora inimigo, Eleazar, o Pio, era um dos responsáveis pelo Templo, em companhia de João de Giscala...

Na segunda primavera após a partida dos romanos, acabava-se de celebrar a Páscoa. A presença dos peregrinos na Cidade Santa era quase tão numerosa quanto em tempos de paz, como se nada tivesse ocorrido, como se os romanos tivessem desistido, como se o novo imperador Vespasiano não tivesse confiado a Tito a tarefa de resolver de uma vez por todas a questão dos judeus... Queria-se, apenas, pensar nos problemas presentes, no instante presente. Chegava a primavera, a mais bela estação na Judéia, já generosa e ainda não escaldante. A festa havia sido belíssima, com a presença dessa população vinda de toda as partes da Palestina, trazendo braçadas de palmas e de ramos de oliveira, acompanhada por centenas de milhares de cordeiros para serem sacrificados!

Alguns dias mais tarde, em meados de abril, do alto da torre Mariana, a sentinela avistou algo... Ao longe, uma linha faiscante surgia: o reflexo do sol nas insígnias, nos elmos, nos escudos e nas couraças das legiões. Tito chegava com todo o seu exército. O último ato da tragédia, o cerco de Jerusalém, por tanto tempo adiado, iria finalmente acontecer...

Tito tinha sob suas ordens cinco legiões, mais os contingentes dos reis aliados, entre os quais os judeus de Agripa, perfazendo um total de oitenta mil homens. Tibério Alexandre, que tinha sido nomeado conselheiro militar, era seu auxiliar, já que sua idade e sua experiência poderiam servir de preciosa ajuda a Tito. Flávio Josefo também fazia parte do Estado-Maior. Esse antigo companheiro dos homens ora entrincheirados na cidade estava encarregado da propaganda. Tito esperava que, graças à sua eloqüência, ele conseguiria convencer seus correligionários a evitar o irreparável.

Berenice também estava ali. Pela primeira vez, ela seguira Tito à guerra. Nenhum dos dois quisera suportar uma separação suplementar; além disso, no momento em que o destino do seu povo fosse posto à prova, ela queria assumir o papel que Deus lhe reservara, ser Ester, salvar seu povo, Jerusalém e o Templo!...

Não foi sem sentir uma fisgada no coração que Berenice viu surgir a Cidade Santa. Vindas de Cesaréia, as tropas tinham tomado o caminho do norte, aquele que desemboca no monte Scopus. Ora, fora precisamente naquele lugar que ela havia descoberto a cidade pela primeira vez. Com catorze anos, Berenice era tão jovem naquela época! E tudo estava tão longe, tantas coisas tinham acontecido desde então!

Após tantos anos, nada mudara em Jerusalém. Vista da colina, sua silhueta elegante assemelhava-se a um cervo deitado. Era uma cidade em tons de vermelho, a cor das casas simples, com, aqui e ali, as manchas brancas dos mármores dos palácios... Berenice suspirou. Jerusalém não mudara, mas nada era como antes. A moça que ela tinha sido transbordava de alegria e cantava com os outros o *Cântico das Subidas*: "Minha alma suspira e desfalece pelos átrios de Iahweh". Rainha, ela era rainha naquela ocasião, e na qualidade de esposa de "Herodes de cabelos amarelos", que fora nomeado administrador do Templo, Berenice era também a rainha espiritual de Jerusalém. De fato, ela estava agora prometida a um destino ainda maior, mas o temor substituíra a imprevidência, os dramas se acumularam e pensar no futuro a fazia estremecer...

Ela havia decidido, de comum acordo com Tito, não partilhar de sua tenda no acampamento. Não era o seu lugar nem o de qualquer mulher. Berenice iria instalar-se no povoado de Betânia, do outro lado da cidade, no monte das Oliveiras. O local era suficientemente afastado para assegurar sua proteção e suficientemente próximo para que pudessem se ver quando quisessem. Assim, Berenice deixou Tito, o novo general, examinar a fortaleza que tinha o dever de tomar, enquanto ela se dirigia para o que seria, durante um tempo ignorado, sua residência...

Em companhia de Tibério Alexandre e de seu comandante adjunto, Magniano, um veterano que servira a Vespasiano, Tito detalhou as defesas da cidade. E elas eram consideráveis: primeiro, as muralhas, paredões gigantescos, feitos com blocos enormes, reforçados por torres afastadas cerca de duzentos côvados umas das outras, o que representava a distância alcançada por uma lança. Mas isso não era tudo. Da posição elevada que ocupavam, Tito e seus adjuntos podiam descobrir uma segunda fortificação. Os habitantes de Jerusalém haviam construído, aproximadamente cem passos antes da primeira muralha, uma espécie de enorme barricada que aguardava os romanos, caso conseguissem atravessar o primeiro obstáculo.

E, é claro, tratava-se apenas da metade da tarefa, pois Jerusalém não era apenas uma fortaleza, mas duas, coabitando na mesma cidade. A leste, sobrepujando a cidade, a colina do Templo erguia suas formidáveis fortificações, com o edifício religioso bem ao centro e o pórtico que o cercava...

Naquele instante, porém, ainda não chegara a hora do conflito. Convinha, em primeiro lugar, dar uma oportunidade ao adversário. Se ele aceitasse se submeter, não haveria nem cerco nem confronto. Tito o prometera a Berenice e, de toda maneira, ele o teria feito por iniciativa própria. Ele avançou para a muralha, cercado por seis homens com trombetas nas mãos. Apesar do risco que corria, fizera questão de exprimir-se pessoalmente, a fim de dar mais solenidade ao ato. Fez sinal para que soassem as trombetas e, tão logo terminado o toque, ele falou, com voz robusta:

— Povo de Jerusalém! Contra sua rendição, ofereço-lhes garantia de vida e proteção para a sua cidade. Se vocês aceitarem minha oferta, nenhum mal lhes será feito. Vocês têm a palavra de Tito!

Nas muralhas, Simão, filho de Gioras, o encarava. Suas forças e as da cidade propriamente dita eram poderosas. Sem considerar os habitantes que podiam pegar em armas ou derramar projéteis sobre os atacantes, Simão tinha sob suas ordens dez mil soldados, reforçados por cinco mil idumeus, comandados por Jacó, filho de Sosas; além disso, ele possuía todas as máquinas de guerra tomadas, quatro anos antes, de Céstio Galo. A esse total devia-se acrescentar as tropas de João de Giscala, também dez mil soldados, entrincheirados no alto da colina, no Templo.

Mas não foi a relação de forças que incitou Simão a rejeitar a proposta do general com força. Se ele se sentia mais poderoso do que seu inimigo, se estava certo da vitória, era porque tinha a certeza de ser protegido por Deus. Havia muito tempo que o Eterno escolhera Seu povo; então, como imaginar que Ele iria abandoná-los naquelas circunstâncias? Como imaginar os gentios levando a melhor sobre o povo eleito? Como imaginar que Júpiter pudesse derrotar Iahweh?... Simão, filho de Gioras, deu sua resposta com a mesma voz retumbante de seu adversário:

— Siga seu caminho, romano, se não quiser conhecer a cólera de Deus!

Simão, porém, negligenciava uma circunstância que podia se revelar dramática. A maior parte dos peregrinos da Páscoa ainda não tinha deixado a cidade. Ora, eles tinham vindo às centenas de milhares, e era assim toda uma população que se via aprisionada. O cerco a Jerusalém podia fazer um número imenso de vítimas inocentes!...

Do alto da colina, no Templo e em sua fortaleza, João de Giscala e seus homens não podiam escutar a resposta de Simão, mas compreenderam sua significação ao verem o general romano afastar-se. Eles gritaram de alegria. O chefe da facção rival não enfraquecera, como eles tinham temido por alguns instantes. Sim, o confronto iria acontecer! Como tinham a sorte de serem os mestres do Templo, eles determinaram que o sacerdote, ou pelo menos o camponês inculto que o destino designara para esse posto, fizesse um sacrifício solene ao Eterno.

Mal a faca abateu-se sobre a novilha sacrificada, porém, um grito ergueu-se no Átrio dos Israelitas. Todos puderam reconhecer Jesus, filho de Levi, uma figura familiar em Jerusalém. O homem vagabundeava pelas ruas da cidade, contando com a boa vontade geral para ganhar a sua esmola, pois se dizia que ele era inspirado por Deus. Jesus questionou com violência:

— Vocês escutaram?

As pessoas que o cercavam disseram que não, e pediram que ele se explicasse. Então, ele respondeu com voz sinistra, cavernosa, que gelou o sangue de todos os que o escutaram:

— Uma voz! Uma voz vinda do Oriente, uma voz vinda do poente, uma voz vinda dos quatro ventos, uma voz contra o esposo e a esposa, uma voz contra Jerusalém e o Templo, uma voz contra todo um povo...

Perguntaram-lhe que voz era aquela, o que ela queria dizer, mas ele abriu caminho em silêncio na multidão e, em pouco tempo, já tinha desaparecido.

Como suas propostas tinha sido rejeitadas, Tito iniciou a preparação para o cerco. Ele já estivera ali na companhia de seu pai e seu plano, imaginado em comum acordo com Vespasiano, já estava pronto havia muito tempo. Ele ia atacar a cidade pelo lado noroeste, o mais frágil, depois passar ao assalto do Templo. Tito também cuidaria para que o cerco à cidade fosse completo, a fim de, eventualmente, levá-la à situação de fome. Para isso, ele decidiu estabelecer dois campos, um ao norte, na base do monte Scopus, o outro ao sul, no monte das Oliveiras. Ele foi acompanhar os trabalhos neste último monte e, de lá, dirigiu-se para Betânia...

A noite que passou com Berenice foi a primeira da qual os dois não desfrutaram plenamente. Como poderia ser diferente? Eram os últimos instantes de calma antes do desencadear da tempestade, e o combate que se seguiria seria decisivo para ambos os lados: Tito devia dar provas de sua capacidade como general, e Berenice devia impedir o irreparável. Interiormente, eles estavam agitados, perturbados e, sob os gestos e as palavras suaves, não puderam expulsar os pensamentos fugidios que os habitavam.

Pela manhã, quando Tito se preparava para sair, vestindo sua toga púrpura, Berenice fez-lhe uma súplica:

— Prometa-me que você vai poupar o Templo.

— Combato meus inimigos e o Templo não é meu inimigo. Não tocarei em nenhuma de suas pedras...

Berenice insistiu:

— Suplico a você! Não seja, para as gerações futuras, não seja, para os homens, aquele que destruiu o Templo!

E mesmo com a promessa de Tito, ela não o viu partir sem angústia...

A partir daí, apesar da importância excepcional da cidade que seria sitiada, foi apenas a rotina dos cercos que começou. Tito ordenou que o terreno entre o monte Scopus e a muralha fosse aplainado. Em seguida, destruiu as casas dos subúrbios e todos os obstáculos, a fim de que as máquinas de guerra e o exército pudessem utilizar toda a sua potência.

Diante dessa organização implacável, os judeus tinham à sua disposição apenas a astúcia, e, durante os primeiros dias de confronto, eles demonstraram que esse era um artigo que não lhes faltava. Soldados disfarçados de civis saíram da cidade, enquanto os habitantes de Jerusalém lhes jogavam pedras de cima das muralhas. Os falsos civis pediram a ajuda dos romanos. Tito, que estava presente, proibiu que suas tropas se movessem. Mas, ainda assim, vários legionários se precipitaram, a fim de socorrê-los. Os falsos civis logo os cercaram, enquanto outros soldados também saíram das muralhas. Foi um massacre do qual poucos escaparam. Tito queria executar os sobreviventes por desobediência, mas, em virtude das súplicas do restante do exército, concedeu-lhes a clemência. Desta feita, porém, seus homens haviam compreendido: a ordem e a disciplina eram sua principal força; a cada vez que eles as esquecessem, teriam de pagar o preço...

A segunda etapa do cerco foi um duelo de artilharia. Tito mandou que fossem posicionadas, no espaço que os soldados haviam terraplenado, enormes catapultas capazes de lançar pedras quase tão pesadas quanto um homem, ao passo que Simão colocava em posição de tiro as máquinas tomadas de Céstio Galo. O confronto rapidamente deu vantagem aos romanos, pois os assediados se viram incapazes de se servirem dessas engenhocas que eles mal conheciam. Mas os projéteis romanos, por sua vez, não foram muito efetivos, por uma razão inesperada. As pedras atiradas, escolhidas no local, tinham uma composição semelhante à do mármore, sendo muito brancas e resplandecentes. Dessa maneira, em virtude de seu brilho, elas eram logo percebidas pelo outro lado, que se prevenia mutuamente por gritos; como todos se atiravam de barriga ao chão, havia poucas vítimas. Diante dessa situação, os romanos pintaram suas pedras de preto, e seus arremeços voltaram a ser tão devastadores quanto de hábito.

Com o terreno assim defendido, Tito decidiu passar à fase seguinte, o ataque à muralha. Os aríetes foram avançados; logo, as enormes máquinas, cada uma delas manipulada por cem homens agindo em uníssono, começaram a golpear as pedras com seu terrível tranco, causando pavor na cidade. E foram esses engenhos que provocaram, enfim, o que deveria ter acontecido havia muito tempo: a união dos defensores de Jerusalém. Simão ordenou que seus arautos proclamassem que os soldados de João podiam vir com toda a segurança até as muralhas; estes deixaram o Templo e vieram juntar-se às fileiras de Simão.

O confronto dobrou em intensidade. Noite e dia, os judeus tentavam incursões temerárias, atacando os soldados que manipulavam as máquinas, tentando atear-lhes fogo com a ajuda de flechas incendiárias. O perigo era ainda maior porque os grandes aríetes se chocavam contra a solidez das muralhas, que, por serem imóveis, tornavam-nos presas fáceis. Assim, vários incêndios foram evitados por muito pouco.

A vantagem permaneceu do lado dos romanos, com a chegada das torres. Essas enormes engenhocas tinham sido montadas e se revelavam absolutamente invulneráveis. A fim de destruí-las, os judeus tentavam em vão suas incursões, marcadas por uma temeridade inaudita, mas não podiam nem escalá-las, em virtude de sua altura, nem derrubá-las, por causa de seu peso, nem mesmo queimá-las, pois eram todas inteiramente cobertas de ferro. E do alto dessas torres, arqueiros, atiradores de funda e peças de artilharia ligeira disparavam violentamente contra as muralhas, tornando sua circunferência indefensável. A contragosto, os defensores tiveram de ceder terreno a seus adversários, facilitando a iniciativa aos aríetes que, pacientemente, continuavam seu trabalho de demolição.

Foi assim que, em meados de maio, um mês depois do início do cerco, uma brecha foi aberta na poderosa muralha de Jerusalém, reputada como intransponível, e os romanos irromperam na cidade...

Os judeus retrocederam ordenadamente até a segunda fortificação, onde encontraram condições de combate mais vantajosas. Estava-se, de fato, em plena cidade, num terreno repleto de obstáculos, propício ao corpo-a-corpo, para onde as catapultas e as demais máquinas dificilmente conseguiriam ser deslocadas.

Nunca os confrontos estiveram investidos de tamanha obstinação, de tal ferocidade! Por várias vezes, quando uma imensa barricada esteve a ponto de ser tomada, uma poderosa réplica dos judeus repeliu os romanos para além da primeira muralha. Não havia senão ataques e contra-ataques, furiosamente misturados. As noites eram particularmente pavorosas; todos viviam na iminência de um confronto: os judeus temiam que as fortificações fossem tomadas graças à obscuridade, os romanos, que uma incursão-relâmpago pudesse acontecer.

Nessas condições particularmente fatigantes para os nervos e para o moral, os chefes dos dois campos cumpriam plenamente o seu papel. Simão, filho de Gioras, e João de Giscala, ambos dotados de uma grande coragem, puseram em risco suas próprias vidas, apresentando-se várias vezes nas barricadas; Tito, por sua vez, expunha-se do mesmo modo cada vez que seus homens pareciam enfraquecer.

Os romanos tinham, porém, um trunfo com relação a seus adversários: o número. Eles podiam constantemente renovar suas tropas. Depois de algumas horas cansativas de combate, os homens eram substituídos, enviados à retaguarda, para que repousassem e se recuperassem, enquanto soldados descansados tomavam seus lugares. Do outro lado, ao contrário, eram sempre os mesmos defensores, esgotados por vigílias, ferimentos e privações, que deviam suportar o choque. Assim, uma semana depois da tomada da muralha, a barricada cedeu a um novo assalto.

Paradoxalmente, essa façanha quase se transformou em catástrofe para os romanos... Mais uma vez, e contrariamente às ordens de seu chefe, os soldados se esqueceram da disciplina e cederam a seus impulsos. Cheios de entusiasmo depois dessa conquista, eles perseguiram os judeus pela cidade; estes, porém, conheciam muito bem o verdadeiro labirinto formado pelas ruelas, e, com bastante sangue-frio, deram meia-volta e rapidamente passaram a ter a vantagem. A situação chegou a tornar-se dramática para os atacantes que, superados e procurando escapar dessa armadilha, acotovelavam-se mutuamente, tentando escalar a barricada.

Por sorte deles, Tito mantivera toda a sua previdência e seu espírito de decisão. Ordenou a seus arqueiros que se posicionassem sobre a barricada e que atirassem para cobrir a retirada, que, dessa maneira, pôde se efetuar ordenadamente. Tendo evitado um desastre, pouco depois, quando a segunda fortificação foi novamente tomada, graças a um segundo assalto, ele proibiu qualquer progressão. Ao contrário, ordenou que essa barricada fosse totalmente destruída, para evitar que a mesma desventura se repetisse.

Não se passava uma semana sem que Tito fosse a Betânia. O coração de Berenice estava estranhamente dividido. Poucos seres podiam experimentar uma situação tão contraditória quanto a dela. Ela temia pela vida daquele a quem amava, transbordando de alegria quando o via chegar a galope em Esplendor. Mas, em seguida, temia por seu povo, ao ouvir os relatos de Tito, pressentindo a chegada inelutável do momento da queda da cidade e constatando a intransigência obstinada de seus defensores.

Assim, depois de Tito ter anunciado a queda da segunda fortificação e que o próximo objetivo seria o Templo, Berenice pediu-lhe, mais uma vez, um favor:

— Ofereça-lhes mais uma oportunidade antes de iniciar seu ataque.

— Qual oportunidade? Eu já lhes propus a rendição, e eles a recusaram.

— Faça todo o seu exército desfilar diante das muralhas. Isso fará com que reflitam.

— Nada os fará refletir. Não passam de fanáticos!

— Os chefes talvez sejam, mas o povo saberá pôr a mão na consciência e pedirá a capitulação. A cidade está superpovoada, em virtude da Páscoa. Faz já um mês que não há nada para comer...

Tito consentiu e suspendeu a operação por quatro dias. Durante esse tempo, da aurora ao pôr-do-sol, a infantaria desfilou diante das muralhas, com suas couraças e suas armas faiscantes, os cavaleiros em seus cavalos finamente adornados, os auxiliares em seus hábitos matizados. Visto a partir da muralha, o espetáculo era apavorante, menos pelo número de soldados do que por sua ordem impecável. Todos respiravam confiança e certeza: o que se via era um exército de vencedores.

Mas a generosa iniciativa de Berenice fracassou. Se houve alguma vontade de rendição, ela foi sufocada em seu princípio pelas patrulhas que percorriam as ruas de Jerusalém, assinalando o menor movimento suspeito. Durante todo o desfile, as pedras não cessaram de voar das muralhas em direção aos romanos, sem representarem nenhum perigo para eles, mas indicando claramente a recusa a qualquer acordo. Na manhã do quinto dia, Tito decidiu que as operações seriam reiniciadas...

Produziu-se então um fenômeno inesperado. Assim que os romanos interromperam sua parada, os habitantes de Jerusalém começaram a deixar a cidade. Não se tratava de desertores, eram pessoas pobres e esfomeadas, que sem dúvida pertenciam aos inúmeros peregrinos aprisionados pela guerra, e sua fuga certamente acontecia com a concordância dos chefes militares, que assim se viam livres de todas as bocas inúteis.

Diante desse afluxo, porém, Tito ficou louco de raiva. Ele iria vingar-se; eles pagariam pela afronta que Tito acabava de sofrer com sua inútil demonstração de força. Subitamente, seu gênio maligno, o Tito obscuro, que estava adormecido havia muito tempo e que Berenice soubera tão bem domar, despertou. Ele se tornou novamente aquele ser violento, cruel, no qual por vezes ele se transformava!

Tito ordenou que todos os que vinham da cidade fossem imediatamente crucificados diante das muralhas, no mesmo lugar em que ocorrera o desfile. Não houve menos de quinhentos mortos no primeiro dia, e quase o mesmo número no segundo. E, nos dias seguintes, os infelizes continuavam a afluir, como se não vissem o que estava acontecendo diante de seus olhos, como se não compreendessem o destino que os aguardava. Logo, as colinas vizinhas estavam cobertas por uma floresta de cruzes. Apenas a falta de madeira impediu o prosseguimento das crucificações. Mas isso não desarmou a crueldade do general romano. Assim, os novos evadidos tinham, a partir de então, suas mãos cortadas e eram devolvidos para a cidade.

Uma semana decorreu sem que Tito, pela primeira vez desde o início do cerco, fosse a Betânia. Ele temia ver-se diante de Berenice, confessar o que estava fazendo. E, além disso, não tinha vontade de vê-la, simplesmente! O Tito obscuro não amava Berenice e, naquele momento, ele era o Tito obscuro... Então, foi ela quem foi a seu encontro. Louca de inquietude por não vê-lo mais, acreditando que ele estava ferido ou morto, ela não hesitou em ir pessoalmente ao acampamento.

O que indica o horror que se apoderou dela ao descobrir o espetáculo. Milhares e milhares de cadáveres estavam pendurados acima do chão, em meio a um odor pestilento. Outra mulher teria fugido dali, mas Berenice não estava entre as que fogem. Horrores, ela já os havia afrontado no momento da revolta de Jerusalém e, também naquela oportunidade, ela não deixou de encará-los. Pediu que fossem procurar Tito, que estava supervisionando as primeiras obras de aproximação do Templo.

Tito não tardou a aparecer. Ele tinha o aspecto perturbado, o olhar fugidio; seus gestos, ao desmontar de Esplendor, eram bruscos. Ela nunca o vira assim... Ela lhe indicou a medonha plantação de cruzes que crescera entre o acampamento e a cidade.

— É assim que você trata o meu povo?
Tito respondeu-lhe bruscamente:
— Isso os fará refletir.
— Isso não os fará refletir, isso só fará atirá-los nos braços de seus chefes. Você sabe disso perfeitamente!...
Tito ainda tentou falar mais alto:
— Isto é uma guerra! Deixe-me conduzi-la como eu achar melhor!
Mas Berenice não estava disposta a abandonar a causa. Ela se aproximou o mais que pôde dele e o encarou nos olhos.
— Você não me disse que tomava seu pai como modelo? Pois bem, ele nunca faria isso. Vespasiano é um homem justo e comedido. Contenha-se, Príncipe da Juventude, e termine com essa atrocidade!
A evocação de seu pai subitamente venceu Tito. Ele baixou a guarda. Olhando para as cruzes como se as visse pela primeira vez, balbuciou algumas palavras indistintamente e depois declarou:
— Você tem razão... Sou indigno de Vespasiano, indigno de você... Tudo isso vai acabar. Agora, todos os que quiserem deixar Jerusalém poderão fazê-lo.
Tito esboçou um gesto em sua direção, mas Berenice não quis ouvir mais nada. Ela o deixou sem se virar...
Ele dissera, entretanto, que o horror que acabava de entrar no cerco a Jerusalém não iria deixá-lo. Constatando que os fugitivos não eram mais incomodados pelos romanos, os judeus, cujo fluxo de evasão estava interrompido, retornaram a escapar, aos milhares.
Durante vários dias, não ocorreu nenhum acidente. Até que o acaso veio interferir. No decorrer de uma vigília, de madrugada, uma sentinela do contingente grego surpreendeu um dos fugitivos agachado, fazendo suas necessidades. Ele não deu muita atenção, mas, para seu estupor, viu o homem remexer seus excrementos, retirar alguma coisa deles e fugir precipitadamente. Então, ele compreendeu! Ele

devia ter engolido uma moeda de ouro ou uma jóia, para escapar da revista dos guardas judeus, e acabava de recuperar o objeto!

A novidade propagou-se rapidamente pelo contingente grego, depois pelas tropas árabes e sírias que estavam acampadas logo ao lado, e uma verdadeira carnificina começou. Milhares de infelizes foram abatidos e desventrados, na esperança de se encontrar algum objeto precioso, alguns foram mesmo estripados vivos, e deixados caídos ainda palpitando, com o estômago e os intestinos abertos.

Na efervescência do cerco, foram necessários vários dias para que a notícia chegasse aos ouvidos de Tito. Horrorizado, perturbado, ele lançou mão da maneira utilizada pelos romanos para reprimir os casos mais graves: a dizimação. Reuniu as três unidades culpadas, a grega, a árabe e a síria, e sorteou um homem em cada dez, que foi executado imediatamente. Esse castigo interrompeu a carnificina, mas o episódio bárbaro deixou um profundo mal-estar em todo o exército. O sentimento geral era próximo do desgosto. O cerco já havia durado tempo demais, era preciso terminar logo com isso!...

Terminar com isso, Tito não pedia mais nada, mas o ataque ao Templo, que ele havia começado, era a parte mais delicada do empreendimento. Suas muralhas, bem mais altas do que as do restante da cidade, também eram mais sólidas e pareciam inatacáveis pelo aríete. A única maneira de tomá-las seria colocar andaimes e, em seguida, escalá-los, o que era uma operação muito perigosa, tanto no momento da construção quanto no do ataque propriamente dito.

Iniciadas em fins de maio, as obras terminaram depois de dezessete dias de esforços, em condições bastante difíceis. João de Giscala, que tinha o comando do setor, conseguira formar homens no manejo das peças tomadas de Céstio Galo, e seu tiro contra os construtores dos andaimes era particularmente eficaz. Foi preciso colocar as catapultas e as helépoles romanas funcionando sem trégua contra elas para poder neutralizá-las parcialmente. Finalmente, apesar dos transtornos, os andaimes chegaram à altura necessária, e os soldados romanos se posicionaram para o assalto. Foi então que, para eles, ocorreu o evento mais dramático de todo o cerco; para os judeus, contrariamente, tratava-se do mais brilhante movimento da guerra...

Se Simão soubera implementar, no decorrer dos primeiros dias, uma astúcia assassina, João de Giscala superou-o em engenhosidade. Enquanto os romanos montavam seus andaimes, ele ordenara que fosse cavado, bem abaixo da obra dos atacantes e no maior segredo, um túnel subterrâneo sustentado por madeira untada com betume, de maneira que, sem saber, os romanos estavam construindo sobre o vazio. Quando eles se posicionaram em sua construção, João ateou fogo em todo o subterrâneo, que desmoronou de súbito, num enorme estrondo. Os andaimes mergulharam no abismo e também começaram a arder. Os soldados, que já se viam preparados para o assalto final, foram precipitados num vórtice de chamas, perecendo quase todos sob os gritos de júbilo dos defensores.

Diante desse grave revés, Tito convocou o conselho de oficiais. Uns eram partidários de um ataque generalizado, argumentando que os judeus, em número bastante inferior, não poderiam estar em todos os lugares ao mesmo tempo. Outros, ao contrário, eram favoráveis a que se esperasse a fome ganhar a cidade. Seus argumentos não eram menos convincentes: desde a estripação dos fugitivos, mais ninguém se arriscava a sair dos muros, e podia-se ver, pelo número e pela magreza dos cadáveres que os assediados jogavam por cima dos muros, que a fome começava a fazer seus estragos.

Depois de ter escutado a todos, Tito decidiu, entretanto, nada mudar em seus projetos: ele ia continuar o ataque ao Templo, erguendo novos andaimes e cuidando, desta feita, para que não houvesse mais armadilhas no subsolo. Ele estava disposto, apenas, a compensar o momento de insensatez, causador de suas odiosas e inúteis crueldades. Uma vez que Flávio Josefo viera até ali para falar a seus compatriotas, chegara o momento de ele entrar em cena. Logo, se tudo decorresse como previsto, os soldados romanos entrariam na esplanada do Templo. Era preciso dar aos assediados uma última oportunidade. Depois, não haveria outra opção senão deixar falarem as armas...

Josefo era bem-falante. Desta vez, porém, ele tentou colocar em suas palavras algo mais do que a eloqüência. Foi mais do que convincente, foi comovente, patético. Mantendo-se fora do alcance dos tiros, ele suplicou aos judeus que poupassem suas vidas e, sobretudo, o Templo. Eles não tinham nenhuma chance de vitória: duas fortificações já tinham sido vencidas, os romanos estavam na cidade e, em breve, eles tomariam o átrio de assalto. Eles tinham uma última oportunidade de evitar o irreparável. Tinham combatido bravamente. Que depusessem suas armas e teriam as honras da guerra, era uma promessa de Tito...

Como réplica, ele recebeu uma saraivada de injúrias, de pedras e de lanças, até o momento em que João de Giscala interrompeu os tiros para responder-lhe pessoalmente. Do alto das muralhas, ele o censurou:

— Que espécie de ímpio é você para imaginar que o Templo possa ser tomado? Você crê que Deus o permitiria?

Josefo mudou então o tom de sua voz. Ao impropério, ele respondeu com outro impropério:

— É você o ímpio, sacrílego! Deus deixou o Templo que você insultou! É Ele, ao contrário, que se prepara para destruir essa cidade, a fim de punir as suas faltas!

Como resposta, João ordenou que recomeçassem os tiros. Flávio Josefo tentou uma última súplica:

— Ó corações de ferro, recolham-se e observem a beleza que estão traindo! Que cidade! Jerusalém não é um lugar como os outros, Jerusalém é Jerusalém. Jerusalém ultrapassa você, e nos ultrapassa a todos! Olhe o Templo. Imagine-o cercado por chamas. Você quer que ele desapareça?

Sua voz estava entrecortada por soluços. Mesmo para os romanos, a emoção era perceptível. Enquanto ele falava, a multidão erguia o olhar para o Templo, com seu corpo branco, imponente e ao mesmo tempo aéreo, seu teto dourado coberto de agulhas, para que os pássaros não pousassem ali...

O discurso de Josefo teve como único resultado a saída da cidade de vários sacerdotes e notáveis, que, comovidos, queriam se juntar a ele. Porém, mal se afastaram das muralhas e João despejou sobre eles todas as máquinas de guerra, e foram esmagados por uma avalanche de pedras. Nada restou de seus corpos...

Constatando o fracasso desse último empreendimento, Tito resolveu retomar as operações. Desta vez, ele procedeu com extrema minúcia. Iniciadas em meados de junho, as novas obras só terminaram no decorrer de agosto. Mas a lentidão jogava a favor dos romanos. Pois, desta vez, o bloqueio da cidade era hermético e, do outro lado das muralhas, podia-se perceber que a fome já se infundia com violência...

No interior, de fato, uma situação de pesadelo já assolava. Resultante do cerco, certamente, mas também da terrível coincidência das datas. Meados de abril era o período em que os exércitos iniciavam suas campanhas, mas era também o da Páscoa e, quando Tito se apresentou com suas tropas, a população de Jerusalém, que normalmente era de cerca de cem mil habitantes, atingia talvez quatro ou cinco vezes esse total.

Todos os peregrinos, que tinham vindo despreocupados, ardorosos, se viram confrontados com esse horror. Durante um momento, esperou-se que haveria uma saída feliz para eles, mas depois das crucificações e, em seguida, das eventrações, e depois também da recusa definitiva de qualquer compromisso da parte dos rebeldes, eles sabiam que estavam perdidos. Os soldados estavam razoavelmente nutridos, graças às providenciais requisições para eles, mas o restante da cidade agonizava. A caça aos alimentos ocupava a população do nascer ao pôr-do-sol. Já havia muito tempo que os calçados e cintos foram comidos. As bostas de vaca e os detritos de esgotos estavam sendo disputados. Procurava-se, de quatro no chão, formigas e outros insetos, e os mortos eram revistados em busca de um alimento hipotético.

Alimentar os combatentes para que continuassem a defender a cidade era a prioridade absoluta de Simão, de João e dos seus adjuntos. Para isso, ele exercia uma vigilância impiedosa sobre a população. Todos os que não eram julgados magros o suficiente eram torturados, a fim de que confessassem onde tinham escondido as reservas alimentares. E, de fato, tais reservas existiam efetivamente, e circulavam no maior segredo. Alguns trocavam todos os seus bens contra uma medida de trigo, que era comido sem ser cozido, pois não se ousava moê-lo por medo do barulho, trancando-se no cômodo mais afastado de suas casas.

Muitos, porém, não tinham nem mesmo forças para tentar sobreviver. Nas ruas, passantes deambulavam, esfomeados, com a boca aberta. Os lares estavam cheios de idosos, de mulheres e de recém-nascidos esgotados. Não se podia nem mesmo enterrar os mortos. As instruções eram para que fossem levados às muralhas e jogados de lá. Todos obedeciam sem demonstrar qualquer emoção. Já se havia sofrido muito intimamente para poder chorar por seus próximos. Apenas alguns moribundos, erguendo os olhos para o Templo, ainda tinham lágrimas nos olhos...

No início de agosto, aproximadamente, uma nova notícia veio trazer o ápice do terror: uma mulher, chamada Maria Betezuba, assara seu próprio filho. Ela comera metade e conservara outra, depois de tê-la cuidadosamente embrulhado. A fumaça do assado tinha alertado as autoridades, que descobriram tudo. Mas o pavor fora tamanho que, em vez de executarem a criminosa, eles recuaram, apavorados, e a mulher desaparecera. A emoção que sacudira a cidade havia chegado aos ouvidos dos romanos e até o próprio Tito, que atribuiu a culpa aos assediados, já que ele lhes tinha proposto a paz e o perdão.

Dentro dessa atmosfera apocalíptica, um homem ainda contribuiu para aumentar o pavor geral. Era o vagabundo inspirado por Deus, Jesus, filho de Levi, que causara um escândalo no Templo, depois do sacrifício do sumo sacerdote. Desde então, ele não cessava de percorrer a cidade, repetindo, em tom lúgubre, sua declaração sinistra:

— Uma voz vinda do Oriente, uma voz vinda do poente, uma voz vinda dos quatro ventos, uma voz contra o esposo e a esposa, uma voz contra Jerusalém e o Templo, uma voz contra todo um povo...

Por mil vezes, as patrulhas tentaram prendê-lo e executá-lo por desmoralização, mas ele sempre escapava ao virar uma esquina, entrando numa casa, num respiradouro, e nunca se conseguiu colocar as mãos nele. Ele acabou sendo considerado uma figura sobrenatural e mais ninguém ousava persegui-lo. Quando era visto chegando, todos se contentavam em tapar as orelhas...

O término do segundo andaime duplicou o furor dos combates. Os judeus se lançaram em loucas tentativas de tentar incendiá-lo. Alguns chegaram a untar-se com betume e atearam fogo a seus corpos, atirando-se em seguida contra as pranchas. Diante desses atos de heroísmo, porém, os romanos se defenderam com afinco. Pois, em razão das crucificações, não havia mais madeira; todas as florestas das vizinhanças tinham sido devastadas e, em caso de destruição, seria preciso ir muito longe para procurá-las. Restava ainda a madeira das cruzes, mas tocá-las dava azar, e ninguém queria tomar essa decisão.

Essas razões, acrescidas do cansaço dos homens e reforçadas por um calor avassalador, incitaram Tito a atacar sem mais esperar. Ele reuniu seus centuriões e os convidou a designar os trinta melhores homens de sua centúria. Tão logo essa tropa de elite foi constituída, ele a colocou sob as ordens do general Magniano, seu adjunto. Tito pretendera, durante algum tempo, assumir ele mesmo a direção dessa tropa, mas seus oficiais o demoveram. Assim, ele decidiu que o ataque se daria na próxima noite sem lua, quatro dias mais tarde...

Contrariamente ao que tinha esperado, o fator surpresa não foi preponderante. Apesar de os legionários terem escalado os andaimes no maior silêncio, as sentinelas judias não estavam adormecidas, e o combate iniciou-se com a mais extrema ferocidade. O afinco era tal que, em virtude das trevas, muitos soldados se feriam ou se exterminavam entre si, em ambos os campos. Do lado judeu, se João e Simão haviam renunciado a guerrear um contra o outro, eles não conseguiram chegar a um acordo que permitisse a mistura de seus homens, e as duas tropas lutavam separadamente, o que, aliás, era uma vantagem, pois o sentimento de competição reforçava ainda mais o ardor pelo combate.

Com a chegada do alvorecer, os defensores ainda dominavam o terreno. Os romanos tinham sido mantidos nos andaimes... Mas o avanço prosseguiu por todo o dia, e ainda mais vivamente, pois, enquanto os judeus tinham engajado todas as suas forças, do lado romano apenas o batalhão de elite lutava até então, e o grosso da tropa se preparava para fazer sua entrada naquele momento.

Assim, o avanço romano acabou sendo irresistível. Eles tinham atacado pelo lado leste, desembocando no pórtico, mas os judeus, que não se davam por vencidos, e cujo desespero decuplicava as forças e a capacidade de invenção, lançaram mão, mais uma vez, de uma astúcia. Como eles tinham previamente untado o pórtico de betume, atearam fogo ao local. Os legionários, surpreendidos, tentaram escapar atacando. Não deu certo: os judeus, reunindo todas as suas forças, conseguiram contê-los. Então, recuaram em direção aos andaimes, mas se chocaram com os que chegavam. Muitos pereceram no tumulto, seja pelo fogo, seja pela queda, e por muito pouco os próprios andaimes não foram incendiados...

Os judeus, entretanto, esgotaram seus últimos recursos tanto para o combate quanto para a astúcia. Nos dias que se seguiram, depois de várias tentativas infrutíferas, seus adversários conseguiram entrar no pórtico calcinado e, dali, ganharam o Átrio dos Gentios. Desta vez, o Templo estava diante deles, e o desenlace parecia mais próximo do que nunca...

Em lugar, porém, de assistirem a uma sucessão de assaltos, os judeus tiveram a surpresa de ver os romanos interromperem o avanço. Eles se detiveram sob o pórtico, contentando-se de consolidarem suas posições. E assim prosseguiu nos dias que se seguiram. Eles repeliam os ataques, quando estes aconteciam, mas recusavam-se absolutamente a penetrar no átrio. A maior parte dos defensores viu nesse acontecimento uma intervenção divina. Iahweh mantinha a promessa que fizera a Seu povo: Ele incutia terror no coração de Seus inimigos, que não tardariam a fugir! Apenas uma minoria pensava que os romanos obedeciam a ordens.

Essas ordens vinham, evidentemente, de Tito, influenciado nisso por Berenice... Desde o episódio das crucificações, que causara o primeiro confronto entre o casal, suas relações tinham sido retomadas em Betânia. Mas a situação era mais singular do que nunca. Esses encontros amorosos em meio a um mundo de morte, esses instantes de felicidade em meio a tanto sofrimento traziam aos dois um misto de conforto e incômodo. Berenice, em todo caso, no decorrer desses momentos, conseguira arrancar uma promessa de seu amante: quando seu exército estivesse a ponto de tomar o Templo, ele deteria as operações, a fim de que, vendo que a situação era desesperadora, os defensores tivessem tempo de voltar atrás.

Infelizmente, ao fim de uma semana, tornou-se evidente que os judeus, muito longe de verem na inatividade romana um sinal de moderação, viam, ao contrário, uma intervenção divina a seu favor, o que reforçava o prestígio e o crédito dos extremistas. Nessas condições, o ataque não podia mais ser adiado, mas Tito quis, antes disso, reunir o conselho. Berenice foi informada e, pela segunda vez, foi ao acampamento romano, não entrando, porém, na tenda do general e sim na de Tibério Alexandre.

Ela se recusara a falar pessoalmente com Tito. Berenice estimava já ter intercedido em demasia junto a ele. Ela pensara, ao contrário, que as mesmas afirmações na boca de Tibério Alexandre, esse homem experiente, por quem Tito tinha grande apreço, teriam mais peso...

Seu antigo noivo teve um sobressalto de surpresa e de alegria ao vê-la chegando. Ele dispensou os oficiais com os quais discutia e logo estava a seu lado. Apesar da gravidade das circunstâncias, Berenice não pôde deixar de se comover. Era extraordinário, mas era verdade: apesar dos anos decorridos e a despeito de tantas atribulações que se tinham produzido, Tibério, que agora já tinha os cabelos brancos, ainda estava apaixonado por ela!

— O que você quer, Berenice?

— Que você fale por mim no conselho de guerra... Tito deve poupar o Templo. É algo terrível de ser dito, mas o restante não conta. Os mortos logo serão substituídos por outros vivos. Se a cidade for demolida, ela será reconstruída. Podem-se arrasar os palácios: são casebres se comparados aos de Alexandria. O Templo, porém, é único!

Berenice exprimia-se com paixão. Ela pousou sua mão no braço de Tibério.

— Além disso, foi minha família quem o construiu. Não posso abandoná-lo. Uma mãe pode deixar seu filho perecer?

Tibério Alexandre olhou-a com grande suavidade.

— É um pouco nosso filho... Minha família também, ainda que mais modestamente do que a sua, participou da edificação do Templo. Sabe que foi meu pai, Caio Alexandre, o alabarque de Alexandria, que doou todo o ouro e a prata que ele contém?

— Não, não sabia disso.

Tibério Alexandre sorriu.

— Então, não tema, Berenice, salvarei nosso filho!...

O conselho de guerra reunido por Tito tinha como ordem do dia decidir qual seria o destino dado ao Templo. O general anunciou, em preâmbulo, três posições possíveis: destruir o Templo aconteça o que acontecer, como centro da sedição, núcleo da agitação anti-romana; destruí-lo unicamente se, no decorrer do assalto, ele servir de trincheira aos assediados; enfim, preservá-lo quaisquer que sejam as circunstâncias.

O general Magniano pediu a palavra. Esse velho soldado era insensível às considerações que não fossem militares.

— Você não pode deixá-lo de pé, Tito, ele ocupa uma posição forte demais. Um templo? Nunca vi um templo semelhante a esse, um templo com muralhas, um templo que sobrepuja toda a cidade e toda a planície! Trata-se de uma fortaleza e você deve tratá-la como tal!

Outros oficiais romanos exprimiram-se no mesmo sentido, mas Tibério Alexandre e Flávio Josefo também fizeram escutar suas vozes. Com muita convicção, eles lembraram o que representava o Templo para o povo judeu. Não era um templo entre outros, era um templo único, simplesmente o Templo. Destruí-lo seria como se, de uma só vez, todos os locais de culto romanos que se espalham pelo mundo fossem extirpados, seria como se os templos de Roma, a Acrópole, o Serapeu e todos os outros fossem reduzidos a cinzas num mesmo instante! E Tibério Alexandre terminou, lançando a Tito a mesma súplica que já lhe fora feita por Berenice:

— Não se torne amanhã e para a eternidade aquele que destruiu o Templo!

Era visível que Tito tinha sido profundamente tocado por essa evocação, e sua decisão favoreceu os judeus. Para não ferir o amor-próprio de seus oficiais, ele anunciou outros argumentos:

— O Templo será poupado mesmo se os assediados se servirem dele como modo de defesa. Não se deve destruir um monumento de tamanha beleza. Trata-se de um objeto de orgulho e de glória para todo o Império. Não respeitá-lo seria fazer uma injúria a meu pai e a todos os cidadãos romanos...

Estava-se em fins de agosto. No dia seguinte ao conselho, os judeus fizeram uma incursão contra as tropas entrincheiradas nas ruínas dos pórticos, a mais violenta desde a chegada dos romanos ao local. O ataque foi repelido com dificuldade, e Tito aproveitou para lançar um assalto geral no rasto da fuga judia.

Os lançadores de funda, os arqueiros e demais armas leves se posicionaram no local e, subitamente, uma saraivada de pedras e flechas choveu sobre o átrio. Os judeus, que acabavam de recuar, esgotados depois de atacarem, e que tinham se habituado a ver os romanos contentarem-se em se defender sem tomar a menor iniciativa, foram totalmente surpreendidos diante dessa explosão. E ficaram ainda mais surpresos quando, num imenso clamor, seus inimigos se lançaram sobre eles.

Por alguns instantes, o Átrio dos Gentios foi o teatro de um confronto furioso. Num último sobressalto, os judeus ainda conseguiram suportar a investida, mas a desigualdade de forças era muito importante. Era todo o exército romano que partia ao ataque; os andaimes fervilhavam de soldados, que se derramavam aos berros pelo pórtico e em seguida pelo átrio. E continuavam a chegar e a chegar. As pranchas ameaçavam ceder diante de tanto peso. Então, o inevitável aconteceu: como um dique que cede de súbito e deixa o mar invadir aos vagalhões, os judeus abandonaram sua posição e recuaram em desordem.

Não havia mais ninguém entre os romanos e o Templo e, sem ser acometido por um instante sequer de indecisão, eles se precipitaram para lá. As ordens de Tito, porém, eram formais: não tocar em uma só de suas pedras. Então, o que aconteceu? Foram tiros que vieram do interior, incitando os atacantes a replicar, ou tratou-se de um movimento espontâneo? Ninguém podia dizer, devido à efervescência reinante. Ainda é fato que uma maré ruidosa atravessou os quinze degraus e as treze portas que davam acesso ao santuário, no mesmo local em que uma inscrição em grego e em latim proibia aos não-judeus de irem adiante sob pena de morte.

Em meio ao maior atropelo, os soldados penetraram no Átrio das Mulheres. Como ninguém esperava por um ataque, a monumental porta de Nicanor, com seus dois enormes batentes em bronze maciço, tinha sido deixada aberta. A tropa também atravessou essa porta e desembocou no Átrio dos Israelitas. Dessa vez, o Templo se erguia diante de seus olhos. Mais nada impedia que ele fosse tomado, exceto as ordens do general. Mas o general estava longe, e o Templo estava ali adiante, com seus mármores brilhantes e seu ouro faiscante... Tantas riquezas, tantos tesouros ao alcance da mão! Como resistir a tamanha tentação?

Todos se precipitaram para o interior... A infelicidade quis que um soldado penetrasse com uma tocha na mão. Ora, o Templo era decorado com tapeçarias e forrado com madeiras preciosas, particularmente inflamáveis durante a canícula de fim de agosto. Um tecido pegou fogo, e o incêndio propagou-se quase que instantaneamente. Do chão ao teto, todo o edifício logo estava sendo devorado pelas chamas.

Assistiu-se então a cenas de loucura. No Templo em chamas, todos só pensavam em saquear. Havia uma tal profusão de tesouros sendo descobertos que os soldados se esqueceram não apenas das ordens recebidas, mas também de cuidarem da própria vida. Homens que carregavam vasos e candelabros foram vistos continuando a avançar pela fumaça sufocante e tombando inanimados em meio às emanações mortais, quando apenas sair para o ar livre os teria salvado. Sob o efeito do calor, as placas de ouro e de prata que decoravam os muros, o ouro e a prata doados por Caio Alexandre, o alabarque de Alexandria, começaram a fundir-se. Também foram vistos soldados estendendo as mãos para esses metais que se liquefaziam; um deles, aparentemente insensível à dor, contemplava seus braços cobertos de ouro com um grande sorriso, antes de desmoronar e contorcer-se pelo chão...

Foi a vez de os soldados judeus chegarem até a fornalha. Diante das primeiras chamas, eles tinham interrompido o combate e se precipitado para apagar o incêndio. Jogando suas armas no chão, tentavam sufocar as chamas com as mãos nuas, não apresentando nenhuma resistência aos gládios que se erguiam sobre suas cabeças e os abatiam...

Tito estava em sua tenda, onde instalara seu posto de comando, quando vieram lhe dar a notícia. Ele não hesitou: precipitando-se, escalou os andaimes e foi direto ao átrio. No frenesi reinante, não conseguiu penetrar no perímetro do Templo. Mas repetiu suas ordens aos brados:

— Parem! Sou Tito, sou seu general! Ordeno-lhes que parem!

Esforço em vão. Ele falava com surdos, tentando dar razão a loucos. Ninguém prestava atenção nele; era um atropelo selvagem diante de cada uma das treze portas que davam acesso ao Átrio das Mulheres. Romanos que vinham saquear e judeus que procuravam apagar o fogo colidiam uns com os outros e se matavam. Em pouco tempo, algumas portas já estavam a tal ponto cobertas por cadáveres que se tornara impossível atravessá-las: era preciso correr para outras portas.

Lanças, flechas e pedras voavam esporadicamente sobre o Átrio dos Gentios; de tempos em tempos, um violento movimento de tropas levava tudo em seu caminho... Os oficiais de Tito o incitavam a partir. Se permanecesse ali, a morte poderia ser iminente. Ele se deixou convencer, não porque temia por sua vida, mas porque tudo já estava perdido; o incêndio tomara uma tal proporção que nenhuma força humana poderia apagá-lo...

Embaixo, na cidade de Jerusalém, todos tinham descoberto que o Templo estava ardendo em chamas, e era menos a visão do fogo e mais o barulho que semeava o pânico. O ronco do braseiro era aterrorizante. Então, nessa cidade que, em virtude da fome, tinha ficado sem voz, gritos dilacerantes começaram a ser ouvidos. Os que apenas podiam se arrastar, esperando pela morte, puseram-se a caminho, chegando mesmo a correr. Eles não pensavam em nada, obedeciam somente a um impulso, a um reflexo: salvar o Templo!

Nissim, o Sábio, era um desses. Como tantos outros, ele escutara o grito "O Templo está em chamas!" e saíra da casa onde se escondia. E, naquele momento, ele corria com todos pelas ruas estreitas e escarpadas que levavam à colina do Templo. Era extremamente difícil reconhecer nele o brilhante doutor da Lei, de traços finos e com os olhos plenos de malícia. A fome e os sofrimentos tinham-no transformado num selvagem; toda a sua fisionomia desaparecia sob a barba hirsuta e suja, o que fazia com que se parecesse muito mais com um mendigo.

Já sem fôlego, ele chegou à ponte que conduzia ao átrio cercado pelo pórtico. No próprio momento em que entrava, ele o viu em brasas. Os romanos tinham ateado fogo em tudo. A imensa e imponente colunata inflamara-se rapidamente; logo, seriam apenas cinzas, assim como a parte leste, já dizimada pela chamas havia algum tempo...

Mas Nissim não se preocupava com o pórtico: era para o Templo e sua fornalha que ele se dirigia... Em torno dele, a carnificina reinava. Tomados por um frenesi de morte e de saque, os romanos matavam absolutamente todo mundo: mulheres, crianças, idosos e sacerdotes. Os que suplicavam de joelhos eram mortos da mesma maneira que os combatentes armados...

Na confusão da batalha, fenômenos estranhos por vezes aconteciam. Enquanto centenas se debatem para escapar da morte, mas caem de imediato sob o peso dos golpes, outros, que nada fazem para se proteger, permanecem miraculosamente ilesos, ignorados pelos gládios, como se fossem invisíveis, poupados pelas pedras, projéteis e flechas, como se tivessem o poder de repeli-las.

Assim aconteceu com Nissim, o Sábio. Sendo praticamente o único dos que o cercavam a conseguir atravessar os dois perímetros que o separavam do Templo, ele entrou no Átrio dos Sacerdotes. O calor era insuportável e a confusão do braseiro, que era escutado com tanta força da cidade, era, ali, ensurdecedora. Mas ele nem se importava. Nissim tinha uma idéia na cabeça, apenas uma. Fora essa idéia que o levara até ali, e ele a poria em prática, mesmo que ela fosse, depois de considerá-la seriamente, derrisória.

Havia água nas proximidades do Templo, na bacia de abluções também chamada de "Mar de Bronze", esse imenso tanque sustentado por doze bois, todo o conjunto fabricado no mesmo metal. Ele se dirigiu para lá e, mais uma vez, ninguém se interpôs. Apesar de seu estado de fraqueza, começou a escalar um desses animais cornudos que serviam de suporte para o gigantesco vaso. Nissim gritou: sob o efeito da fornalha próxima dali, o metal tornara-se escaldante. Ainda assim ele conseguiu superar sua dor e subir nas costas do animal.

Bruscamente, um assobio, seguido por um tilintar sonoro, o fez sobressaltar: uma flecha acabava de resvalar em seu rosto. Ele olhou para baixo: um arqueiro romano o tomara como alvo. O soldado se preparava para um segundo tiro; desta feita, Nissim não teria nenhuma chance. Ele poderia não fazer nada e simplesmente se deixar morrer, mas o instinto de sobrevivência foi mais forte: ele se atirou na bacia de abluções... Pela segunda vez, ele fez uma careta de dor: a água também estava terrivelmente quente; porém, ainda era, de algum modo, suportável.

Então, ele se deu conta de que não estava sozinho no "Mar de Bronze". Outro homem também se escondera ali. Ao descobrir

Nissim, o homem, que estava visivelmente atormentado pela dor, não manifestou nenhuma surpresa, contentando-se em olhá-lo sem graça. Do mesmo modo, Nissim não manifestou nenhuma reação particular. Entretanto, os dois se conheciam, e muito bem: Nissim, o Sábio, tinha diante de si Eleazar, o Pio!

Outro homem se beneficiara por muito tempo de uma imunidade miraculosa em meio à carnificina... Jesus, filho de Levi, se pusera, como os outros, a caminho do átrio ao ver o Templo arder. Lá chegando, ignorado pelos soldados romanos, que, entretanto, degolavam a seu bel-prazer, ele repetia incansavelmente a sua litania:

— Uma voz vinda do Oriente, uma voz vinda do poente, uma voz vinda dos quatro ventos, uma voz contra o esposo e a esposa, uma voz contra Jerusalém e o Templo, uma voz contra todo um povo!

Não se sabe por quê, ele acabou por se calar e se deteve diante da "Bela Porta", a mais ricamente decorada das que davam acesso ao Átrio das Mulheres. Ela estava, naquele momento, de tal modo obstruída por cadáveres que parecia estar fechada. Ele ergueu seus olhos para o fogo e gritou a plenos pulmões:

— Pobre Jerusalém!

Uma pedra proveniente de uma funda o atingiu bem na cabeça. Ele ainda teve forças para pronunciar:

— Pobre de mim também! — E rolou sobre os degraus onde o sangue corria.

Rapidamente, Tito fez cessarem os saques e a mortandade. Com a noite, já demasiado tarde, infelizmente, ele conseguira retomar o controle de suas tropas em mãos. Todos os que tinham escapado do massacre, entre os quais João de Giscala, Eleazar, o Pio, e Nissim, o Sábio, tinham sido aprisionados e estavam reunidos num cubículo erguido para esse propósito, próximo ao campo romano. Quanto ao átrio, ele voltara a ser silencioso, mas era um silêncio de morte. O local estava coberto por um amontoado de cadáveres e de cinzas e, do Templo que naquela mesma manhã exibia com orgulho sua silhueta branca e dourada, não restava absolutamente nada; dir-se-ia que ele se volatilizara!

Tito foi uma segunda vez ao local. Esforçando-se para não pensar na catástrofe que acabava de acontecer, ele se obrigou a considerar a situação de um ponto de vista estritamente militar... Com a tomada do Templo, o destino de Jerusalém estava selado, mas a cidade ainda não tinha caído. Restava ainda a parte baixa, que continuava nas mãos de Simão e seus homens. A situação dos romanos era, com certeza, excepcionalmente favorável. Eles dominavam o inimigo a partir de uma posição inexpugnável, e bastava-lhes esmagá-los com suas máquinas de guerra. Ou então continuar o bloqueio, pois a fome faria com que os assediados não resistissem por muito mais tempo.

Apesar disso, quando Simão anunciou que desejava parlamentar, Tito aceitou sem hesitar sua proposta. Ele queria poupar a vida de seus homens, em lugar de lançá-los em novas operações, infalivelmente vitoriosas, mas custosas em vidas humanas. E, principalmente, ele não mantivera sua promessa a Berenice, não escutando também as advertências solenes de Tibério Alexandre e de Flávio Josefo. A contragosto, naquele dia terrível, Tito se tornara o homem que destruiu o Templo de Jerusalém! Então, se pudesse atenuar os sofrimentos do povo judeu, ele estava pronto a fazê-lo, de todo o seu coração.

A entrevista ocorreu de um lado e de outro da ponte de contenção que separava o átrio da praça de Xisto. Tito avançou pessoalmente até Simão, imobilizando-se a dez passos dele e, sem mais delongas, ofereceu garantias de vida para ele e seus homens, caso se rendesse.

Ele estimava que, haja vista a desproporção de forças, sua proposição era a mais generosa possível, e Tito aguardava uma aceitação imediata, mas Simão não estava entre os que renunciam facilmente. Mesmo vencido, mesmo no chão, ele fazia questão de manter sua dignidade, o que o conduziu a, ainda assim, colocar suas condições. Simão declarou, com a mesma voz firme e audaciosa de que se servira durante todo o cerco:

— Só cessaremos de combater mediante a promessa de que poderemos deixar a cidade livremente com nossas mulheres e filhos.

Havia uma bravura incontestável nessa atitude, que não sensibilizou Tito, muito ao contrário. Isso era demais para o ser sensível que, por vezes, ele sabia ser. Ele se disse indignado que um vencido ousasse lhe ditar sua vontade. Tito rompeu imediatamente o diálogo, prometendo a seu adversário uma vingança impiedosa... E, como aconteceu no dia seguinte à inútil demonstração de força feita sob a pressão de Berenice, ele deixou livre curso a toda a violência presente em sua alma. Já que era assim, ele não pouparia ninguém e arrasaria a cidade. Não restaria pedra sobre pedra naquele lugar! Além disso, ele se fez outra promessa: só voltaria a rever Berenice quando tudo estivesse terminado, depois de acabar com Jerusalém!

Assim, decidiu tomar a cidade por meio da força bruta. Não se tratava mais de um bombardeamento que levaria à vitória sobre o adversário em um ou dois meses, nem de um bloqueio para vencê-lo pela fome. Era preciso agir com rapidez. Aliás, essa também era a vontade da tropa, segundo o informaram seus oficiais. Os homens não agüentavam mais, eles queriam que tudo fosse logo decidido, mesmo a custo de mais mortes.

Nos dias que se seguiram, destinados às obras de aproximação e de terraplenagem, Tito teve a oportunidade de recuperar os objetos mais sagrados do Templo. Um sacerdote, Jesus, filho de Tebuti, propôs-lhe, em troca de garantia de vida, entregar o candelabro de sete braços, a mesa dos pães da proposição e o altar dos perfumes que, sob ordens de João de Giscala, tinham sido escondidos. Tito aceitou, adquirindo assim os prestigiosos objetos, todos três em ouro puro, que desfilariam à sua frente, na ocasião do triunfo de sua volta a Roma...

Tito pensou que venceria em poucos dias, mas os judeus estavam decididos a terminar essa guerra com o mesmo heroísmo com o qual eles a tinham começado. Como não tinham mais nenhuma esperança, pois o Templo estava destruído, a cidade não existia mais e o povo estava destinado à infelicidade, eles lutaram com uma obstinação ainda maior! O momento supremo se aproximava e a hora nunca esteve tão distante da conciliação: os chefes idumeus, que falavam em rendição, foram imediatamente executados. Os últimos irredutíveis morriam uns depois dos outros, impávidos, sob os projéteis ou num corpo-a-corpo furioso.

O assalto final ocorreu somente cerca de um mês depois da tomada do Templo. E foi pavoroso... Depois de uma última resistência, o exército romano arrasou tudo o que estava em seu caminho. Os soldados se espalharam pela cidade, degolando e incendiando. Mas não encontraram mais nada para ser saqueado: nas casas, havia apenas cadáveres.

Tito ordenou então que se terminasse o massacre. O que não era, de modo algum, um sinal de clemência de sua parte. Todos os habitantes sobreviventes seriam aprisionados e vendidos como escravos. Entre estes, figurava Simão. Tito, que ainda não tinha perdoado sua réplica cheia de orgulho, não lhe concedeu a graça de poupar sua vida, como fizera com João de Giscala. Simão foi designado para ser degolado no dia do triunfo.

Depois disso, ainda de maneira fria e impiedosa, ele cumpriu com o que tinha prometido. Depois do papel de combatentes, os soldados se tornaram demolidores. Eles destruíram de alto a baixo tudo o que restava da cidade. Efetivamente, não restou pedra sobre pedra em Jerusalém, exceto a torre Mariana, que Tito, curiosamente, decidiu preservar por consideração a Berenice, ainda que ela não lhe tivesse pedido nada nesse sentido...

Terminou-se assim o cerco a Jerusalém, que foi o mais terrível de que se tem memória. As baixas entre os judeus tinham sido enormes. Era impossível avaliá-las com precisão, mas os mortos eram contados às centenas de milhares, assim como os prisioneiros.

Esses prisioneiros, que foram encaminhados a Cesaréia, de onde navios iam levá-los como escravos aos quatro cantos do Império Romano, não tinham sido feitos todos em Jerusalém. Vários deles haviam sido capturados pelo exército nas proximidades da cidade.

Entre estes últimos estava Zaqueu de Cariote. Ele deixara Alexandria para combater na Palestina, mas não quisera ir até a Cidade Santa, onde os sicários tinham sido exterminados. Zaqueu se instalara um pouco mais ao sul, na região de Massada, onde se situava seu quartel-general. De lá, ele participara de inúmeras incursões contra os romanos. No decorrer do último ataque, ele se vira cercado, mas opusera uma resistência implacável, matando dois soldados antes de ser capturado. Essa circunstância fizera com que ele também fosse designado para estar entre os combatentes que seriam sacrificados junto com Simão, no dia do triunfo.

Quando os soldados vieram buscar Nissim, o Sábio, na bacia das abluções, ele acreditara que seria morto, mas nada disso aconteceu. Constatando que lhe fora concedido sobreviver ao Templo e à cidade, ele vira nisso a vontade do Eterno. Ele estava na Terra para compreender e testemunhar.

Alimentado pela primeira vez em semanas, Nissim, o Sábio, recuperara suas forças e refletira por muito tempo no destino do povo judeu... Havia muito tempo que esperava por esse desenlace. Nissim sabia que, em face dos romanos, seu povo não estava à altura no plano militar. Ele fizera de tudo a fim de impedir o confronto. Ele fracassara, o que lhe era imperdoável, mas não era hora de recriminações.

Por mais surpreendente que possa parecer, ele pensara muito no futuro, nos primeiros dias de cativeiro... Simão, filho de Gioras, e João de Giscala não estavam errados quando proclamaram em alto e bom som sua certeza na força do povo judeu, com a condição, é claro, de tomá-la no sentido espiritual.

Era essa força, bastante real apesar de imaterial, que eles deviam a todo preço preservar naquele momento. Ela começou pela memória. Jerusalém não existia mais como pedras, ruas e casas, mas existiria para sempre se não fosse perdida na lembrança. Esse era o dever de todos: pensar em Jerusalém. Se eles continuassem assim de geração em geração, viria um dia em que seriam os vencedores. Pois o tempo destrói as armas, faz cair na poeira os gládios, as couraças, as máquinas de guerra; o tempo destrói até mesmo os impérios, mas não destrói a memória. Em cem, mil anos, não haveria mais Césares nem romanos, mas os judeus estariam de volta a Jerusalém!

E, enquanto a longa fila de seus companheiros acorrentados se punha a caminho, Nissim, o Sábio, começou a recitar o salmo 137 do Livro dos Salmos:

— Se eu me esquecer de ti, Jerusalém...

Então, ocorreu uma coisa extraordinária: seu companheiro de grilhões, Eleazar, o Pio, pôs-se a recitar em uníssono:

— Se eu me esquecer de ti, Jerusalém, que me seque a mão direita, que me cole a língua ao palato, caso eu não me lembre de ti, Jerusalém!

E todos os outros prisioneiros, escutando seus inimigos de ontem falar a uma só voz, sem conseguir reter as lágrimas, retomaram o canto do salmo...

Berenice estava muito longe dali para escutá-los, mas, com desespero, os via partir. Ela estava aniquilada. Sozinha, sobre o monte das Oliveiras, não longe de Betânia, onde continuava a habitar, ela tinha sob os olhos a própria imagem de seu fracasso... Ela perdera tudo, tudo! Esse pavoroso campo de pedras que se estendia na planície era semelhante ao que se passava no fundo de seu ser.

Berenice estivera naquele mesmo local, no trágico dia em que vira as chamas coroarem subitamente a colina do Templo e se elevarem ao céu como uma tocha. Foram as lágrimas mais amargas que ela havia derramado em toda a sua vida. A traição de Tito não podia se exprimir em palavras. O infiel arruinara o que ela tinha de mais caro no mundo, a despeito de tudo o que os unia, a despeito da promessa feita. Ele se comportara de maneira tão brutal e bárbara quanto qualquer chefe de exército em campanha. Tito não valia mais do que os piores romanos que haviam pisado o chão da Palestina, ele não valia mais do que Géssio Floro!

Tito que, desde então, não viera à sua presença, roído pela vergonha ou às voltas com seus demônios, ela não o sabia e, de fato, pouco se importava! Por mil vezes, Berenice estivera tentada, nesses momentos de pesadelo, a fugir para qualquer lugar, para Cesaréia de Filipe ou para mais longe ainda; uma noite, ela chegara a pensar até em pôr um fim a seus dias. Berenice não o fizera e se arrependera mais de uma vez por não tê-lo feito. Pois ela vira o horror prosseguir, vira a agonia dos últimos defensores da cidade, vira as pás e as picaretas dos soldados obstinados em seus escombros, ela assistira, impotente e desesperada, ao martírio de seu povo.

E, agora que tudo tinha terminado, agora que Jerusalém e o Templo não existiam mais, agora que, enfim, numa interminável e lamentável coorte, ela via seu povo partir para a escravidão, Tito manifestava-se mais uma vez. Ele vinha expressar a ela, num bilhete trazido por um mensageiro, seu amor e seus arrependimentos... Seu amor, seus arrependimentos! Que ele os leve consigo, que o diabo os carregue!

Ela mergulhou no espetáculo de desolação que se estendia abaixo dela... Por que Tito poupara apenas a torre Mariana? Para ela? Mas era muito pior, ao contrário! Ela não podia se impedir de pensar no devaneio que tivera no caminho da ronda, depois da visita a Tibério Alexandre em seu palácio de procurador. Ela tinha vinte anos na ocasião, e tanta esperança no coração! Era a Páscoa, os habitantes se divertiam e riam nos terraços de suas casas. Agora, ela tinha mais do que o dobro daquela idade, agora, não havia mais terraços, não havia mais casas, não havia mais habitantes, agora, não haveria mais Páscoa, com seu cortejo festivo de peregrinos e cordeiros imaculados...

Enquanto continuava a contemplar a torre Mariana erguendo-se solitária na planície do deserto, uma imagem se impunha a Berenice: o Farol, o Farol de Alexandria. Como o monumento, ela parecia velar sobre uma extensão plana, mas, aqui, não se tratava da enseada majestosa do grande porto, era um mar morto, devastado pela mais impiedosa, a mais devastadora das tempestades!...

Berenice escutou um galope às suas costas. Ela tinha certeza absoluta de que era Tito, montando Esplendor, mas não se viraria... O galope se deteve e passos de homem soaram.

— Vim buscá-la.

Não era Tito. A voz doce e melodiosa que ela conhecia havia tanto tempo pertencia a Tibério Alexandre. Berenice virou-se...

Tibério sorria para ela, com o ar tranqüilo, o olhar penetrante. O que não a impediu de reagir com energia. Berenice o censurou:

— Foi ele quem o enviou, não foi?

Ele balançou negativamente a cabeça.

— Ninguém me enviou. Vim buscá-la, pois chegou a hora.

— Que hora? Não há mais hora, não há mais nada, nada!...

Ela explodiu em soluços e, num movimento desesperado, jogou-se no peito de Tibério. Então chorou longa e interminavelmente, todas as lágrimas de que era capaz. Ele não dizia nada, apenas a mantinha cerrada contra si, acariciando seus cabelos... Por fim, ela se tranqüilizou ligeiramente e ergueu para ele os olhos vermelhos.

— Você não salvou o nosso filho...

— Não pude. Ninguém poderia ter feito nada.

— Não, ele podia! Sei que você veio defendê-lo, mas é inútil!

— Não vim aqui para falar dele, vim falar de você. Eu já lhe disse: chegou a hora, a hora de Ester.

Ela se soltou dele e o olhou, surpresa:

— De Ester?

— Você já se esqueceu dela? Esqueceu-se do Purim que celebramos juntos em Alexandria?

— Não, claro que não...

Ele olhou-a bem nos olhos.

— Berenice, a profecia de Jerusalém vai ser cumprida: Tito tomou a cidade e vai ser o senhor do mundo, quando suceder a Vespasiano no trono dos Césares. Você estará a seu lado e, para seu povo, você se tornará a nova Ester.

Berenice olhava para Tibério com reconhecimento. Cada uma de suas palavras a fazia reviver.

— Onde fica a riqueza de Herodes, onde fica sua potência, ao lado da potência de Roma? O Templo que será reconstruído graças a você eclipsará a tal ponto em esplendor o de seu bisavô que até mesmo sua lembrança será esquecida!

Tibério estendeu-lhe a mão.

— Agora venha! Venha aonde seu dever e seu amor a chamam. Venha para junto do futuro César, o Príncipe da Juventude.

Berenice colocou sua mão sobre a dele e o seguiu. Ao deixar o monte das Oliveiras, ela olhou pela última vez para Jerusalém. E com a visão daquelas ruínas imensas, com a visão daquele espetáculo de desolação e de morte, ela jurou cumprir o papel que o Eterno lhe tinha atribuído, jurou tornar-se a nova Ester.

> **BÔNUS**
>
> LEIA AGORA UM TRECHO DE
> O VÉU DE BERENICE,
> VOLUME FINAL DA SÉRIE
> TITO

# O OURO E O FERRO

O clima em Cesaréia de Filipe era, segundo se dizia, o mais agradável da Palestina. O rio Jordão, de fluxo abundante naquela região, atenuava todo o tipo de excesso. Os ares eram amenos no inverno e frescos no verão; o outono quase que não se fazia notar; como todos os aromas eram persistentes, com as mimosas florescendo por todo o ano, tinha-se a impressão de que reinava ali uma primavera perpétua.

O palácio constituía-se no lugar mais encantador de toda essa ilha de brandura. Construído no meio de um imenso jardim atravessado pelo Jordão, ele tinha sido desenhado com um requinte inigualável, e os moinhos d'água do rio lhe davam um encanto suplementar, com seu rolar contínuo, semelhante ao de uma melodia.

Era ali que Tito fazia o seu retiro, no dia seguinte ao cerco de Jerusalém, que ele concluíra de maneira vitoriosa, pondo um ponto final na reconquista da Palestina depois de quatro anos de rebelião contra Roma.

Tito, que chegara havia apenas algumas horas, passeava sozinho às margens do Jordão. À primeira vista, ele não se parecia com o chefe de um exército que acabara de vencer uma das guerras mais árduas da história de Roma. Com seus cabelos de um cacheado natural e seu sorriso juvenil, ele não aparentava já ter completado trinta anos. Examinando-o com mais atenção, porém, alguma coisa em sua figura morena denunciava a provação por que passara. A expressão dura que podia ser lida em seu rosto não se devia apenas ao sol abrasador da Palestina, pois os dramas de um conflito impiedoso também tinham deixado suas marcas...

Não, ele não se esquecera do cerco de Jerusalém! Imagens fugidias e terríveis passavam diante de seus olhos. Mortos, muitos mortos, às dezenas, às centenas de milhares, alguns que haviam tombado com as armas nas mãos, outros bem mais numerosos, mortos de fome, outros ainda pregados em cruzes, sob suas ordens. Pois ele tinha sido impiedoso, e mesmo cruel, diante da obstinação dos defensores da cidade. E depois, ele revia também todos os prisioneiros partindo, em filas intermináveis, para uma escravidão sem retorno nos quatro cantos do mundo... Pois bem, tudo terminara. Por fim, em grande parte por causa do encadeamento das circunstâncias, mas em grande parte também por sua própria vontade, não restava mais nada de Jerusalém e de seus habitantes!

Seus pensamentos seguiam seu curso, assim como o Jordão, ao longo do qual ele deambulava... Jerusalém e a guerra judia não eram tudo. Outra coisa estava devorando seu espírito, tornando-se fonte de perturbação e confusão: o Império. Um dia, ele seria imperador, e isso ele já sabia havia bastante tempo, mesmo quando nada podia anunciá-lo. Mas aconteceram os presságios, tantos presságios!... Quando ele ainda era uma criança, o mago Harpax lhe tinha prometido o Império, afirmando que Britânico, filho de Cláudio, não reinaria. Mais tarde, Josefo, o chefe judeu, também predissera que o Império adviria a seu pai, Vespasiano, e a ele. Enfim, a profecia de Jerusalém, que percorria a Palestina desde o início da revolta, afirmava que aquele que tomasse a cidade de Jerusalém se tornaria o senhor do mundo.

Ele reinaria: era impossível escondê-lo, Tito tinha de viver com essa idéia em mente. Vespasiano, depois da guerra civil que dilacerara Roma, ocupava o trono dos Césares. Ele mesmo tinha sido nomeado pelo Senado como o "Príncipe da Juventude", isto é, como herdeiro oficial, e seu pai já tinha sessenta anos.

O Império... Tornar-se César... Essa perspectiva, longe de causar-lhe devaneios, o mergulhava num abismo de ansiedade. Ele ainda escutava as palavras de Muciano, o ex-governador da Síria, que tanto fizera para dar o poder a seu pai enquanto o recusava para si mesmo. Esse homem de cultura e sabedoria abrira-lhe os olhos. O imperador de Roma, dissera-lhe ele, pode fazer tudo, não tem outro freio, outro controle senão a si próprio, e isso é o que pode acontecer de mais terrível a um indivíduo. Se tantos dementes ocuparam o trono dos Césares, é porque se trata de uma função que causa loucura...

Tito sentou-se num banco de mármore, às margens do Jordão, sob a sombra de um salgueiro. Podia-se ler uma careta de sofrimento em seu rosto. A contragosto, o curso de seus pensamentos tomou um rumo diferente e doloroso. A predição de Harpax fizera com que pensasse no que tinha sido a pior provação de sua vida: a morte de Britânico! O infeliz adolescente fora envenenado sob as ordens de Nero. Britânico tombara sobre a mesa, diante de seus olhos.

Tito nunca se esqueceria dessa imagem, assim como da do corpo de Britânico, que, para esconder seu crime, Nero fizera com que fosse besuntado de gesso, mas que voltara à cor esverdeada por causa da chuva. A dor dessa visão quase o havia matado, e se não fossem a acolhida e os cuidados de Domícia Venusta, a prostituta de coração enorme, ninguém poderia imaginar o que seria dele!

A evocação de Domícia Venusta o tranqüilizou um pouco... Que lembranças boas! As pombas arrulhando em cima de seu apartamento, no último andar, sob o teto de Roma, a suavidade de sua pele, seu altar consagrado a Vênus. Ela também lhe dissera palavras das quais ele nunca se esquecera: ele fora feito para a companhia das mulheres, era um sujeito fascinante, um sedutor e, se quisesse, ele as teria todas a seu lado... Domícia não se enganara. As mulheres tinham contado tanto em sua vida quanto a guerra, Vênus acompanhara seus passos com tanta fidelidade quanto Marte. Até o dia em que a deusa dera-lhe o mais precioso, o mais inimaginável, o mais perturbador dos presentes: Berenice!